KB253195

학
예
회

학예회
ⓒ오준호 Printed in Seoul

초판인쇄 2012년 5월 22일
초판발행 2012년 5월 31일

지은이 오준호
발행인 박영태
편집인 우현
디자인 박은비, 최진우
펴낸곳 파랑새미디어
등록번호 제313-2006-000085호
주소 서울특별시 마포구 서교동 357-1서교프라자 318
전화 02-333-8311
팩스 02-333-8326
메일 thebbm@korea.com

가격 12,000원
ISBN 978-89-93693-56-0 02810

※이 글은 2011년 4월25일 저작권등록이 완료된 글입니다.
(저작권심의위원회 제C-2011-003309호)

사랑은 3초에 한 번씩 웃는다

학예회

오준호 장편소설

파랑새미디어

목차

이 글은 세 부분으로 나뉘어져 있으며, 각 부분을 연결하는 메시지는 두 개입니다.

하나는 이 소설 표면에 전반적으로 떠다니는 〈사랑은 3초에 한 번씩 웃는 것〉이며, 다른 하나는 이 소설 심층에 깔려 있는 〈무의식은 인간 본연의 통신수단이고, 그 무의식을 통해 인간은 서로 통할 수 있다〉입니다.

작가는 이 글이 읽으시는 분들로 하여금 본래 스스로 가지고 계신 경험과 상상력을 자극하는 신경전달물질 같은 역할이 되어주길 바라며, 작가의 머릿속을 파헤쳐 보라는 질문 같은 역할을 하지 않길 바랍니다.

끝으로 〈사랑은 3초에 한 번씩 웃는 것〉이란 메시지를 누군가에게 남기고 간 이름 모를 여성분에게 감사하다며, 〈극심한 절규〉로써 그 고마움을 가슴 깊이 새기더라고 누군가를 대신해 전달해 드리는 바입니다.

1/3

삼거리에 들어선 나는 건물 꼭대기에 걸린 아침햇살의 공격으로부터 벗어나고 싶었기에 서둘러 그 곳을 지나 눈에 보이는 건물계단에 아무렇게나 앉아 버린다.

아마도 그 모습은 학교를 등교해야 한다는 의무감 따윈 이미 망실한 지 오래라고 주저앉은 내 모습이 말해주고 있을 터였다.

내 시선은 그 어느 곳에도 정착하길 거부했기에 사방팔방을 한 숨과 함께 하소연하듯 둘러보았다.

그런 내 시선을 잡아끄는 부지런한 아침나비가 육거리의 은행나무 방향으로부터 내게 날아오더니 희한하게도 내가 신고 있던 슬리퍼 위에 앉았다.

그 나비에게선 두려움도, 근심도, 좌절도 없어 보였다. 맞

아, 이 나비처럼 걱정거리 하나 없이 아름답기만 한 그 누나
가 지금쯤 걸음을 멈추고 저 골목을 나가 왼쪽으로 돌았을
때 맞은 편에 보이는 전파사 앞에서 밝은 햇살을 반사하며
서 있을지도 모르겠다.

잠시 후 그 나비 날개는 일정한 간격으로 미동만을 되풀
이하기 시작했다. 마치 봄 햇살을 즐기며 개집 앞에서 침 흘
리며 졸고 있는 하룻강아지 머리의 끄덕임처럼 반복되었다.

그 나비를 바라보며 내 고개는 긍정하듯, 부러워하듯 끄
덕끄덕거린다. 그와 함께 나도 평온을 점점 찾아가고 있었
고 때마침 은행나무육거리에 자리 잡은 전파사에서 흘러나
오는 아날로그라디오 방송이 내 귀에 걸리기 시작했고 그것
은 서서히 나른함이라는 이름으로 치환되어 내 눈꺼풀 위에
매달리기 시작한다. 그와 함께 서서히 졸음이 밀려왔다.

　　…….

아침부터 〈헉헉〉거리며 매질을 하느라 안간힘을 써댄 아
줌마에게 종아리를 맞았다. 반바지를 입고 등교하는 내 종아
리엔 핏덩이로 된 줄들이 튀어나와 있었다. 전날 물을 길어
오라는 아줌마의 심부름을 이행하기 위해, 약수터에서 대기
줄에 대기시켜 놓았던 물통을 그만 잃어버린 것이 원인이 되

었던 거다. 그러니까 전날 나는 평소대로 약수터에 가서 순번을 기다리느라 물통을 대기줄에 정렬시켜 놓은 다음, 산으로 가서 한참동안 나만의 시간을 가졌었는데, 약수터로 돌아가 보니 그만 누군가가 그 물통을 가져가 버린 거다.

왠지 모를 서러움이 눈앞을 가리기 시작했고 반개한 내 시야의 하단은 땅에서 반사되는 봄빛과 조우하며, 체념적인 소외감으로 젖어 버린다. 빛과 땅이 나를 놀리고 있는 것만 같다. 하지만 잠시 뒤 난 〈씨익~〉하고 독백하며 웃어 준다.
땅이 나를 시험하는 것이다. 하마터면 눈물을 떨굴 뻔한 거다.

〈나는 왜 반복해서 서러워야 하지? 매번 서러움의 시작 내용은 다소 다르지만, 통찰해 보면 결국 서러움이 주기적으로… 날 찾아오고 있는 거다. 다음엔 또 어떤 명분을 가지고 서러움이란 놈이 나를 찾아올까?〉
그러나, 〈그건 글쎄…〉였던 거다.
난 걸어가며 혼자 양쪽 어깨를 살짝 들어 올림과 동시에 고개를 갸우뚱거리며 〈으쓱~〉이란 말을 뱉었다.
아마 불 때문인가? 어릴 적 우리 집에 불이 났고, 그래서 나만 빼고 가족이 모두 죽었다고 했으니 불 때문인가?

아니면 나만 살았으니 혹시 나 때문이란 말인가? 내 서러움의 뿌리는 그것인가? 내가 살아 있다는 그것인가?

어찌 되었건 지금 내 종아리는 자기 앞가림을 못하는 주인을 잘못 만난 덕에 아줌마가 때리다 지친 것 이상만큼 아프다.

나는 〈아줌마아저씨 집〉에 얹혀사는 것이다.

결국 눈앞이 또 흥건해짐을 느꼈고 다시 눈앞의 땅이 놀리는 듯한 미소를 지으려 했기에 시선을 돌린다.

땅에게 〈자신 없는 딴청〉을 부리려 하는 것이다.

그런 내 심정에 무관심한 봄의 아침 햇살은 세상을 환하게 굽어보고 있다.

전봇대에 걸린 전선줄이 만들어 놓은 그림자의 외줄을 따라서 나는 마치 〈외줄타기묘기〉를 부리는 재주꾼마냥 〈위태위태〉한 걸음을 걸으면서도 태연한 뒷모습을 유지하려 애쓴다.

하지만 잠시 뒤 이내 고개를 숙인다.

스스로 생각해도 이렇게 고개 숙일 만치 내 자신의 안쓰러운 날에는 되도록 그늘로 다니며 응달을 온몸에 덮고 다닌다. 그렇게 해야, 혹시 등교하다 준비물을 빼먹은 아이들이 등굣길과 반대되는 방향으로 뛰어온다 해도 담벼락의 그림자, 전봇대의 전선줄의 그림자, 그리고 건물의 음지가 내

찌질할 법한 눈물을 그들로부터 숨겨 줄 것이다.

그건 그렇고, 어느 순간인지부터는 모르지만 늘 허전하던 나의 목덜미가 따뜻함을 느끼고 있었다.

지금 지나가는 음지가 지난 크리스마스 때 선물을 한 아름 받았던…, 그러니까 말하자면 부끄러우면서도 왠지 모를 풍족함을 느끼게 해 주었던 장소인 성당이기 때문인가? 성당의 건물 그림자 안을 마침 지나가는 중이라서 그런 따뜻한 착각 같은 것을 느낀 것인가?

몇 초간 벼르며 걸어가다 성당의 음지를 막 벗어나려던 순간 걸음을 〈퉁~〉하고 멈추었다.

조금 전부터 뒤 돌아봐야겠다고 벼르고 있었던 거다.

내 멈춤에 맞추어 순간 뒤에서 누군가가 멈칫하는 것을 간파했고, 내 눈은 의아한 표정을 담고 몸과 함께 천천히 뒤로 돌렸다.

내 뒤 두어 걸음 뒤에는 누나뻘로 보이는 한 소녀가 있었고 나와 같은 학교의 이름표를 달았으며, 그 이름표의 색상은 나와 달랐다. 그녀는 나보다 상급생이었던 것이다.

얼굴에 광채가 있는 그녀는 아침에 교문 앞에서 자주 눈에 띄던 그 선도부였다는 걸 바로 기억해 냈다.

순간 아무 말 없이 그녀와 난 마주 서게 되었다.

그녀는 잠시 날 쳐다보았고 무언가를 내 눈앞에 부드러운 속도로 들이밀며 조심스럽고, 신중하게 말했다.

"이거… 너 먹어~!"

그녀는 금박지로 쌓인 네모진 입방체 모양의 무언가를 내게 내밀었고, 정체모를 차분함과 순종심으로 그녀가 내민 것을 받아들였다. 그녀가 준 것은 어린 내 손바닥 안에 시원함이 전해져 들어오는 아이스크림이었다.

기분 좋은 냉기가 배우의 엑설런트한 연기력처럼 내 손바닥을 통해 전해졌고, 그 냉기 덕에 조금 전까지의 슬픔이 부끄러워 해가며 내 눈에서 사그라들었다.

그녀를 올려다보며 마음에도 없는 말을 했다.

〈우리 담임선생님이 모르는 사람이 주는 건 받지 말라 그랬는데…….〉

맘에도 없이 뱉은 내 말에 그녀의 얼굴이 막 개화하기 시작하는 꽃 같은 표정을 담고 말했다.

"먹어도 돼! 모르는 사람 아니니까, 나 너와 같은 학교 선배잖아~ 나 몰라? 나 선도부잖아! 나 모르면 너 간첩이다!"라고 말한 뒤 그 누나는 당신의 아름다움에 주눅이 든 채 당신을 올려다보는 내 안면 위로 보슬보슬 스치는 간지러운 미소를 내려주었다.

맞다! 그녀는 아니, 아니 그 누나는 선도부였다. 그것도 우리학교에서 이쁘고, 공부 잘하기로 소문난 나름 유명인인 것이다. 우리학교 학생이라면 대부분 그 누나의 얼굴은 알고 있다. 그 누나는 지금 나를 마치 잘 아는 척 해주고 있고, 그로인해 황송한 마음이 들고 있었다. 물론 실제로 그 누나는 나를 잘 모를 테이지만……. 그 누나의 모습을 보는 순간 난 방금까지의 종아리가 아팠던 일들을… 아니, 아니 나라는 사람조차 순간 잊어버린 것이다.

〈똑 같은 사람인데, 어찌 이리 밝을 수 있을까?〉

"넌 늘 학교에 일찍 등교를 해서 내 얼굴을 모르는가 보구나?"라고 묻는 그 누나의 질문은 이내 나의 눈가를 가볍게 진동시켰으며 어찌할 바를 모르게 했다. 하지만 나는 고개를 숙이고 다소 퉁명스럽게 말했다.

"선도부시잖아요!"

그리고 이어 속으로 말했다.

〈모를 수가 없는데요? 우리학교에서 제일 어여쁘신 누난 걸요. 전 누나가 무심코 만졌을 학교 운동장 모래알갱이들도 누나를 기억할 거라 생각할 정도라고요.〉

……

그 누나와 난 나란히 걷게 되었다.

난 약간 고개를 숙인 채 앞을 보며 걸었지만, 걷는 동안 내내 옆에서 걷고 있는 그녀의 온기 일부를 전해 받고 있었고, 마음은 평화로우면서도 설레고 있었으며, 무엇인지 모르는 웃음이 내 눈에서 계속 스며 나오고 있었다.

정체모를 공동체의식을 그 누나와 걷는 동안 공유하고 있다고 느꼈다고나 할까?

학교 정문이 보일 즈음, 난 곧 학교 안에서 길이 갈릴 그녀를 보았다. 그 누나에게 무언가를 보답해야겠다는 마음이 들긴 했지만 달리 생각나는 건 아쉬움뿐이었다. 그때 내겐 생각나는 게 있었다. 그것은 〈곤충채집장〉이었다.

그래서 등에 멘 가방을 신속히 풀었다.

가방 안에는 곤충을 채집한 뒤 가둬두는… 그러니까, 내 두 주먹을 합친 것 만한 곤충채집장이 있었다.

그 곤충채집장 안에는 쑥이 들어 있었고, 쑥과 함께 진달래꽃과 개나리꽃 그리고 할미꽃 등이 들어 있었다.

국 끓여 먹을 때 쑥을 넣어 먹으면 맛도 더 향긋해 질 뿐 아니라, 몸에도 좋다는 걸 나는 익히 들어 알고 있었던 거다. 그래서 지금 머물고 있는 곳, 그러니까 잠시 신세를 지며, 머물고 있는 아줌마 댁에 가져다주려고 하는 거다.

〈그리고 꽃은… 꽃은 그냥 시샘 많은 바람이 흘러버린 것을 보고 버려져 있는 모습이 안타까워 덤으로 주워 담았던 것이고…….〉

난 주변을 두리번거렸다. 마침 등교하는 학생이 없었다. 그땐 이미 지각이었던 것이다.

난 그 누나에게 조심스럽고, 신중히 말을 했다.

"저… 누나, 지각 아니세요?"

마치 물으면 안 될 것을 묻는 것 같기도 해, 약간 걱정이 되었지만 되돌아오는 그 누나의 말은 의연하고 밝았다.

"아니, 오늘 좀 늦는다고 미리 학교에 얘기를 했어. 한 달에 두 번은 이렇게 늦게 학교에 간다는 걸, 우리 담임선생님이 다 알아!"

내 귓속으로 들어간 그 누나의 밝은 목소리가 내 이마에서 다시 솟아나와 두 볼까지 간지럽게 흐르는 것을 느꼈고, 난 그런 내 상태를 그 누나에게 들킬세라 순간, 고개를 숙였다. 그리고 다시 고개를 들며 말했다.

"아! 그래요?"

아마 그 말을 하는 순간 내 표정은 왠지 행복한 표정이었으리라…….

그리고 무언가 말을 더 잇고 싶었으나, 생각나지 않았다. 무언가 말을 더 해야겠다는 의식이 그만 머릿속에서 확인도 제대로 하지 못 한 무언지 모를 말을 내 뱉어 버렸다.

"아… 그, 그러시구나! 몰랐네요. 하긴 우리 담임선생님께서 사람은 지각 있게 행동하랬어요!"

무언가 앞뒤가 안 맞는다는 내 귓속 센서가 작동을 했을 때 이미 늦었고, 그 어이없는 말을 들어버린 그 누나는 또 웃었다. 이번엔 더 크게 말이다.

난 또 고개를 숙일 수밖에 없었는데 그 모습도 우스꽝스러웠던지 그 누나는 또 다른 톤으로 제2의 웃음을 이어갔다.

난 갑자기 무언가 생각났다는 표정과 함께 입으로는 〈짜잔~〉이란 말을 내 뱉으며 가방에서 플라스틱으로 된 곤충채집장을 꺼내 영롱한 그 누나의 두 눈앞에 들이밀었다.

그리곤 그 누나에게 걱정스러움과 조심스러움의 의태어를 말로 만들어 보냈다

"쓰윽~"이라고 말이다.

그리고 마침내 그 누나의 아름다운 눈을 정확히, 제대로 그리고 당당히 보며 말했다.

"이거 누나에게 드려요~!"

곤충채집장을 그 누나에게 건네는 난 본능적으로 그 누나의 표정을 파악했다.

약간 당황스러워 하고, 분명 의아스러움의 표정이 들려고는 했지만 이내 반기는 표정이 확연히 포착되었다.

그 누나의 입에서 〈이건 뭔데? 이걸 왜?〉라는 물음이 나오면 어쩌지?

〈대답을 생각 안 해두고 먼저 행동해 버렸네?〉하는 불안

이 약간 들었다. 다행히 그 누나는 거부감과 의문스러움이 없는 듯했다. 아니, 아니 오히려 상당히 재미있어하는 모습을 개화하는 얼굴로 표출해 주었다.

"재미있네? 물건을 주면서 입으로 〈쓰윽~〉하고 효과음을 내다니 참 재미있어! 굿~아이디어야!"

그것을 건네받은 그 누나의 얼굴에는 순간 〈시간이 얼마 없구나!〉라는 걸 깨닫는 찰나의 표정 플래시가 터졌다.

난 왠지 모를 자신감이 붙었으며, 서둘러 〈시간이 없어요~!〉라는 뜻으로 고개를 흔들어 대고 능청스런 제스처를 해 대며 그 누나 주위를 〈깡총〉거리며 돌기 시작했다.

그리고 박수를 두 번 친 후 그 누나의 길을 비켜 주었다. 마치 호텔 정문에서 벨벳보이가 길을 안내할 때의 자세를 하며 말이다.

그 누나가 웃으며 내 앞을 막 지나치려던 찰라 난 "잠시만"이라고 하며 한 손으로 그 누나를 막았고 나머지 손으로는 허공에다 대고 마치 문 옆 버튼을 누르는 마임동작을 행했다. 그리고 입으로 부저가 울리고 자동문이 열리는 소리를 냈다.

"띠링~! 추아아~ "

그런 의성어에 그 누나는 웃음을 가린 표정으로 보이지 않는 엘리베이터에 탔고, 또 난 그 누나를 엘리베이터 앞에서 배웅하는 모션을 취한 뒤 이번에는 발렛보이가 되어 차문을 열고나서 차에 타는 자세를 취한 뒤 차키를 돌리고 핸들을 좌우로 틀며, 운전하는 판토마임을 그 누나에게 보여주었다.

기분이 상당이 괜찮아 보이는 그 누나의 웃음소리를 뒤로하고 아쉬움의 갈림길 반대방향인 우리 반 교실을 향해 쾌활하게 한손으로 핸들을 돌려 차를 몰아 달려 나갔다.

〈그 유치함과 함께 내 종아리도 상기된 표정을 풀어가고 있었던 것 같다.〉

……

"여러분 운명이란 말 들어보셨습니까? 다들 한 번씩 들어는 봤겠지?"

"예~ 알아요! 선생님!"

"운명적인 만남! 할 때의 그 운명 아닌가요?"

"들어만 봤어요!"

담임선생님의 질문에 몇 몇 아이들이 긍정 비스무리한 대답을 한다.

"그래요? 아! 좋습니다, 좋아요. 그렇다면 이번에는 어디

보자……. 그럼, 운력이란 말도 들어 본 사람? 있어? 없어? 한 번이라도 들어본 사람 있나?"

그러자 교실은 조용하다. 아이들은 누군가가 〈운력〉이란 말을 알고 있지는 않을까 하고 두리번거리다가 한 아이에게 시선을 모은다. 바로 우리 반에서 제일 똑똑한 반장에게로 시선이 쏠린 것이다. 하지만 그 반장아이의 얼굴도 그 다지 확신이 없어 보이는 표정이다.

담임선생님은 고개를 몇 번 끄덕인 후 말을 잇는다.

평소와 달리 아이들은 제법 번쩍이는 눈빛과 쫑긋 세운 귀를 담임선생님에게 바치기 시작했다. 그것은 담임선생님 의 이야기를 주워 담자는 뜻이라기 보단, 이 순간이 오늘의 마지막 수업시간이고 일, 이십분 남짓 남았음을 알려주는 인체시계가 〈조금만 참으면 학교가 파한다.〉라고 하는 희망 을 주고 있었기 때문이다.

이 순간에 아이들이 담임선생님에게 주는 눈빛과 쫑긋 세 운 귀의 모습은 이제 담임선생님이 하게 될 이야기를 끝으 로 교과진도를 나가지 말아 달라는 일종의 〈암묵적인 애원〉 이었다.

"이것 봐봐, 이것 봐, 정작 중요한 말이고, 어릴 때 빨리 깨우쳐야 하는 말이 바로 운력이란 단어인데, 여지껏 들어 본 사람이 하나도 없다니… 이거 문제야, 문제! 자자! 여러분! 운력이란, 자신에게 주어진 운명을 개척하는 힘입니다. 여러분 그거 압니까? 사람이 태어난 지 얼마 안 되었을 때에는 매 순간마다 그 사람의 운명을 바꿀 수 있는 힘이 솟아납니다. 바로 운력이 솟아난다는 것이지요. 그럼 유치원 다닐 시절에는 어떨까? 응? 맞춰 볼 사람?"라는 물음을 내 던짐과 함께 담임선생님은 다시 한 번 조용한 교실 안에서 빛나고 있는 아이들의 눈과 쫑긋 세운 귀에 의욕을 얻은 듯 고개를 몇 번 끄덕이고 말을 이어 갔다.

"유치원 다닐 때, 그러니까 유아기 때에도 그 사람의 운명을 바꿀 수 있는 힘이 계속 쏟아져 나온다 이거지. 그런데 태어난 지 얼마 안 되었을 때보다는 좀 더디게 나와! 그러니까 말하자면, 유치원 다닐 쯤 해서는 운명을 개척하는 힘이 매 순간마다 나오는 게 아니라… 매 시간 정도마다 한 번씩 나오는 것이다~ 이 말이야. 그럼 초등학교 때는 어떨까요? 초등학교 쯔음 해서는 사정이 좀 더 열악해집니다. 여기서 말하는 사정은… 그러니까 자신의 운명을 개척할 수 있는 기회인데… 그 기회가 좀 더 귀해지지. 즉 소년기 때에는 운명을 개척할 수 있는 운력이 유아기 때보다 더 드물게 자신의 몸에서 솟아난다는 것이야!"

그렇게 담임선생님은 반말 반, 존댓말 반씩 섞어가며 자신의 존재감을 펼쳐내기 시작했다.

그때 난 아이들의 반응을 살펴보려다가 무심코 우리 반 반장을 보았는데 그 아이의 눈은 다른 아이들보다 훨씬 더 빛나고 있었으며, 그 반장이라는 아이는 이윽고 손을 듦과 동시에 담임선생님에게 질문을 던졌다.

"선생님! 태어난 지 얼마 안 되었을 때에는 매 순간, 그리고 유치원 때에는 매 시간 운력이 몸에서 솟아난다고 하셨는데, 소년기! 소년기 때에는요?"

담임선생님은 마치 반장에게 〈그러면~ 그렇지!〉하는 고개의 끄덕임과 함께 기다렸다는 듯 말을 이었다.

"자! 아주 좋은 질문이야! 기다리던 질문인 것입니다."

하지만 그 순간 대부분의 아이들 눈빛은 반장의 입장과 다른 듯했다. 반장의 질문은 담임선생님의 〈입나발시간〉을 연장시켜서 하교시간을 늦추고 있다는 답답함과 원망의 눈빛이 역력했다.

담임선생님은 눈치 보듯 교실을 한 번 둘러보며 말을 이어갔다.

"운력이라고 하는 놈은 대체로 죽는 날까지 계속해서 우리 몸 어딘가로부터 나온다고 하지……. 다만 기회와 선택의 폭이 줄어드는 경향이 있다고 하는 치명적인 아쉬움이 있지. 바로 이겁니다. 에… 소년기 때에는 말이지… 소년기 이전보다 더 더디고 뜸하게 운력이 솟아난다고 합니다. 그렇다 해도 매일매일 솟아나기에 이 역시도 자신의 운명을 긍정적으로 개척 혹은 개혁할 만합니다. 청소년기 때에도 충분히 기회가 계속 옵니다. 운력은 주간의 간격으로 찾아와 주고 기회를 주겠다며 여러분의 무의식을 두드립니다.”

그때 반장이 〈선생님 잠깐만요!〉하며 손을 들자 주변에서는 〈에이~〉와 〈아~〉 하는 짜증 섞인 탄성이 터져 나왔고, 몇몇 아이들은 반장을 향해 〈왜 저래?〉하는 핀잔의 눈빛을 쏟아 부었다.

하지만 반장은 아랑곳하지 않고 담임선생님에게 애원하는 듯한 말투 반, 그리고 따지는 듯한 말투 반으로 물었다.

“선생님! 그럼 운력으로 자신의 운명도 바꿀 수 있는 것입니까?”

그 질문에 담임선생님은 고개를 저었지만, 기쁜 표정을 감추지 않았다. 그리고 반 아이들의 표정은 마치 담임선생이 반장의 그런 질문을 반길 것이라고 예측을 이미 해 두었다는 듯한 비아냥적인 모습이었다.

“아니! 아니라고 생각한다. 운력은 다만 운명이 준 틀 안에서 자신의 운명을 좀 더 개척할 수 있을 뿐이라 하겠다. 예를 들어 어렵고 힘든 가정에서 태어난 출발이 안 좋은 운명이 있다고 가정하자! 그 안에서의 좋은 운명 즉, 어렵고 부족한 태어난 자신의 운명 자체를 부유하고 유복하게 태어난 운명으로 바꿀 수는 없는 노릇이지. 즉 운명 자체를 바꿀 수는 없겠지. 하지만 비록 부족하고 어렵고, 나쁘게 시작된 자신의 운명 안에서 자신을 운명을 좋게 바꿀 수 있도록 해 줄 수 있는 힘이 바로 운력인 거야!

어릴 적 좋지 못한 자신의 환경이라도 역경을 딛고 훌륭한 사람으로 거듭날 수 있도록 운명을 개척해 주는 게 운력이다.

하지만 말이야… 운력! 그러니까 운명을 개척할 수 있는 힘을 부정적인 곳에 쓴다고 하면, 아무리 좋은 환경과 유복한 가정에서 태어난 사람도 불행한 삶을 살게 되어 버리겠지. 마치 좋은 환경에서 자란 사람이 운력을 활용하지 못해 나중에 커서 좋지 못한 사람이 되어 불행한 삶을 살게 되는 것의 반대되는 것 마냥 말이지. 아시겠습니까, 여러분?"

담임선생님의 질문에 반 아이들 일부는 〈쓰윽~〉하고 반장의 얼굴을 살폈다. 마치 반장의 또 다른 질문이 나와 시간을 더 끌까봐 걱정하는 듯한 표정으로 말이다.

반장은 고개를 조용히 숙이며 담임선생님의 시선을 자신의 머리 너머로 피했다.

그때 난 분명 보았다. 반장이 고개를 숙이면서 무심한 아이들에게는 쉽게 보이지 않을 정도로 약간 고개를 끄덕이는 것을… 그리고 무언가 확고한 다짐을 하는 듯한 눈빛도 보았다. 아마 담임선생님이라면 충분히 반장의 그것을 보았을 것이다.

〈그런데 지금 반장의 모습에서 나오는 약간 우울한 빛은 무엇일까? 반장의 가정환경이 별로인가? 밝아 보이는데… 내가 예상하는 반장과 실제의 반장이 차이가 많은가?〉

반장이 피해버리는 통에 타깃의 초점을 빗나간 담임선생님의 시선이 다시 교실 구석구석을 누볐고, 이어 말을 마치겠다는 듯한 표정으로 헛기침을 했다.

"여러분, 듣기 싫으십니까? 그럼 마지막으로 몇 마디 더 하고 금일 수업을 마치겠습니다. 소년기에 이어 청소년기에도 운력을 찾아옵니다. 대략 보름 한 번 온다고 생각하면 됩니다."

그때 갑자기 담임선생님은 출석부로 교탁을 한 번 때리면서 인상을 썼고, 그러면서도 말을 이어나갔다.

"야야! 거기 수업도 안 끝났는데 책가방 싸는 놈 머야? 자자 끝까지 들어봐! 분명 피가 되고 살이 되는 이야기, 여러분보다 먼저 태어나, 먼저 후회를 한 이 사람의 말을 들어봐! 그러니까 운력이라는 기회는 나이가 들수록 점점 더디게 찾아온다! 그래그래, 게다가 스무 살이는 임계점과도 같은 나이를 넘으면, 더더욱 찾아오는 횟수는 줄어든다~ 이 말이야! 아마 한… 일 년에 한 번 정도 찾아오게 될 거야. 그리고 서른 살, 마흔 살 이때에는 벌써 운명을 바꾸는 기회가 무척 길어지지. 삼 년에 한 번, 오 년에 한 번… 이런 식으로 여러분을 찾아오게 될 거야……. 더 나이가 들면… 그땐 이미 운명의 아웃라인은 거의 고정되어 버리지. 그에 따라 안타깝게도, 운명을 개척할 수 있는 기회도 찾아오는 더욱 날이 줄어들고……. 자자, 알았다 알았어. 그러니까 결론은 비록 운명이 여러분들을 힘들게 할지라도 운력의 힘으로 삶을 아름답고 재미있게 키워나가기 바란다! 허튼 곳에 시간 낭비, 힘 낭비하지 말고! 여러분 수업 이만 마칩니다. 마친다, 마쳐! 하하, 반장 수업 끝! 인사해봐!”

　　…….

　　수업이 끝나고 교실문을 박차고 나가는 아이들의 표정이 마치 그제야 진짜 유명한 교수의 강의를 들으러가는 기대와 흥분으로 고양된 학생의 표정들로 바뀌었다.

　물론, 대부분 강의가 아닌 오락실과 분식집, 그리고 문방구나 서점 그리고 학원 등을 가게 될 터이지만 말이다.

　그리고 그렇게 학교가 파하자 나는 본연의 현재모습, 즉 혼자가 되었다. 〈부정적인 생각을 하지 말아야 하는데도, 이 참만 되면 우울해진다는 생각이 찾아와 버린다.〉 아이들은 대부분 같은 길을 가는 애들끼리 뭉쳐 떠나는데, 어째든 나와 길이 다르다.

　이제 나는 또 〈아줌마아저씨 집〉에 갔다가 물통을 들고 약수터로 향해야 할 것이다. 학교 정면 건물에 걸려 있는 큰 시계를 본다. 다행이 지금 가면 잔소리하는 아줌마가 시장에서 바삐 일하고 있을 시간이다.

　〈아줌마가 집에 계시지 않을 때 빨리 가서 책가방 내려놓고, 약수터나 가야겠다.〉라고 속으로 말했다.

　학교 정문을 나서다가 난 몸을 돌렸다. 그리고 아까 그 〈누나〉가 아직 수업을 받고 있을 건물을 한 번 본다. 아마도 그 건물의 선배학생들은 끝나려면 아직 몇 시간이 더 있어야 하고 지금 난 내 가야 할 곳을 가지 않으면 또 〈아줌마〉에게 혼날 것이다.

　학교 정문을 나서자 제일 먼저 문방구가 눈에 들어온다. 내 몸은 둥둥 떠가듯 문방구 앞에 도달했고, 문방구 앞에 유리로 된 진열장 앞에 섰다. 그리고 내 눈은 잠시 방황을 하더니 이윽고 한 지점에 멈추게 된다. 그 지점에는 이쁜 샤프 하나가 있었고, 그 이쁜 샤프는 내 시선을 한 동안 끌어당겼다.

문방구 문이 열리며 문방구 주인아저씨가 먼지털이게를 들고 나온다. 그 주인의 얼굴은 인자하고 박애스러워 보이지만, 난 주인이 걱정이라도 할 까봐 진열장으로부터 물러났다. 그리고 주변을 둘러보다 문방구를 등 뒤로 하고 내 길을 찾아 나선다.

무언가 내키지 않는 걸음은 학교에서 들떴던 내 기분을 가라앉히더니, 결국 날 〈아줌마아저씨 집〉을 향해 걸어갔고, 그 곳에 가방을 놓고 20리터짜리 물통을 들고 나와 약수터로 몸을 옮겨 놓았다.

　　…….

물통을 들고 약수터를 오르는 산행은 내가 지금 얹혀사는 집에서 최소한의 밥값을 하라고 나에게 내어준 숙제임과 동시에 날마다의 위안이기도 하다.

자연과의 대화시간이고 모든 무의식은 서로 연결되어 있으며, 의식이라는 존재가 특별한 통신수단임을 확인할 수 있는 〈한 번 더〉의 기회이다.

약수터에서 물통을 다른 사람들이 세워놓은 물통들의 줄

에 정렬시킨 뒤 대기하는 시간 동안 찾아와 주는 자유, 그 자유는 답답한 공동체에서 벗어나게 해주는 〈신선한 호흡〉이다.

약수을 뜨기 위한 대기 시간에 그런 짬이 찾아와 주면 늘 시선에 멀찍이 들어오는 시냇물가로 향한다. 그 곳을 향해 걸어가다 보면 나도 모르게 여기저기 산개해 있는 꽃밭 미로에 빠져 들어온 것을 깨닫는다. 이때 자연은 내게 게임규칙을 준다. 그 규칙의 요는 꽃을 밟지 않고 걸어다니는 것이다.

하지만 이내 꽃밭 미로 중 막다른 골목에 와 있다. 이런 땐 꽃에게 길을 물어 본다. 사실 꽃밭에 들어서면 비록 일방적인 면이 있기는 하지만 그 꽃밭에 들어서는 순간부터 그것들과 의식으로 그리고 감각으로의 대화가 어느 정도 가능하다. 의식과 감각으로 대상과 대화하는 것이다.

언어라는 도구 없이 그냥 의식과 감각으로 소통하는 것이다. 발걸음을 더 가까이 눈앞에 있는 놈들의 영역에 내딛으며 독백해 본다.

〈쓰윽~〉

그러면 그 미로는 길을 내어 준다. 마치 아이들이 매끄러운 돌과 모래로 시냇물 중간에 쌓아 막아 놓았던 소형 댐 안의 물이 불어난 물로 인하여 결국 뚫리듯 꽃들은 미로의 빗장을 풀고 길을 터주는 것이다.

아날로그신호처럼 흔들리는 수많은 풀들 사이에 지각생마냥 졸고 있는 것처럼 보이는 버들강아지 나뭇가지가 눈에 들어온다.

내 발걸음은 저절로 비온 뒤의 질퍽한 땅을 밟게 나아가게 되고, 입으로는 〈질퍽질퍽〉이라고 독백을 한 뒤 그 버들강아지에 다가간다. 아니나 다를까 역시 그 버들강아지가 눈에 띄게 흔들리는 데는 이유가 있다. 버들강아지 잎에 어린 내 손가락 반에 반 마디만한 무당벌레 한 마리가 그 위에 앉아 있었다.

다른 동료들은 여름이나 되어야 나올 터인데 부지런한 무당벌레였던 것이다. 〈띠용~〉이라는 내 독백소리와 함께 무당벌레가 날 인지한다.

손가락을 그 무당벌레 위에 살며시 가져갈 때 이미 내 손가락 끝마디는 나와 별개인 그 어떤 비행물체가 된다. 그 비행물체는 회오리모양의 비행을 했고, 내 주문은 그 비행물체를 무당벌레 가까이 접근시켜 갔다. 그러면서 또 독백한다.

〈위~잉, 위~잉 척척! 위~이이잉~〉

그리고 손가락을 정지시킨다. 그러자 무당벌레가 〈튈까말까〉하는 고민에 빠진 모습을 보인다.

〈흠칫~!〉

'흠칫' 그것은 내 독백이기도 하고 무당벌레의 머리가 순간적으로 고정되는 의태어를 내가 대신 해준 것이기도 하다.

아니, 아니 내 머리는 모든 것을 소리로 기억해 버릇하기 때문에 그것은 의성어이기도 하다.

잠시 난 무당벌레가 된다.

〈뜨끔~!〉

얼마의 시간이 흐르자 난 그 녀석을 방해하고 싶지 않아지는 거다. 그래서 뒤로 물러서며 내 발소리를 독백으로 들려준다.

〈첩! 첩! 첩!〉

내가 후퇴할 때 물기 있는 흙을 뒷걸음질로 밟는 소리를 입으로 내는 것이다.

물러서서 본 무당벌레 주위의 풍경이 바람에 살랑이기 시작하더니, 그 살랑거림이 점차 커지고 자연스럽게 나는 또 자연스럽게 독백한다.

〈수아아~ 수아아~!〉

한차례 시원한 바람이 불 때의 소리이다.

바람에 대한 만족감은 트림소리를 내어 바람에게 답한다.

〈끄~억!〉

눈 앞 들판에 키 큰 풀과 풀벌레들이 두 손을 높게 들어 멀리 보이는 바다의 파도물결을 흉내 내며 흔들고 있다.

그런 그들에게 나도 흉내를 한 번 내주고, 눈웃음 낀 시선을 돌린다.

멀리 진달래 핀 봉우리가 보인다. 가까이서 보는 진달래에겐 미안하지만, 멀리 보이는 진달래 무리들은 보기가 더욱 좋다.

가까기 다가가기로 마음먹는다.

그래서 산을 오른다.

진달래가 피어있는 곳에서 진달래꽃을 따먹어가며 더 올랐다. 오르면서 먹어야지 하고 진달래꽃 한 움큼을 주머니에 챙겨 넣어둔다

오를수록 흙과 나무 대신에 돌과 바위가 많아진다. 더 오르면 칼바위가 옆으로 삐죽 나온 봉우리가 보일 것이다.

슬슬 어린 나의 가슴에 숨이 차오른다.

또 독백을 해본다.

〈헉, 헉, 헉~〉

그 독백 자체가 우습고 후련하다.

〈그래서 그때 웃음이 내 얼굴에 각인 되었는가 보다. 난 가만히 있어도 웃는 것처럼 보인다고들 한다.〉

아까 약수터에 물 뜨러 온 사람들이 많았다는 걸 떠올린다. 내가 물 뜰 차례가 아직 많이 남은 것이다. 그러니까 시간이 많다 이거다.

〈오늘은 저기 보이는 저 칼바위에 최대한 접근해 보는 거다.〉

이 곳, 그러니까 말하자면 지금보다 더 어릴 때 살았던 바닷가를 떠나와 아저씨와 아줌마가 있는 이곳에 온 이후 약수터를 다니며 늘 보는 칼바위라는 바위가 옆으로 삐죽 삐져나온 봉우리, 늘 내 시선을 잡았던 칼바위봉우리를 이제 올라보려는 것이다. 그 곳에 오른 후 나는 내 입으로 〈우뚝!〉이란 말을 내 뱉으며 우뚝 서보리라.

칼바위 위치를 머릿속에 찍고서 땅을 보며 오르기 시작했다. 처음엔 흙을 밟으며 오른다. 오르다 보니 흙보다는 몇 해간 쌓인 나뭇잎이 더 많이 밟힌다. 길이 사라진다는 거고 사람이 많이 오지 않았다는 뜻이기도 하다.

슬슬 허물 벗은 산의 바위들이 눈에 많이 띄기 시작한다. 미끄러지기 쉬운 곳이 많아진다는 뜻이며, 위험하다는 뜻이기도 했다. 산은 점점 남성스러워지고 있었으며, 산이 내게 주는 압박감은 마치 건장한 체격에 런닝복을 입은 사나이가 심한 운동을 막 마치고도 조금의 미동도 없이 하늘과 나를 바라보며 호흡을 가다듬는 것 같았다.

옷 밖으로 삐져나온 산의 어깨며, 팔뚝 같은 바위들이 보는 이에게 위압감과 외경스러움을 강조하는 것마냥 보인다.

얼마 안 가 바위며, 바위 틈새에 삐져나온 나무뿌리들을 잡아야만 겨우 산을 오를 수 있는 상황이 시작된다.

그 곳에 접근해 갈수록 미끄러운 바위가 많다는 걸 느꼈었지만, 그땐 이미 늦었다.

다시 내려가기보단 칼바위까지 오르고 나서 그 곳을 지나 내려가는 길이 더 안전하다는 것을, 이미 산을 오르내리는 사람들의 대화를 통해 익히 알고 있다.

……．

하지만 결국 정상, 그 곳에 올랐다.

얼마간의 시련이 이어졌지만 끝내 오르고야 만 것이다.

분명 오를 수 있었음을 믿어 의심치 않았기에 오른 것은 당연했지만 그래도 기분이 우쭐해짐을 느낄 수 있다.

그 시간, 그 곳에는 잠시이긴 하지만 시간의 흐름이 없다.

〈늘 주위가 산만하여 갈팡질팡하는 마음의 방황이 없다. 늘 대상을 만들어서 원망해 버릇하던 마음의 불안도 없다. 늘 미래를 지향하며 걱정과 싸우는 마음의 시련도 없다. 〉

……．

이 칼바위 산 그리고 칼바위 봉우리의 정상이다.

바람이 정상위에 우뚝 솟은 날 살랑여대고, 내 땀을 지상으로 비산시켜 준다. 위험하다는 것을 알긴 했지만 자신감이 들었기에 꼿꼿이 선 채로 두 눈을 감는다.

아름다운 그 무언가가 떠오른다. 방금 지나쳐온 여정이 시간의 역순으로 흘러갔고 과거 어느 순간이 가슴을 통과한 채 흘러나간다.

전생에 살았었던 곳일지 모르는 낯선 풍경도 살짝 보였다. 어디인지 모를 낯선 동네에서 또래 아이들이 뛰어노는 모습도 보인다. 열한, 두어 살쯤 되어 보인다. 그리고 가게 앞 평상에서 장기판을 둘러싼 어른들도 보인다.

낯선 얼굴들도 〈키네파노라마〉가 되어 떠오른다.

어쩌면 그 얼굴 중에 가족이나 내 자신 일부가 있을 것이고 이내 그 얼굴들을 보게 될 거 같다. 그런데 갑자기 아줌마와 아저씨가 나로 인해 다투는 모습이 보인다. 그리고 그것을 건너편 골방에서 자다가 미처 다 닫지 않은 미닫이 문 사이로 귀를 세우고 다투는 소리를 듣는 내 옆모습도 보인다.

"이제 그만 고아원에 데려다 주자고~"

"아니야 더 기다려봐, 왠지 그 친구가 곧 살아올 거 같아! 그 친구가 나타났는데 내가 그 친구의 아들을 고아원에 맡긴 걸 알면 얼마나 섭섭해 하겠어? 좀 더 기다리자고."

"아니 그 친구랑 아내가 죽은 지가 벌써 반년이나 다 되어 가는데 돌아오긴 뭘 돌아와 이 화상아! 아니 죽은 사람이 살아 돌아와? 지난 가을에 데려온 애를 여태 밥 맥여줘, 빨래해줘, 가뜩이나 어시장일도 바쁜데 내가 식모냐고? 그리고 우리 애는 뭐가 되냐고? 남의 자식한테 들어갈 돈을 우리 애한테 들이면 오죽 좋아? 그 친구 자식인지, 아니면 당신의 숨겨 논 자식인지가 지금 우리 쌀을 축내고 우리 애가 쓸 돈을 나눠놓고 있다고! 이 화상아!"

"이봐! 여보! 조금만 기다려봐, 내 사실은 저 놈을 양자로 들이고 싶어 하는 사람을 수배하는 중이지 머야! 그렇지 않아도 여기저기서 입질을 하고 있구먼, 조금만 기다려봐, 이왕이면 배곯지 않을 곳으로 보내야 허지 안 컷어? 내 저놈 애비를 친구로 두고 얼마나 도움을 많아 봤는데 내가 저 애를 그냥 쉽게 아무데나 갖다 준단 말인가?"

"내 정신 좀 봐 일숫돈 걷으러 갈 시간이네, 이 화상아! 아무튼 알아서 해! 지지리도 없는 집안에 시집와서 남한테 험한 소리 다 들어가며, 이만큼 집안 일궈 놓고, 이제 한숨 좀 돌릴 만하니까, 어디서 생전 듣도 보도 못한 애를 데려와서 죽은 친구를 팔아먹어?"

"에헤이! 이 사람이 왜 이리 야박해졌나 그래? 돈 때문에 남편을 두 집 살림씩이나 한 놈으로 시방 매도하는 겨?"

순간 우울해지려 한다는 것을 느끼고 잽싸게 호흡을 크게 했고, 좋은 생각을 해 나갔다.

맛있는 음식으로 지어진 집, 그리고 감미로운 음악, 그 모든 것이 아름다운 그림이다. 그렇다, 세상은 아름다운 거다.

그렇게 무의식과 의식의 경계쯤에 있을 법한 그 어떤 존재는 또 다른 무엇인가와의 통신이라는 의미로 내게 인식되었던 거 같다.

산소가 부족할 듯 말듯, 무섭지만 무섭지 않음을 아는 듯, 가슴이 찡하기도 하지만 이미 꿈임을 알아버린…….

하지만 그 꿈을 꾸는 잠에서 깨고 싶지 않은 나태가 밀려옴을 느낄 때쯤 별안간 내 감긴 눈엔 약수터에 대기시켜 놓은 물통이 떠올랐고 차례가 다 되었을 거라는 생각에 눈을 뜰 수밖에 없었다.

산 아래 세상을 본다.

답답하다.

여기서 내가 더 자라면 무엇이 될까?

무엇이 되는 것이 지금과 무슨 차이일까?

차라리 100년이나 200년, 아니 천년 후에 내가 태어난다고 한다면 어떠할까? 무언지 몰라도 지금과는 달리 아주 설레는 삶을 살 거 같다. 그렇지만 그런 생각은 무의미하다. 지금은 내가 여기 살고 있지 않은가?

내가 혹시 냉동인간이 되어 한 500년 후 쯤 태어나면 안 될까? 냉동인간이 되고 싶다. 그래서 타임캡슐 같은 곳에 있다가 미래에 다시 나오고 싶다. 그럼 아무래도 지금보다는 멋진 세상에 나오는 것이 되지 않을까?

그건 그렇고 냉동인간이 되면 답답해서 어떻게 500년을 버티지?

냉동인간이 되면 죽은 거나 다름없으니, 시간이 얼마가 흐르던 미래에 난 방금 냉동되었다 깨어나는 기분으로 일어나게 되는가?

그래도 왠지 무섭다.

〈음… 500년은 좀 그렇고 300년은 참을 수 있을 것 같다. 지금보다 더 답답했을 옛날에 태어나지 않은 것이 다행이다〉라는 생각으로 스스로를 달랜다.

내려갈 차례이다.

내려갈 때가 더 위험한 법이다.

천천히 내려간다.

그러다 큰 바위 하나를 지날 때 손에 밴 땀 때문인지 미끄러지려 하기 시작한다.

난 본능적으로 자세를 낮추고 바위에 착 달라붙었다. 이러다가는 얼마 못가서 제대로 미끄러질 거란 생각이 든다.

이런 일은 잦다. 미끄러지지 않으려고 버티다 못 버티고 미끄러지는 것보단 일부러 떨어지는 시기를 잘 조절해 미리 뛰어내리는 것이 나을 수도 있다는 것을 내 기억력이 신속히 조언하였기에 서서히 미끄러지고 있는 와중에 우선 떨어지게 될 곳을 신속히 가늠해 본다.

다행이 돌들이 없는 축축해 보이는 땅이 있다.

배를 바위에 대고 있던 상태에서 잽싸게 몸을 반 바퀴 회전시켜 엉덩이와 등을 바위에 대고 천천히 미끄럼을 즐기며 내려가기 시작한다.

그리고 속도가 더 붙기 전에 뛰어내려야 함을 느끼고, 위치가 적당할 쯤에 과감히 뛰어 내린다.

…….

옷에 묻은 흙을 털며 몸 상태를 체크해보다 목 뒤가 서늘함을 느꼈다.

뒤를 돌아보았다. 내가 떨어져 내린 곳 뒤에 동굴이 있었으며 그 동굴입구에는 왠지 몰라도 음산하고 우울하게 보이는 자가 나를 보고 있었다. 그 자 뒤에 있는 동굴의 서늘함 때문인지 더욱 그는 우울해 보였다.

목발에 의지한 그가 천천히 다가왔고, 마치 내가 그 자로

인해 벌벌 떨며 두려움이라도 표출하길 바라는 듯이 그가 나를 노려보기 시작했다.

왠지 그는 으레 사람을 그런 식으로 노려보는 거 같았다.

자기 방어적인 습관인 것 같기도 했다.

부스락거리는 소리가 그의 뒤에서 나더니 동굴에서 무슨 일인가 싶어 하는 눈빛을 한 아이들이 나왔다.

그런데 그 아이들의 손에는 각목이니, 쇠파이프니, 쌍절권이니, 하는 흉기 등이 하나씩 들려 있었고 얼굴은 땀과 함께 상기되어 있었다.

그 〈우울해 보이는 자〉는 자신의 목발과 함께 절름거리며 내게 다가오기 시작했고 마치 그의 걸음이 신호인 양 그의 등 뒤에 있던 아이들은 나와 그를 에워쌌다.

잠시 폭탄 같은 정적이 흘렀고, 〈우울해 보이는 자〉는 동굴 앞 의자에 앉아 나를 좌시했다. 아이들 중에 눈치 빨라 보이는 한 아이가 그런 〈우울해 보이는 자〉의 의도를 파악했는지 먼저 내게 물었다.

"야! 너 누군데 함부로 여기 왔어? 어? 말해 빨리! 너 어디서 왔어?"

얼마간의 질문이 이어졌고 난 취조를 받듯 죄인처럼 대답을 했다.

‘이름이 뭐냐는 둥, 몇 살이냐, 싸움은 잘 하느냐’라든가, 등등…….

싸움을 못 한다 했을 때 비웃듯이 흘러나오는 그 아이들의 미소는 마침 내 머리 수직상공 위에서 원을 그리며 날고 있는 송골매처럼 어지러움으로 내게 파고들었다.

그러면서 시간이 조금씩 흘렀고, 그러다가 내가 사는 곳을 밝히자 그들의 눈빛은 호의적으로 변해 갔다.

마치 동지라도 만난 눈이었다. 그 뒤부터는 질문의 형식과 내용이 달라지기 시작했다. 취조형식에서 안부를 묻는 형식으로, 상대방을 허점을 파악해 공격하려는 내용에서 상대방을 자기네 편으로 사상전이 시키려는 내용으로 말이다.

얼마 지나지 않아, 그들의 눈과 내가 자주 마주치는 눈과 공통점이 있다는 걸 알게 되었다. 그들의 눈은 〈아줌마 아저씨 집〉의 마당에 있는, 그러니까 나만 쓰는 푸세식변소 안… 깨진 거울 속 내 눈동자와 닮은 것이었다.

무지해 보이고, 없어 보이고, 억울해 보이는 눈동자…….

아마 그 아이들도 나처럼 순탄치 않는 삶을 사는 모양이었다. 그래서 내가 왠지 모를 동질감을 처음부터 느꼈나 보다.

그렇게 얼마간 그들과 나의 눈싸움 같은 조우의식이 끝났고, 잠시 뒤 아이들 중 하나가 웃으며 〈아폴로〉 한 개를 내게 건넸다.

손가락 길이에 볼펜 심 굵기인 그 〈아폴로〉는 어린이들이 학교 문방구 앞에서 즐겨 사먹는 일명 〈불량식품〉이었다. 투명 빨대 안에 포도당성분이 든 앙꼬 같은 것이 안에 들어 있는 식품인데, 단돈 백원이면, 수십 개의 아폴로 뭉치를 살 수 있기에 질보다 양을 선호하는 아이들에게 인기가 많은 식품인거다. 그리고 바로 그 아폴로를 사서 친구들과 나누면 한 가지를 같이 나누었다는 동질감이 더 커지기 때문에 더 친해지는 경향이 있다.

그 곳에서 난 그 〈아폴로〉를 내미는 그 아이의 손길에 무언지 모를 막연한 거부감이 들긴 했지만 그 달콤한 맛의 〈아폴로〉를 내 미각과 기억력이 뿌리치지 아니하였다.

미각이 마이크를 잡은 내 두뇌 속 의회장은 〈달콤해〉라고 외치는 미각의 음성으로 넘친 것이었다.

물론 의회장 한편에서 비장하고 짧게 들린…

〈세상에 꽁짜는 없어!〉란 메아리를 분명 듣긴 했지만 내 손바닥은 답답한 그 외침을 밀어내며 그 아이가 건네는 〈아폴로〉에 연결돼 버린 거다.

긴장이 완화되어가는 리듬에 맞추어 무언가 모험심과 호기심 섞인 감정이 검은 안개가 되어 내 마음을 채워감을 느끼기 시작했다.

그렇게… 보이지는 않지만, 분명 존재하는 그 무엇을 그들과 공유하기 시작했다.

그들의 대부분은 내 또래 아이들이었고 다리가 불편한 그 〈우울해 보이는 자〉의 지배적 분위기가 많은 비중을 차지하는 무리였다. 그리고 그 지배적 분위기 안에서 무언가 위험함 속에 안락함을 추구하려는 내 의식의 한 단면을 보았다.

그곳에는 장난감도 많았고, 만화책도 많았으며, 손바닥 안에 들어오는 게임기도 있었다.

그날 난 거기서 난생 처음 담배도 피워 보고, 무술영화에 등장하는 이소룡의 쌍절권을 다루는 법도 배우기 시작했으며, 그 〈우울해 보이는 자〉가 아이들에게 싸우는 법을 가르치는 것도 어깨 너머로 배우기 시작했다.

난 분명 낯선 느낌이긴 했지만, 그것이 바로 흥미일 것이라는 확신, 그러니까 말하자면 정말 오래간만에 흥미라는 것을 느꼈다.

그래서 그 뒤로 그 아이들을 보러 칼바위 봉우리 아래 동굴로 자주 놀러갔으며, 그들과 종종 산 아래로 내려가 서서히 어울려 다니기 시작했다.

……

점차 그곳을 매일같이 들르기 시작했다.

학교를 다녀오면 바로 물통을 들고 약수터에 가서 물통을 대기시킨 후 그곳을 찾게 된 거다.

그렇게 난 그곳에서 그 아이들과 점점 친해져 갔고, 한 패가 되어 갔다. 그런데, 얼마안가 그 아이들이 비싼 물건은 아니지만, 어찌 되었건 〈훔치기〉도 한다는 것을 알았다. 즉, 그들은 절도를 했다.

나는 비록 직접 훔치지는 않았지만, 그 아이들이 〈훔치기〉를 할 때 같이 있었으며, 그 아이들이 〈훔치기〉를 할 때 마치 내가 훔치는 양 같이 긴장을 했고, 성공적인 절도를 한 후 환호를 지르며 광분하는 것이 좋았고, 훔치다 걸렸을 때 도망가는 스릴도 꽤 재미있었다.

점점 우리 반에서는 나에 대한 소문이 좋지 않게 돌기 시작했다. 고아, 도둑놈 그리고 양아치들과 어울리는 아이…….

그 소문은 날 부끄럽게 하거나, 반성시키긴 커녕, 오히려 내 마음의 반발심을 샀으며, 동시에 학교에 대한 흥미를 점점 잃어 갔다.

나에게서 솟아나는 소년시절 정신력은 학교보다는 동굴로……. 대충 그런 식으로 발산되고 분산되었다. 그리고 〈우울해 보이는 자〉의 말 중 특히 하나가 내 어깨를 지배했다.

"너, 왜 내가 하필 이 산에다가 아지트를 만들었는지 아나? 이 곳이 사람들 눈을 피하기 좋아서? 아니지, 아니지. 이 산은 말이야, 절망의 끝에 선 인간에게만 진실을 보여 주거든. 그래서 내가 이 산에 있는 거야!"라는 뜻 모를 〈우울해 보이는 자〉의 말이었지만, 그 말을 할 때의 표정이 상당히 진지했고 그 표정은 내 머리를 시원한 듯, 스산한 듯 뚫고 지나가며 각인 되었다.

어째든, 난 동굴도 좋았고, 그 아이들도 편했다. 그 아이들과 달동네 으슥한 골목을 배회할 때는 왠지 우쭐해지는 자신을 느꼈으며, 무언지 모를 자신감이 넘쳤다. 그리고 그들과 동네 여기저기 싸돌아다니다가 종종 골목에 진을 치고 먹잇감을 기다리곤 했다.

그들은 골목길에 서성거리다 혼자 오는 어린애가 있으면 친한 척 다가가 어깨동무를 한 뒤 그 혼자 온 아이에게 말했다.

"야 친한 척해! 가진 돈 있어 없어? 뒤져서 나오면, 10원에 한 대씩……."

그런 식이었고, 난 그런 그들을 한 발 뒤에 떨어진 상태에서 지켜보곤 했다. 그러는가 하면 그 아이들은 동네 수퍼 앞에 진열된 아이스크림이나 과일 그리고 담배 등을 순번을 정해 훔쳐오는 〈훔치기〉를 했다.

일명 〈뚜룩질 놀이〉라고 했다.

그 아이들은 훔친 물건은 일단 〈우울해 보이는 자〉에게 주었으며… 아니 바쳤으며, 그 〈우울해 보이는 자〉는 그 물건을 받고 그 아이들에게 나누어 줄 적마다, 〈홍길동〉이니 의적 〈로빈훗〉을 논하며 그들의 행동을 합리화했다.

바로 자신들이 〈홍길동〉이고, 〈로빈훗〉이라 했다. 부유한 자들의 물건을 가져와 가난한 스스로에게 나누어 주기 때문에 그들의 행동은 정당하다는 것이다.

그런 식으로 얼마간의 나날들이 내 어린 시절의 시간을 채우며, 아니 지배하며 재미지게 흘렀다.

그러다 어느 날 문방구 앞에 나는 서게 되었고 뒤에서는 〈우울해 보이는 자〉를 제외한 그 아이들이 날 주시했다.

〈그 아이들이 가리키는 물건을 내가 훔쳐오는 거다.〉

나에 대한 그들의 첫 테스트였던 것이다. 일종의 관문이었고 그 관문을 통과하면 그들과 진정으로 같은 하나의 무리가 되는 통과의례적인 〈뚜룩질〉이었던 것이다.

내 발걸음은 천천히 문방구 주인의 동태를 살피며 문방구 앞 진열장을 향했다. 난 주인이 안심해 하고 마음의 빈틈을 보이기를 바라며 진열장의 물건을 눈으로 고르고 있었다. 마치 물건을 살듯이 말이다.

귀엽고 어여쁜 모양의 샤프가 눈에 들어온다. 그때 떠오른 얼굴이 있었다. 〈누나〉의 얼굴, 아니 〈그녀〉의 얼굴이었다. 난 갑자기 그 샤프를 내가 누나에게 주고, 누나가 기뻐할 모습을 머릿속에서 그리게 되었다. 그래서 곧 그 샤프는 내 진지한 타깃이 되었다.

〈물건을 살 것처럼 고르다가 주인이 한 눈을 팔면 그때 그 타깃을 재빨리 내 호주머니에 넣고 난 뒤, 그냥 살만한 게 없다는 표정을 짓고 문방구 주인의 시야에서 벗어나자〉라고 하는 게 내 계획이었다.

마침 아이들 몇몇이 문방구 앞 진열장에 몰려왔고 그 아이들은 문방구 주인의 주의를 끌었다. 난 그것이 기회임을 느꼈다. 난 천천히 구렁이 담 넘어가듯 손을 진열장 유리에 올려놓았고, 곧 진열장 뒤로 손을 넣으려고 뒤꿈치를 들어 올렸다. 그리고 내 손이 유리진열장 뒷부분의 엣지를 막 넘어가려는 순간 내 얼굴 오른 쪽 귀와 오른 어깨가 하얗게 달아오름을 느꼈다. 내 오른편에 무엇인가가 나를 비추는 듯한 느낌이었고, 그것은 정체모를 싸늘한 열기였다.

난 동작을 멈추고 내 오른 편으로 약간 시선을 돌렸다. 그러자 내 오른편에 휘광이 빛나고 있는 것을 보게 되었다. 하지만 그것은 잠시 순간적이었고, 내가 본…, 아니 내가 느낀 그 휘광은 조심스럽고 의아한 표정을 짓고 있는 한 여자아이의 뒷모습과 함께 달아나고 있었다. 그 여자아이는 달아나다 날 잠시 돌아보았고, 그 여자아이의 얼굴에 젖어 있는 의아함이 날 뜨끔하게 했다.

〈그 누나다.〉

순간… 파악하기 어려운, 왠지 모를 죄책감이 목덜미에서 등 아래까지 흘러내렸다.

난 문방구 좌판으로부터 물러섰다. 그리고 뒷걸음질을 몇 번하다 조속히 그 문방구 영역을 빠져 나왔다.

뒤에서 지켜보고 있던 아이들의 질타가 고개 숙인 내 목덜미를 덮치기 시작했다.

"야 머야? 왜 그래?"

"것두 못해?"라 말하며 의아해하고 실망해 했지만 내 가슴은 무언가 답답한 벽을 분명 넘을 수 없다고 말했고 내 입은 그 아이들에게 "나는 할 수 없다!"고 말했다.

그런데 표정이 굳어진 그 아이들은 내 양팔을 붙잡아 동굴로 데려갔다. 난 무슨 상황인지 파악도 제대로 못하면서 자의 반, 타의 반 그들에게 끌려갔다. 동굴에 가자 나는 〈우울해 보이는 자〉에게 핀잔틀 받았다.

그는 나에게 〈싸나이다운 깡이 없다〉고 했다. 또 그는 몽둥이를 들더니 무서운 눈을 하고 내게 〈겁쟁이!〉라고 했으며, 겁이 많은 놈은 맞으면 돼! 맞아서 용기를 키워야 한다는 식으로 몽둥이를 휘두르려 했다.

난 묵묵히 듣기만 했다. 아마 그때 내 눈엔 몽둥이에 대한 두려움의 표식이 잘 들어나지 않았을 것이다. 왜냐하면 난 늘 맞을 준비가 되어 있었기 때문이고, 누가 알려 준 것은 아니지만 스스로 의연할 줄 알았기 때문이다.

〈우울해 보이는 자〉는 몽둥이를 내 눈 앞에서 세웠다. 그 때 난 순간적으로 내게 겁을 주고 싶어 하며 떨리는 눈을 보았다. 하지만 그 눈은 곧 고정되었다. 그리고 잠시 침묵이 흘렀다. 그러다가 그 〈우울해 보이는 자〉가 몽둥이로 땅을 짚고 그 몽둥이 위에 자신의 손과 턱을 가져다 놓은 채 내 눈 높이에 자신의 자세를 맞추며 쪼그리고 앉았다.

그러더니 그는 한 동안 나를 점강적으로 천천히 뚫어지라고 바라보았고, 그 시선을 내가 점점 어지럽다고 느낄 즈음 해서 그는 조용히 입을 열었다. 〈우울해 보이는 자〉는 그 문방구 주인이 사실은 아주 악독한 놈이라고 했으며 그 자의 물건이 없어지는 것은 당연하다고 했다.

"그 문방구 주인 놈이 어떤 놈인지 알아? 아주 나쁜 놈이야! 도둑놈보다 더한 놈이지! 그놈은 어렸을 때부터 남의 물건을 훔쳤어! 그러니까 그 문방구의 물건들은 다 그놈이 훔쳐서 번 돈으로 사 놓은 거니까 훔쳐도 되는 거야! 그뿐인 줄 알아? 그 놈이 하는 짓은 아주 악랄해서 많은 어린아이들의 피를 빨아 먹는 짓과 맞먹는단 말이야! 아이들을 살살 꼬드겨서 불량식품을 먹게 하고 돈을 번단 말이야! 그러니까 그 문방구 주인 놈은 도둑놈, 사기꾼 보다 더 나쁜 돈을 버는 거야! 아주 악랄하지! 그걸 우린 우리 방식으로 응징하는 거고! 그리고 너! 그래서 되겠어? 넌 말이야, 넌 말투부터 틀렸어! 사내자식이 그래가지고 진정한 사나이라 할 수 있겠어? 남자는 남자다워야 하는 거고, 남자하면 딱 벌써 싸나이인 거야! 이 동굴에는 싸나이 중에 싸나이만 올 수 있어! 진정한 사나이가 되려면 말투부터 고쳐야 해! 네 말투! 그건 계집애나 아니면 호모들이 쓰는 말이야! 이 사나이라면 일단 말을 할 때마다 처음과 끝에 욕을 기본으로 붙여 줘야해! 그리고 중간, 중간에 말하면서 침을 뱉는 건 옵션이고 말이야~ 즉 욕으로 시작해서 욕으로 끝을 내는 것이 진정한 사나이의 말투란 말이야! 욕을 하면 자신의 욕을 자신이 듣게 되고 그러면서 자신감이 생기고 깡이 생기는 거야! 알았나? 그러니까 니가 전반적으로다가 깡이 부족한 게 평소 말투부터 글렀기 때문이란 말이다! 알았냐고?”

난 고개를 진지하게 끄덕였고, 그는 무언가 잊을 뻔한 말을 한다는 표정으로 말을 마쳤다.

"아아, 물론 내 앞에다 대곤 욕하지 말고 다른 곳에서 그렇게 하란 말이야!"

그때 〈우울해 보이는 자〉의 말을 듣는 순간 문방구 주인에 대한 분노가 귀에서부터 주먹까지 치밀어 올랐다.

그리고 속으로 어설픈 욕을 해대며 다짐했다.

〈다음엔 반드시 그 문방구에서 물건을 훔치고 오리라. 그래서 그 문방구주인에게 정의의 이름으로 복수를 하고 나의 남자다움을 《〈우울해 보이는 자〉》와 동굴의 그들…, 아니, 아니 우리들에게 보여주고 승리감을 나누고야 말리라.〉

…….

그렇게 다짐한 뒤 〈아줌마아저씨 집〉으로 돌아와 잠을 잤을 때 난 꿈을 꾸었다. 꿈은 여느 때보다 더 날 불편하게 하였다. 꾸는 내내 몸과 마음이 지극히 혼돈스럽고, 답답함을 느꼈다. 또 꿈속은 어두우면서도 여기저기에서 빛이 산란되는 것을 느꼈다.

난 그 느낌이 싫었고, 그 꿈으로부터 벗어나고 싶었다. 이윽고 내가 꿈을 꾸면서 〈이것이 꿈이다!〉란 각성을 해 냈다.

그리고 〈꿈에서 빨리 깨어야지!〉하며 꿈에서 깨어나려 했다. 얼마간의 시도 끝에 꿈에서 깨어난 나를 보았을 때 혼돈에 다시 빠졌다. 꿈에서 깨어난 곳이 또 꿈속이었던 것이었다. 현실 속 나의 몸에 쥐가 났음을 느꼈고 그 쥐가 풀리길 기원했다.

그러기를 반복했고 나는 포기하지 않고 계속하여 꿈으로부터 벗어나야 한다며 나를 깨웠다. 그러자 무언가 답답함으로부터 벗어나고 있다는 희망이 보이는 듯 했다. 꿈속의 공간이 점점 밝아지고 있다는 것을 꿈을 꾸면서 분명 느낄 수 있었다.

이윽고 나는 진정으로 잠에서 깰 수 있었다. 잠에서 깨어난 나는 잠시 동안 왠지 모를 미소를 지었다. 답답한 꿈으로부터 벗어났다는 안도의 미소만은 아니었다. 난 꿈에서 벗어나려는 과정에서 무언가 따뜻한 희망이 나를 돕고 있다는 느낌을 받았다.

그게 무엇인지는 모르지만 그 느낌이 처음은 아니었다.

나는 그 상태로 한참을 있었고, 전혀 피곤하지 않음을 느꼈다.

그러는 사이 푸른 하늘의 눈은 구름이라는 팔베개 사이로 기지개를 틀며 나오기 시작했고, 여명이라는 이름의 하늘 눈빛은 이름 없는 골방창문을 통과해 차가운 바닥 위에 덮인 짝꿍 없는 이불을 마치 아버지가 자식을 쓰다듬듯이 자애스레 비추고 있었다.

그와 함께 학교에 갈 시간이 다가오고 있었다.

담요는 없으니까 됐고, 이불만 서둘러서 갠 후 책가방을 짊어지고 학교를 나선다.

나는 늘 학교에 일찍 간다.

다른 학생들이 등교하는 시간에 등교를 하게 되면, 나와 같은 집에 사는 동급생 여자애 그러니까 〈아줌마아저씨의 딸〉과 같이 등교를 하게 되는 것이 창피했기 때문이었다. 그것은 얼굴이 거무튀튀한 얼굴에 작은 키를 가진 그녀와 같이 다니는 것이 창피한 것이 결코 아니었다. 그 애 집에 빌붙어 사는 이야기가 퍼지는 나의 무기력이 싫었고, 바로 내 스스로가 창피했던 것이었다. 그 애와 같이 다니는 모습을 아이들이 본다면 이미 내 사정을 알고 있는 아이들이 한 번이라도 더 그런 이야기를 나눌 것이고, 소문은 더 빨리 퍼질 테니까 말이다.

그러다보니 어쩌다 그 애와 같이 등교라도 같이 하게 되면, 난 갈지자의 보행을 하며 그 애 뒤에서 땅을 보며 천천히 걸었고, 기회가 포착하면 〈후다닥〉 소리와 함께 쏜살같이 그 애를 추월해 〈같이 가자고〉 뒤에서 외치는 그 애를 무시한 채 교실입구까지 달음박질을 해대곤 하였다.

지난 가을부터 반년 넘게 그 애를 보아왔음에도 사실 단한 번도 제대로 쳐다본 적이 없는지라, 그 검은 얼굴 주인의 성향은커녕, 얼굴윤곽도 파악하지 못했다. 그저 그냥 멀리서 검은 피부가 살짝살짝 들어난 오렌지색 계통의 옷을 자주 입는 작고, 못생긴 여자애가 걸어오면 대충 그 애인 줄 알고 어디론가 내 모습을 감추기 일쑤였던 거다.

    …….

그날따라 학교로 등교하는 내 발걸음 위에 포근해 보이는 푸른 하늘 솜이불이 내 곁에서 맴돌아 주는 듯하여, 전날 잠 잘 때 골방에서 느끼던 서늘함을 털어버릴 수 있었고 덕분에 등굣길이 가벼웠다.

학교에 도착한 나는 물 당번이 아니지만 주전자를 들고, 운동장에 있는 수돗가를 향해 서둘러 뛰었다. 그리고 수돗가에 도착한 뒤 주전자에 물을 받으며, 수돗가구조물에 몸을 가린 채 교문 쪽을 바라보았다.

그때였다.

선도부들이 하나, 둘 나오고 있었고, 내 시선은 점점 밝아졌다. 그 〈누나〉가 보였기 때문이었다.

난 그 누나를 조용히 바라보았다. 그러면서 평온해지는

내 심장을 느낄 수 있었다. 수돗가구조물에 턱을 괸 채 그 누나를 바라보기 시작하는 내 행동을 관조할 수 있는 내 자아도 멍해졌다.

물론 그 누나는 내가 쳐다보는 것을 모를 것이다. 그 누나가 날 쳐다보는 것은 별로 바라지 않는다. 그냥 그게 더 좋을 뿐이었고, 왠지 그냥 그게 편했다.

또 그때였다.

불현듯 그녀는 무언가 생각난 듯이 순간적으로 몸을 돌려 멀리 떨어진 내 쪽을 쳐다보는 게 아닌가?

내 머리는 순간 몰래 쳐다보다 들킨 모습을 감추어야 할지 태연히 물을 받는 척을 해야 할지 갈피를 못 잡은 채 우두커니 서있다 보니, 그녀의 시선을 그대로 맞아 버리게 되었다.

멀리서 우린 마주쳤고, 그녀는 옆에 있는 다른 선도부들이 눈치 채지 못할 정도로만 〈우물쭈물〉 하고 있는 내게 가벼이 손을 흔들었다.

순간 내가 맞닥뜨린 선택의 길에서 판단력이 그만 패닉에 빠져버렸다.

나도 인사를 받아 주어야 하는지, 아니면 원래 누나를 보고 있던 게 아니었다는 듯 자연스레 시선을 피해야 하는지… 헷갈렸다. 그리고 내가 만일 그 누나의 인사를 받기 위해 손을 흔든다면, 그 장면을 볼 주변의 학생들, 특히 무서운 선배들은 나를 어찌 생각할지도 그 짧은 순간에 내 걱정을 흔들어 놓았다. 나는 무언지 모를 힘에 이끌려 어설프게 손을 살짝 들게 되었고, 그 과정의 탄력을 받아 손을 흔들며 주변을 살폈다.

다행히 보는 사람이 없는 듯했다.

멍청해 보였을 내 동작은 주전자의 물 넘치는 소리와 함께 깜짝 놀라듯이 잽싸졌으며, 내 촉박감은 자다 깬 형광등마냥 서둘러 그 환경을 벗어나야 한다고 내게 말하는데… 그런 나의 촉박감을 무시하려했는가? 단결력을 상실한 나의 건망증이 그만 수돗가에 주전자 뚜껑을 놓고 와버렸다.

〈아뿔싸〉하는 내 머릿속 형광등은 그 사태를 한 템포 뒤늦게 깨달았고, 입으로는 〈후닥닥〉이라고 은연중 중얼거리는 버릇과 함께 주전자를 건물현관 바닥에 내려놓은 뒤, 서둘러 수돗가로 막 뛰어가 주전자뚜껑을 집은 뒤 주전자가 있는 곳으로 다시 〈뻘쭘〉하게 뛰어왔다.

달릴 때 〈다다닥〉이라고 말하는 내 순식간적인 버릇도 잊지 않고 입에서 흘러나오고 있어 더욱 정신을 차릴 수 없었다.

뒤돌이보지는 않았지만, 〈그 누나〉가 내 못생긴 뒤통수를 향해 또 살짝 눈웃음을 흔드는 것을 현관에 세워 놓은 큰 거울을 통해 그대로 보았다. 그 누나는 선도부 특유의 고압스런 품위를 잠시 잊고 자지러지듯 웃으며 교문 쪽으로 몸을 돌렸다.

옆에 있던 동료 선배들이 〈그 누나〉에게 웃는 이유를 묻는 듯했고, 그 누나는 별거 아니라는 듯 손을 저었다. 큰 거울은 그러한 내용도 내게 일일이 알려주고 있었다.

우스꽝스러움의 광경과 내 머리위에 보이지 않는 〈뻘쭘한 경고등〉을 보며, 즐거운 삿대질을 해대는 큰 거울을 무시하고 나는 고개를 가슴까지 박은 채 우리 반 교실로 올라가야 했다.

…….

흥미라는 에너지를 〈우울해 보이는 자〉의 동굴에서 늘 쇠진하고 등교한 학교수업에서는 의당 〈꾸벅꾸벅〉 조는 시간이 많아졌다.

게다가 우리 반 담임선생님은 좀 특이하다. 아이들이 알아듣지 못할 수준의 말을 종종 해댄다. 늦은 봄에 수업 받는 사람의 형편을 더 졸리게 하는 것이다.

담임선생님이 그 알아듣지 못 할 수준의 말을 해댈 때에는 나뿐 아니라 대부분의 아이들이 동공의 초점을 놓치곤 한다.

그런 것들은 학교에 대한 내 집중력을 더욱 흐리게 했다.

그니까 담임선생님은 수업진도를 나가다 말고, 때때로 사회이야기니, 철학이야기니, 등등을 자주 해대곤 한다.

한동안 잠잠하던 담임선생님이 결국 오늘 그 간의 정전을 깨고, 우리들의 귀에 도발을 해온다. 그러니까 그것은 바로 담임이 교과서를 덮고 당신의 이상세계에 빠지는 것을 뜻하는 거다. 마치 몽유병환자가 몸은 현실에 두고 멀쩡히 뜬 눈으로 꿈속의 행동을 하듯 말이다.

"〈초자아〉라는 것이 있어! 그게 무어냐 하면 말이야, 그건 일단 개인의 정신 내에서 사회나 이상의 측면과 관계있는 것이야! 여러분들은 지금 듣기 싫어도, 그리고 이해하기 어려워도 일단 듣고 외워두어야 해! 아주 중요한 것이야! 이것만 알아두면 여러분이 앞으로 살아가면서 닥치게 될 선택의 기로에서 등대불빛을 찾게 되는 거야! 그니까 내가 하려는 이야기는 초자아에 대한 이야기인데……. 에… 그러니까 초자아는 대부분 무의식적인데 말이야! 무의식이 먼지는 알지? 알잖아 무의식? 그치? 그 정도는 다 알지?

그니까 초자아가 왜 중요하냐면 말이야… 초자아가 우리 안에서 행하는 기능이 참 신뢰적이고도, 절묘하고도, 정의로운데 말이야, 아! 물론 때에 따라 치명적일 수도 있긴 하지. 어쨌든 간에 초자아는 어떠한 가치관 등의 선택적 기로에 선자들에게 힌트를 제공하는 역할을 하지! 그니까 말이야, 그 초자아의 기능으로 말하자면, 개인의 행동에 대해 내부로부터 선악의 판단을 내려서 그 행동을 촉진하거나 제약하거나 한다… 이거야!

응 내말 알지? 이해는 못 해도 먼지 몰라도 이런 내 이야기를 자주 들으니까 슬슬 귀에 들어오기는 하지? 자자 바로 지금부터가 중요하단 말이야! 슬슬 들어오는 이 순간이 바로 너희들이 사회화되는 순간이란 말이야!

그리고 말이야, 그니까 그 놈이 또 행동을 비판적인 눈으로 보기도 하고……. 자, 잠깐만! 여기서 눈은 스스로의 생각의 눈인 거야! 마음의 눈이 아니란 말이야, 에… 머냐믄 말이야 그냥 머 그렇다는 거지. 그니까 예를 들어 내가 나쁜 행동을 하였을 경우 죄악감을 불러일으키기도 하고, 착한 행동을 하였을 경우 자존심을 높여 주기도 한다… 이거지.

어릴 때에는 선악이 부모나 주위 사람들의 판단에 맡겨지던 게 말이야, 이러한 판단이 점차 본인 자신 속으로 도입되어 간다는 거야!

그니까 말이야 니들이 말이야 지금 횡단보도 앞에 서 있다고 가정을 해봐! 횡단보도 신호등은 빨강색이어서 건너면 안 되는 상황인데 누군가 그 신호를 무시하고 건너는 거야!

그러면 어떠냐? 니들 마음이 어떠냐구? 저건 나쁜 행동인데 ~라고 마음속에서 그러지? 그게 말이야 예전에는 말이야… 그니까 아주~ 아주 오래 전에 신호등이라던가, 횡단보도가 없었을 때는 말이야 그게 나쁜 행동일 거라는 개념 같은 게 없었어. 하지만 지금은 나쁜 행동인 거라고 여기게 되고 자신이 신호를 어기고 횡단보도를 건너랴~ 치면 왠지 가슴이 찔리는 것이 바로 초자아란 말이야!

여러분 각자가 이 세상을 혼자 살고 있다…라고 하면 그런 범칙적인 행동이 양심에 찔리지 않겠지! 왜냐? 사회란 게 없기 때문이지! 여러분들의 자의든 타의든 간에 여러분은 사회 안에 있고 사회에 적합한 초자아가 형성되지! 그치? 그렇겠지?

그니까 〈자아〉에 〈초〉짜가 붙은 게 초자아인데 말이야… 이놈이 사회적이고, 무언가 사람들 사이에 공통적으로 흐르는 패러다임 같아서 무언가 자아를 뛰어 넘는 것 같으면서도 한편으로는 자아적이란 말이야! 그래서 초자아야!

그런가 하면 말이야! 〈합리화〉라는 놈이 있어! 이놈이 어떤 놈이냐 하면 말이야!”

하지만 그런 이야기는 내 귀에 걸린 빗장을 풀지 못했다. 담임선생님의 열변 띤 얼굴은 보려하지 않고, 눈은 머릿속

〈우울해 보이는 자〉의 동굴에 두고 온 장난감들과 만화책, 그리고 내 처지와 비슷한 그곳 친구들에게 가 있었다. 〈우울해 보이는 자〉의 동굴이 바로 내 눈의 이상적인 낙원이었고 제2의 고향이었기 때문에, 서둘러 그 동굴로 가 놀고 싶다는 생각뿐이었다.

그렇기 때문에 나는 점점 더 담임선생님… 아니, 아니 담탱이를 쳐다보기 싫었으며, 주위만 더 산만해져갔다.

그때였다.

그렇게 폭탄돌리기놀이를 하듯 담임선생님의 이야기를 귀 뒤편으로 전달만 해주던 내가 무심코 바라본 창문 밖 건물에 시선을 빼앗겼다. 창문 밖 건물을 보는 순간에 내 눈의 이상세계에서 〈우울한 자의 동굴〉은 사라졌고 곤충채집장 안의 마른 꽃들이 상상의 모습으로 흩날리기 시작했다. 그 건물은 선도부인 그 누나가 수업을 받고 있을 건물이었으며, 서서히 차분함과 설렘을 동시에 느끼기 시작했다.

내 심상은 동굴에서 그 누나의 교실로 옮겨졌다. 갑작스러우면서도 차분히 전환된 내 머릿속에 대한 의문이 들기 시작했다.

〈뭐지? 자꾸 생각을 하게 되고, 자꾸 생각이 난다! 나랑은 특별히 볼일도 없는 사이인데… 그런 누난데… 그리고 나랑 처지가 다른데… 다시는 같이 길을 걸을 일이 없을 수

도 있는데…….〉

그런데 이상하게 그 누나는 몇 번을 보았는데도 정확히 모습이 떠오르지 않는다. 모습이 떠오를 듯, 떠오를 듯하면서도, 잘 떠오르지 않는 것이었다. 그럴수록 내 기억력은 오기가 생겨 하늘 끝까지 물을 뿜어 올리고 싶어 하는 분수대가 되었고, 안 되는 걸 알면서도 끊임없이 분수대가 분수를 하늘까지 뿜어 올리려 하는 것 마냥 그 누나를 더 떠올리고 싶어 하는 것이다.

그리고 보니 그 누나를 선명하게 기억할 만큼 제대로 쳐다 본 적이 없었다. 그렇지만 〈그 누나〉가 뒤에서 나를 바라볼 때의 느낌, 간지러울 듯하면서도 포근한 그 느낌을 아직도 내 목덜미가 확실히 기억하고 있다.

〈정말이지… 앞으로 내가… 내게 주어진 인생이 얼마이건, 그 주어진 인생에서 얼마를 살던, 〈그 느낌〉만큼은 꽉 쥐고서 절대 놓지 않고 싶다.〉

……

〈띵~ 동~ 댕~ 동!〉

그때 수업종료를 알리는 벨소리가 학교에 울렸다. 담임선생님의 열강에 찬물을 끼얹는 수업종료차임벨은 우리 반 학생들의 구원자가 되었고 나는 한 걸음에 달려 〈아줌마아저씨 집〉으로 간 뒤 알아듣기 피곤한 핀잔을 폭염처럼 토해대는 아줌마를 등 뒤로 한 채 물통을 들고 약수터로 향했다.

난 약수터에 물통을 내려놓자마자, 나는 평소대로 〈우울해 보이는 자〉와 그의 아이들이 있는 동굴로 향했다. 어서 가서 아이들과 놀며, 싸움하는 법을 배우고 만화책도 실컷 봐야겠다고 생각하자 걸음이 바빠졌다.

그런데 그때였다.

동굴을 향하려던 나에게 무언지 몰라도 불편한 저항감이 내 길을 막았고 내 가슴을 말렸다. 갑자기 약수터 앞 땅바닥의 잡초들이 내 발목을 잡는 걸 느낀 것이다.

〈뭐야? 발이 걸렸나? 누가 또 결초보은이라도 하려고 풀들을 묶어 트랩을 만들어 놓았나?〉

하지만 살펴본 땅바닥과 잡초들에는 특이한 점이 없었다. 그때 갑자기 머리가 노랗게 염색되는 느낌이 들기 시작했고 염색약으로 인해 눈이 따가운 것을 느꼈다.

무엇인지 몰라도, 그 동굴로 향하는 게 왠지 마음에 걸리기 시작했다.

그러나 또 한편으로는 동굴에서 아이들과 놀게 될 나의 모습이 또 나를 그 곳으로 이끌려고 했다.

나는 다시 여느 때처럼 〈당연히 그곳으로 가야지~ 안가면 뭘 해?〉 하는 마음이 들었다. 그래서 동굴방향을 향해 한 발을 내딛었다. 그런데 이상하다! 또 땅이 나를 잡는 것이었다. 이마에는 식은땀이 흘렀고 눈썹이 부족한 내 눈에 식은땀의 일부가 흘러 들어갔다.

난 따가운 눈을 손으로 비비기 시작했다.

〈어? 이상하다! 왠지 가고 싶기도 하면서 가고 싶지가 않다! 오늘은 동굴에 가지 말까?〉

그렇지만 또 한편으로는 동굴 안에 잔뜩 쌓여 있는 〈보물섬〉이니, 〈소년동아〉이니 하는 만화책들이 내 시상에 들어온다. 이제껏 동굴을 만나기 전에는 맘껏 볼 수 없었던 만화책들이 너무 보고 싶어졌다.

그래서 또 한 발 내디뎠다.

그렇지만 또 땅이 날 막는다. 이번에는 땅이 수직으로 일어나서 내 앞을 가로막으려 했다. 난 그 환상이 현실이 되어 날 쓰러뜨릴까봐 한 발 물러섰다.

하지만, 동굴에서 나를 기다려줄 아이들이 생각났다. 날 기다려줄 줄 아는 사람은 그 아이들 밖에 내겐 없다. 산 아래에서는 아무도 날 기다려 주지 않는다.

그래서 또 한 걸음 강하게 내디뎌 막 수직으로 일어나려고 하는 땅을 밟아 밀었다. 그러자 땅은 다시 수평이 되었다. 그리고 빠른 걸음으로 동굴을 향해 걷기 시작했는데 갑자기 누군가 뒤에서 눈을 가늘게 뜨고, 포근하면서도 싸늘하게 나를 바라보는 것을 감지했다.

나는 직감했다.

〈그 누나다. 아니, 아니 그녀다.〉

그 순간 내 몸은 얼어버렸다. 물론 뒤에는 실제로 그녀가 서 있을 리 없을 터이지만, 혹시나 해서 뒤를 돌아보았다.

그녀의 환하고 포근한 잔상이 분명 가늘고 싸늘하게 뜬 그녀의 눈으로 무언가 나에게 부정적인 표정을 짓고 사라지는 것을 보았다.

그 순간 난 깨달았다.

〈아! 그랬지! 그 누나는 내가 문방구에서 물건을 훔치려 한다는 것을 알았었지……. 그런데 그녀는 아니, 아니 그 누나는 내가 물건을 훔치려던 그것을 좋아하지 않았겠지? 그 누나는 훔치는 건 무조건 나쁘게 생각할 테니까… 내가 그 누나에게 실망을 준 것인가? 실망을 준 것이 맞을까? 아니, 아니 난 결국 물건을 훔치지는 않았어……. 그래도 내 의도가 훔치려고는 했잖아? 그럼 그 한 번의 행동만으로 그 누나는 내가 그 이전에도 물건을 자주 훔쳤다고 생각해버린 것일까? 그건 아닌데… 그러면 날 이상하고 나쁜 놈으로 생각하겠지? 아니면 이 모든 게 그 누나는 사실 관심조차 없을 건가? 뭐지? 뭐야? 머리가 혼란스럽다……. 그 누나는 내가 그때 물건을 훔치지 않기를 속으로 바랐을까? 그랬겠지? 아니면 훔치던 말던 관심조차 없이 그냥 본인과는 무관한 동네야구라도 보듯이 내 행동을 본 것이었을까? 아니다, 그건 아닐꺼야! 분명 누나는 내 행동을 관심 있게 보았던 거야! 그러면 동굴로 가는 내 발걸음은 그 누나의 바램과 반대되는 거지? 아! 정말 부끄럽다. 누나에게 부끄럽다.〉

난 난생 처음이다시피 한 커다란 딜레마에 빠졌다. 난 허리와 고개를 숙이게 되었고, 점점 무릎에 힘이 빠지는 것을 느끼게 되었다. 내 키는 점점 낮아졌고, 결국 양손으로 기마자세의 모양을 한 무릎을 꽉 잡았다. 그리고 오한을 느끼며 얼마간 내 발에 달라붙은 땅을 응시했다.

〈맞아, 맞아. 꼭 누나가 아니어도, 더 이상 동굴은 왠지 가는 게 불편할 거 같아! 왠지 마음이 불편해! 어쩌면 동굴은 내게 아무것도 아니야……. 그깟 만화책이나 장난감은 없어도 상관없어. 나에게 동굴보다 더 중요한 게 있다! 계속 동굴로 향한다면 그 누나가 나를 싫어하게 되고 다시는 그 누나를 안 봐야 하는 상황이 올지도 모른다.〉

난 어쭙잖은 모습으로 걸음을 돌리게 되었다. 그리곤 조용히 물통에 물을 길어 약수터를 내려왔다. 내려오면서 다시는 동굴에 가지 않아야 할 것 같다고 〈중얼중얼〉 되새기고 있었다. 그런 뒤 아무렇지도 않은 며칠이 흘렀다.

…….

그 전에 우리 집은 가난했었지만, 아버지와 어머니는 음악을 좋아하셨기에 없는 살림에 LP레코드판을 돌려 음악을 들을 수 있는 턴테이블이 우리 집에 있었다. 그 LP판을 돌리는 기계는 내가 집밖에 나가서 아이들에게 늘 자랑하던 우리 집의 자랑거리이기도 했던 것이다. 가족이 모여서 먹은 조촐한 저녁 뒤에는 늘 집안에 그 턴테이블이 돌리는 음악이 흘렀고, 그 선율이 우리 집 창문을 통해 별빛 쏟아지는 동네 거리로 나가는 모습을 지금보다 더 어렸던 내가 나의 뒤꿈치 들어올리기를 반복해가며 창가에 〈동동〉 매달린 채 홍소를 띠며 보았고, 또 내 얼굴 반쯤 사진 찍어 주는 가로등 불빛에 마냥 좋아라 하며 세상 어두운 줄 모르고, 잠을 거부했다.

그러면 으레 어머니의 부드러운 질책과 함께 이미 반쯤 열린 내 방문이 〈스르륵〉하고 열리는 소리가 났고, 재빨리 난 이불을 뒤집어쓰며 누워, 아버지의 코골이 소리를 흉내 내곤했다.

어머니는 내가 숨쉬기 불편할 새라 얼굴에 덮힌 이불을 두 손뼘 만큼 접어놓으시고, 머리카락을 쓰다듬으셨다.

물론 자는 척 하는 줄 알고 계시겠지만 말이다.

집안에 모든 전기등이 꺼지는 소리가 난 뒤에도 한동안은 레코드판은 돌아갔고, 낡은 레코드판에서는 종종 〈타닥타닥 타다닥〉 해가며 판 튀기는 소리를 냈었는데, 그 소리는 마치 하늘에서 비가 내려와 땅바닥에 튀기는 소리처럼 구수했다.

〈파도가~ 부서지는 바위섬~ 흔적 없는 이곳에… 타닥타닥 타다닥〉

그 소리가 너무 좋았다.

……

〈타닥, 딩! 타닥, 딩딩! 타다다닥〉

언제부터인지 지금 내가 꿈을 꾸고 있다는 사실을 눈치 채고는 있었으나, 포근한 손길이 느껴지는 꿈에서 나오기 싫었다. 하지만 처마 밑에 비스듬히 세워 놓은 세숫대야에 냉랭히 떨어지고 있는 따가운 징소리와 축축해진 방바닥이 나를 지치게 했다.

밖에는 비가 오고 있었던 것이었다.

결국 어둠속 천장 위에 걸린 백열등이 서서히 〈살랑살랑〉거리며 제 혼자 놀고 있는 모습이 천천히 눈에 들어오기 시작했고, 그와 함께 방안의 어둠은 커져갔다.

눈을 크게 뜨면 뜰수록 더 커지는 방 안의 어둠은 독재자이길 자처하는 교도관이 커다란 동작으로 휘둘러 걸친 망토였다.

〈맞아, 그땐 정말 세상 참 어두운 줄 모르고 지냈던 짧은 시절이었지…….〉

갑자기 신발을 들여놓지 않았다는 게 생각났다. 하나 밖에 없는 신발이 젖고 있을 터였다. 어둠속에서 나는 더듬거리며, 방문을 열었다. 전기세 걱정을 하는 이 집의 아줌마를 위해서라도 되도록 등을 켜지 말아야 한다.

운동화는 이미 젖었고, 쓰레빠를 찾아보았으나, 그날따라 하필 보이지 않았다.

〈평소에도 운동화를 아끼느라 운동화 대신 자주 신던 쓰레빠인데, 어디 갔지?〉

난 바스락거리며 검은 비닐봉지 두 개를 양발에 각각 씌운다. 그리고 신발 밖으로 삐져나온 비닐을 신발 안으로 집어넣어 보이지 않게 한다. 젖은 운동화를 신고 학교에 간 뒤

말릴 생각이었다.

이렇게 비가 오는 날은 평소보다 더욱더 일찍 학교에 간다. 비오는 날 학교 갈 때 쓰던 내 우산은 대나무살로 우산의 뼈대를 만들고 그 위에 파란비닐을 씌워 만든 우산이었다. 그 우산은 주로 일회용으로 500원에 파는 우산인데 사람들은 비가 걷히면 대부분 그 우산을 아무데나 세워놓고 제 갈 길을 가곤했던 것이다.

그런 것을 주워다 성한 부분을 분해한 뒤 다시 조립해 사용하는 것이었다.

그나마 그 우산이라도 있었기에, 비에 젖지 않고 학교에 등교할 수 있었다. 그 우산도 역시 아이들에게 별로 선보이고 싶지 않았던 난, 새벽같이 학교에 가버렸다.

그렇게 등교한 학교에서 문 잠긴 교실의 창문을 나만의 방법으로 열고 들어가, 조용히 청소를 한 뒤 아이들을 기다리며 휘파람과 비트박스를 섞어 불렀다.

이슬뿅 내리뿅 이른 아침뿅

우산 세뿅 나란뿅 걸어갑니뿅

파란우뿅 검정우뿅 찢어진 우뿅

좁다뿅 골목길뿅 우산 세 개뿅 뿅뿅뿅뿅뿅

이마뿅 마주대뿅 걸어갑니뿅

뽕에서는 위아래 입술을 입안으로 살짝 모아 집어넣은 뒤 입안에서 모아 압축시킨 바람을 터트리듯 입 밖으로 살짝 내뱉는 것이다.

난 사실 아이들보다 더 보고 싶은 사람이 있었다.

물론 그 누나였다.

〈어여쁜 누나가 오늘은 어떤 모습을 하고 교문을 들어설까?〉하고 말이다.

난 노란우비에 투명우산을 쓰고 빨간장화를 신은 채 어여삐 등교할 그 누나를 생각해 보았으나, 첫 수업이 시작 될 때까지도 그 누나는 교문을 들어오지 않고 있었다.

난 수업에 집중할 수 없었다. 내 시선의 반은 창밖 교문을 지키고 있기 때문이었다.

그렇게 한참을 기다려도 누나는 오지 않더니, 나도 모르는 새 턱을 괴고 창가에 바짝 붙어 앉아있는 내 시야에 학교 교문 밖에 구급차 한 대가 서는 모습이 들어왔고, 그 구급차 옆문이 열리면서 구급차 안에 대고 인사를 하며, 조심스럽게 내리는 누나를 보았다.

누나는 멀리서 보아도 한눈에 누나가 바로 그 누나라는 걸 알 수 있게 하는 노란 빛 같은 게 났다. 날씨 탓인지, 아니면 거리 탓인지는 몰라도 오늘은 좀 그런 환한 빛이 다소 힘겨워 보이는 듯했다. 잰 걸음으로 천천히 뛰어가는 누나의 모습을 보는 시간은 너무 짧았다. 한 동안 누나가 들어간 건물의 현관을 내 시선이 지켰다.

〈누나가 어디 아픈 것일까? 문병 다녀오나? 아니면 혹시 누나 아빠나 엄마가 의사선생님인가? 뭐지?〉

      …….

담임선생님은 조용히 교과서를 덮으셨다. 반 아이들은 반사적으로 시간을 보았다. 지금은 금일의 마지막수업이고 마지막수업시간의 남은 시간은 20분이나 남았다. 담임선생님의 모습은 오늘도 결국 우리들의 미래와 사회를 위해서라는 명분으로 분명 자신의 그 개똥철학 한편 날려주실 태세였던 것이었다. 몇몇 아이들이 벌써부터 한숨을 쉰다.

〈헐~ 담임선생님이 오늘은 맘 잡으시고 20분씩이나 명사강의를 하시려나?〉

벌써부터 아이들은 다들 긴장하고 있었다.

담임선생님은 교실 뒤에 걸린 벽시계를 한 번 훑어보더니, 헛기침을 하며 포문을 열기 시작했다.

"여러분! 저기 운동장이 보입니까? 에… 그러니까 말이죠, 저기 저 운동장 가운데에 한 아이가 있다고 합시다. 그리고 에… 그 아이 앞에는 부모가 있고요! 그런데 그들의 분위기가 좀 심상찮습니다. 왜냐면 아이는 무언가 잘못을 했거든요! 그렇다면 그들의 부모는 당연히 화가 나 있겠죠? 그런데 이 아이는 상습적으로 잘못을 저지릅니다. 하루는 이 잘못, 또 하루는 저 잘못, 그러다 또 이 잘못, 또 저 잘못… 그렇게 말이에요.

잘못을 저지를 적마다 부모는 아이를 때리고, 혼내킨다 이겁니다. 그래도 역시 그 아이는 오늘은 이런 잘못, 내일은 저런 잘못, 모래는 또 다른 잘못을 계속해서 저지르는 아이인 것입니다.

자자, 그런데, 여기서 문제 나갑니다. 아이가 잘못을 하니 부모는 당연히 아이를 혼내키고, 때려야 하겠지요? 글잖아? 말 안 들면 패서라도 말 듣게 해야지요? 그치? 버릇을 고쳐놔야 할 거 아냐? 응?

아 또 왜 대답들이 없어? 당연하잖아! 니들도 숙제 안하고 그럴 때 이 담임이 패면 숙제 해오잖아? 글잖아? 그러니까 부모는 아이를 바르게 키우기 위해서라도 매를 들어야 하지? 그렇지요 여러분?"

난 학교 수업시간에는 칠판을 향해 나서는 일이 없는 편이다. 그냥 수업시간에 조용히 있는 편이었다. 웬만해서는 질문 같은 것도 하지 않고 대답도 잘 하지 않고 무조건 조용히 있는 편이다. 그래서인지 담임선생님도 앵간해선 내게 질문 같은 걸 하지 않는다.

그런데 난 갑자기 가슴속에서 무언가 터지기 직전의 응축의 힘을 가슴 깊은 곳에서 느꼈고 더 이상 그 응축의 힘을 포용할 수 없음을 느꼈다. 난 자리를 박차고 일어나고 말았다. 갑자기 걷잡을 수 없는 트라우마 같은 것이 내 입을 열게 했고, 그 수용소 같은 입에서 포로들은 폭동을 일으키며 내 입을 빠져나가기 시작했다.

서로의 개성을 인정해주던 담임선생님과 나 사이의 묵계를 깬 것이기도 했다.

"때린다고 말 듣진 않습니다. 때리면 때릴수록 더 안 듣습니다. 잠깐뿐입니다. 결국 또 안 듣게 될 겁니다."

그때 아이들은 모두 놀란 듯했다. 졸다 깬 아이들도 있었고, 수업종료시간이 더 연장될까봐 책상 위를 내리치는 아이들도 생겼다.

담임선생님도 내 행동을 예측하지 못 했다는 듯 〈의외의 눈동자〉로 그러면서도 불꽃처럼 빛나는 〈긍정의 눈동자〉로 날 잠시 주시했다.

"그렇다. 바로 그거야! 내가 원하던 게 이런 답이다! 아주 좋아! 지금 이게 바로 답을 만든 거야!"

담임선생의 예상 밖의 반응에 난 〈멍〉해졌고, 막 시작 되려던 내 폭동은 갈 길을 잃어버렸다. 폭동은 잠시 동안 내 안의 가슴에서 배회하는 듯하더니 그냥 잠시 동안의 소란일 뿐이었던 것 마냥 개기일식과 같이 사라졌다.

아이들도 나처럼 담임선생님의 예측하지 못 했던 말에 어리둥절해 하는 것 같았다.

담임선생님은 잠시 기쁨의 표정을 가누질 못하는 것 같더니 헛기침을 한 뒤 차분한 목소리로 이전 열강을 이어나가기 시작했다.

"그래, 맞다. 때리는 건 대부분 한 번 밖에 효과를 발휘하지 못하는 경우가 많지. 문제는 때리는 사람도 대부분 처음 의도와는 다소 빗나간 매질을 하게 되는 거지. 같이 망해간다는 거야! 맞는 아이는 맞는 것에 만성이 되어가고, 때리는 부모는 매질에 중독이 될 수 있지. 중요한 건 진심이야. 맞는 사람은 진심으로 자신을 보호해야 하고, 때리는 사람 역시 진심으로 아이와 자신을 보호해야 하지. 다른 것이 이입되거나 개입해선 안 되지. 말은 쉽지만, 글쎄다. 자자 반장 이만 수업 끝! 오늘은 이 담임이 기분이 좋아져서 이만 한다!"

수업은 여느 때 보다도 일찍 끝나게 되었고, 아이들은 환호를 질렀으며 일순간이긴 하지만 나는 아이들의 영웅이 되었다.

……。

다행이 비는 멎어 있었다. 비가 계속 온다면, 아이들이 다 하교하는 걸 보고 나 혼자 천천히 하교할 생각이었지만 그러지 않아도 되었다.

천천히 아이들의 뒤를 밟아 교문을 나섰다.

〈아줌마 아저씨 집〉에 가보니 내 방 앞에 쓰레빠가 언제 없었냐는 듯 천연덕스럽게 깨끗한 얼굴로 마당에 묶여 있는 멍멍이와 함께 날 반겼다.

그런데 좀 이상한 건 짝퉁 세줄무늬 쓰레빠였던 놈이 왠지 깨끗해 보여서인지 제대로 된 세줄무늬 쓰레빠처럼 보이는 것이다. 하지만 그렇다 해도 산에 올라가 진흙탕을 뛰어다니다 보면 의미 없어질 것이다.

마치 도시에 사는 서울 놈이 촌에 와서 보리밥을 먹고 뙤약볕 아래를 뛰어다니다 보면, 똑같은 방귀 냄새를 풍기고, 피부도 검어지는 것 마냥 말이다.

이른바 서울촌놈이 되는 것이다.

또 나는 약수터에 도달해 늘 그러했던 것처럼 물통을 약수터 대기줄에 세워 놓은 뒤 나의 시간을 가졌다.

오늘은 시냇가를 순찰할 차례이다. 왜냐하면… 아침에 비가 왔기 때문이다. 비가 온 다음 날은 시냇가에 물이 철철 넘치리만큼 많았고, 그 철철 넘치는 시냇물에 둑을 쌓는 것은 내게 성취감 같은 것을 주었기 때문이다.

마치 강에 댐을 건축해 세상의 일부분을 만들고 내가 세상에 일부를 만들었다는 것을 느끼게 하는 재미라고나 할까? 그 재밋거리는 건축가가 되고 싶은 내 승부욕을 늘 자극했기 때문이었다. 그것은 또 다른 나와의 만남이기도 했다. 도시를 건설하는 토목인… 미래의 나를 만나는 것이라고나 할까?

무엇보다도 난 미래에는 화재가 없는 도시를 만들 것이다. 그리고 먹고 보고 즐기는 물이 풍족한 도시! 물을 사먹거나 멀리서 길러오지 않아도 되는 도시를 만들 것이다.

내 힘에 너무 부치지 않을 정도의 큰 돌부터 모으기 시작했고, 그 돌들을 댐을 만들 곳에 차례로 쌓아 올렸다. 그 다음엔 주먹만한 돌들과 큰 돌을 조화롭게 섞어 댐의 모습을 만들어 나가기 시작했다, 그 즈음엔 돌들 사이로 빠져 나가는 시냇물살이 빨라져 소리도 한층 요란스럽다. 마지막엔 작은 돌들을 모아 빈틈에 최대한 맞춰 껴 넣고, 그 다음엔 까칠한 모래들을 댐 앞에 쌓아 올린다.

얼마간의 공사가 끝나자 댐이 완성되었고, 댐 안에 가두어 놓은 풍부한 물이 내 가슴을 벅차게 했다.

내가 만든 댐 덕에 댐 아래로 흐르는 물은 *하르르해졌고, 앳돼 보이기까지 했다.

〈이제 막 알에서 깨어나 바다를 향해 나아가는 연어새끼의 철없음이 저러할까?〉

※하르르하다 : 종이나 옷감 따위가 얇고 매우 보드레하다.

〈하긴 이렇게 해도 조금 있으면 모래가 돌 틈새로 다 빠져 나가고, 그 담엔 작은 돌들… 그리고 큰 돌들도 어디론가 사라지는 날이 오겠지? 백사장에 그린 그림은… 칠판당번 같은 바다의 손길에 지워지고 마치 예전 기억들이 머릿속에서 빠져나가듯…….〉

…….

물통에 물을 길어 돌아온 〈아줌마 아저씨 집〉의 안방은 꽤 시끄러웠다. 아줌마의 꾸짖는 소리… 그리고 훌쩍이는 그 딸 아이, 이유는 모르지만 아줌마의 화난 음성은 여느 때보다 꽤 고조되어 있었고, 그때 난 아줌마의 화기가 나에게까지 튀게 될 것이란 직감을 했기 때문에, 물통을 조용히 안방 앞 평상 위에 올려놓고 서둘러 그 집을 도망치듯 빠져나왔다. 마당 안에 묶여 있는 멍멍이의 짖는 소리와 함께 아줌마가 방안에서 지르는 소리가 집 밖 골목까지 울리고 있었다.

"아니, 이년아! 도대체 저금통을 다 털어서 뭣에 썼냐니까? 빨리 말 안 해? 애가 또 매를 들어야 말을 하지? 아, 빨리 말 안 해? 애가 오늘 왜 이리 버텨?"

그런 혼란을 등 뒤로 한 채 아랫동네, 성당 앞까지 내려온 나는 슬리퍼에 묻은 진흙을 털고 고개를 젖혀 한숨을 돌리기 위해 하늘을 보았다. 하늘을 향해 솟아있는 첨탑의 맨 위에 걸린 햇살이 날 진정시키는 듯 했다.

난 성당 입구로 올라가는 계단에 쪼그리고 앉았다.

〈해가 질 때쯤이면, 아줌마의 화가 가라 앉아 있을까? 아줌마는 왜 화가 또 났을까? 그 애는 무슨 잘못을 했을까? 그 애가 혼나는 걸 별로 본 적이 없는데······.

그 애는 왜 그렇게 피부가 유난히 검은 걸까? 얼굴에는 눈 하고 치아만 보일 정도로 피부가 검은데 친구들한테 놀림 당하지나 안을까? 친하게 지내고 싶어도 하필 아줌마와 아저씨의 딸이어서 말조차 걸기 껄끄럽고 내 처지가 부끄럽다.

그나저나 해가 지고 나서 들어가면 밥을 못 먹을 텐데……. 혼나더라도 밥을 먹으러 일찍 들어가는 게 나을까, 아니면 밥을 포기하더라도 혼나지 않는 게 나을까?〉

골목길의 한 쪽 끝을 멍하게 쳐다 보았다.

〈왜 사루비아는 빨리 피지 않을까? 저기 담장 아래 사루비아가 빨리 피어서 그 꽃의 꿀을 맛보고 싶다…….〉

난 성당 계단 앉은 채로 무릎에 얼굴을 파묻고, 눈만 내놓은 채 삼거리 한쪽 골목길의 끝에 보이는 담장을 바라보며 몸에 기운이 〈스르르〉 빠져 나가는 것을 느꼈다.

…….

〈잠이 들었었구나!〉

난 쪼그리고 앉아 있던 몸을 일으키려고 했다. 그러자 한쪽 다리에 쥐가 났음을 깨달았다. 난 다리에 쥐를 풀려고 한쪽 발로 성모마리아 상 앞에서 뛰어다녔다. 한동안 〈깽깽이 발〉로 〈깡총〉거리며 다니자 쥐가 났던 다리에 피가 도는 것을 느꼈다.

난 하늘을 쳐다보았다. 아직 해가 지려면 한창 남았고, 그이야긴 내가 계단에서 쪼그리고 앉아 잠든 시간이 얼마 되지 않다는 걸 알려주는 것이었다. 아직 아줌마의 화가 풀리지 않았다는 것을 생각하며 쳐다본 나의 배는 표정을 일그러뜨렸다.

배가 고프기 시작한 것이었다.

그리고 햇살이 따갑고 눈부시다고 느낄 때쯤 찡그린 내 인상을 돌리기 위해 시선을 내리던 중 내 시야에는 큰길 반대편에서 환한 미소를 가진… 마치 겨울날의 눈사람처럼 모든 이의 시선을 맑게 잡아끄는 사람이 걸어오고 있었다.

바로 그 누나였다.

〈아… 누나다!〉

운 좋게도 그 누나의 하굣길이라는 공간에 들어온 것이다. 그 누나는 멀리서 나를 알아본 듯 웃으며 걸어오고 있었다. 그 순간 내 인상은 비온 다음 날의 날씨처럼 개이고, 배고픔은 사라졌다. 우리는 시선을 하나로 당기며 가까워지고 있었고, 난 어찌할 바를 몰랐다.

그런 내게 먼저 말을 걸어 준 건 그 누나였다.

"여기서 뭐해?"

난 적당한 답변을 찾지 못 했고, 그 누나는 같이 길을 걷자는 손짓을 했다. 그렇게 난 누나와 길을 걸으며 웃을 수 있게 되었다.

그러다 어느 집 담장 앞을 가리켰다.

"가을 되면 있자나 누나~! 학교 가는 길 저 집 담벼락 밑에 빨간 사루비아꽃이 열려, 그 꽃을 따다가 쪽 하고 빨아먹으면 정말 꿀물이 나와~, 정말이야! 마술이야! 그래서 나는 가을 되면 학교를 더 일찍 가게 되요, 누나는 그걸 한 번도 맛 본적이 없죠?"

"응? 응, 그래 맛 본 적 없어!"

누나는 또 웃으며 대답했다. 그런데 난 읽었다. 누나는 이미 사루비아꽃의 맛을 알고 있는 눈빛을 흘리고 만 것이다. 잠시였지만, 그것을 놓칠 내가 아니다. 다른 사람도 아닌 누나의 표정인데 내가 놓치겠는가?

난 이미 〈그 누나〉가 좋았다.

난 그 누나 그러니까 그 누나에게 나의 세상을 구경시켜 주고 싶었고, 공감을 얻고 싶다는 생각이 들어 그 누나에게 나중에 같이 약수터를 가자고 청했다.

누나의 아름다운 하굣길이라는 세상을 보았으니, 나도 내 세상을 구경시켜 주고 싶었다.

드디어 내 인생이 그 누나와 같이 길을 걷기 시작했다는 느낌이 들었다. 왠지 모를 자신감이 들기 시작했다. 지금의 이 설렘이라는 에너지라면 앞으로 무슨 일이든 다 할 수 있을 거 같았다.

　　마치 다큐멘터리에서 본 사막의 〈실크로드〉를 〈그녀〉와 단 둘이 걷는 다는 기분이 들었다. 걸으면서 보이는 세상이 낯선 것은 아니지만 분명 새롭게 보이기 시작했다.

　　난 그 누나를 위해 걸으면서 비트박스를 섞어 불렀고 사이사이 휘파람을 불었다. 한 소절은 노래와 비트박스를 섞어 불렀고 다음 소절은 휘파람을 부르는 것이다.

　　“서울! 서울! 서울! 아름다운 이 거리~ 아췌! 아췌! 아췌! 그리움이 남는 곳!”

　　그 누나는 웃으며 내게 따지듯이 말했다.

　　“여긴 서울도 아닌 지방도시인데 무슨 서울타령이야!”

　　“에헤이~ 누난 영어공부도 안 하는구나! 제가 서울이라고 했나요? 그 서울이 아니고 영혼을 뜻하는 soul이에요!”라고 반박하며 나는 노래를 마저 불렀으며, 그 누나는 노래의 음을 따라 웃으면서 물었다.

　　“아 그러셔요? 이 누나가 무식해서 몰랐네요!”라며 그 누나는 나를 놀리듯 하며 웃으며 말했다. 그런데 바로 뒤 진지한 표정으로 내게 물었다.

　　“근데 너⋯ 영혼이 뭔지 알고 있어?”

　　난 그 물음에 노래와 걸음을 그만 멈추었다.

　　그러고 보니 영혼이 무엇인지 몰랐다. 그래서 그 누나에게 물었다.

"영혼이 귀신 아닌가요? 솔직히 잘 몰라요!"

그러자 누나는 웃음기 띤 얼굴을 살짝 굳히며 조심스럽게 말했다.

"글쎄에… 나도 잘은 몰라! 다만, 영혼은 생각이나 감각이 없다고는 들었어!"

"아! 그래요?"

"그렇긴 해도 영혼도 감정은 있다고 하더라! 사랑이라 던지, 미움이라 던지 하는 감정 말이야!"

"영혼도 사랑을 한다구요?"

"그, 글쎄, 그게 아니라, 사랑을 새롭게 한다기보다, 살아 있을 때 그가 주로 가졌던 감정이 사랑이라면… 그 영혼은 그 감정이 남아 있어서 사랑을 할 수 있는 거고, 살아 있을 때 증오만 있다면, 그 영혼은 죽어서 증오라는 감정만 가진다고 하더라!

다른 감정도 비슷하고, 아무튼 영혼은 오직 하나이어서 감정도 하나 밖에 없을 거라나? 그리고 머더라? 좀 어렵긴 한데 머냐면… 감정이라는 것은 일종에 에너지이기 때문에 영혼에 붙을 수 있는 거래! 그래서 영혼을 따라 가는 거고, 사람이 죽고 난 후에는 시간에 영향을 덜 받기 때문에 감정이라는 에너지는 소멸이라는 것으로부터 좀 더 자유로와지는 것이고… 나도 잘은 몰라!"

“아! 어렵다! 근데 누난 어떻게 그렇게 잘 알아요?”

내 물음에 누나는 잠시 뜸을 들이다 멈추더니 크게 웃기 시작했다. 이번에는 말도 제대로 못 하리만치 크게 웃는 것이었다. 그리고 웃음을 힘들게 참으며 말하는 것이었다.

“지금 니네 반 담임선생님이 한때 우리 반 담임이었거든!”

“네? 그래요? 아하하, 아! 그렇구나! 하하하….”

그 누나와 나, 그러니까 우리는 웃을 수밖에 없었다. 그건 우리 반 담임선생님을 담임으로 겪어 봤어야만 웃을 수 있는 동질감의 공유이었으며, 같은 동지끼리 만나서 이렇게 담임선생님의 이야기를 담임선생님이 없는 곳에서 한다는 사실이 더욱 우스운 것이다.

그렇게 걷다 보니 길은 막다른 곳에 다다랐고 그 막다른 길은 다시 산길로 이어지고 있는 모습이 보였다.

“누나! 조금만 더 가면 저의 별장이 나와요! 별장약수터요! 지금 가면 제가 만든 댐에 엄청나게 물이 불어나 있을 꺼에요! 거기서 버들치물고기도 잡을 수 있어요!”

그 누나는 걸음을 멈추고 약수터가 있는 산을 한 번 올려다보며 말했다.

“나두 가끔 오는 산이야!”

그러더니 시계를 보는 것이었다. 그리고 아쉬움 섞인 말투로 말했다.

"여긴 다음에 가자! 늦었어. 가봐야지! 너두 가서 숙제도 하고 예습, 복습해야 하잖아!"

조금만 더 가면 나의 멋진 건축물을 볼 수 있는데도, 그렇게 말하는 누나의 말이 좀 야속하긴 했지만 그 누나의 말을 거역하긴 싫었다. 약간 힘이 빠지긴 했지만 되도록 명랑하게 답했다.

"아, 그러네요! 알겠어요, 누나. 다음에 가요!"

우리는 산 아래서 발길을 돌렸다. 그리고 다시 성당 쪽을 향해 웃으며 걷다가 서로 할 말이 바닥난 듯 잠시 침묵이 이어졌다.

그 침묵이 불현듯 내 입을 열었다.

"누나!"

"응?"

" 저 근데 궁금한 게 있어요!"

"뭔데?"

"혹시 우리 담임선생님이 사랑이 무엇인지도 알려주던가요? 사랑이란 무엇이다…라는 사랑의 정의나 개념 말이에요!"

"아니, 그 건 너네 담임선생님에게 들은 적 없어! 아마 사랑이란 걸 해본 적도 없으실 걸?"

그 누나의 말에 우리는 또 한바탕 웃으며 걸을 수밖에 없었다. 담임선생님의 모습과 평소 하는 행동은 척 봐도 사랑을 해봤을 법해 보이지 않았고, 또 그분을 담임선생님으로 모셔본 학생이라면 그 분의 개똥철학에 중요한 것이 빠졌다는 것을 깨닫는 것이기 때문에 웃길 수밖에 없는 것이다.

그런데 그 누나의 표정이 가벼우면서도 무언가 진지해지더니 곧 다가올 삼거리, 그러니까 그 누나와 내가 갈 길을 달리 할 거리를 보며 그 누나는 말했다.

“하지만, 사랑의 정의 정도는 알 것 같아! 그건 꼭 누가 알려주지 않아도 스스로 알 수 있는 거야!”

난 궁금증 가득한 눈으로 그 누나를 바라보며 물었다.

“사랑이 먼데요?”

그러자 그 누나는 걸음을 멈추고 나를 내려다보며 말했다.

“사랑이란 3초에 한 번씩 웃는 것이야!”

순간 그 누나의 말에 세상이 환해짐을 느꼈다.

그 말을 듣는 순간 왠지 나는 너무나 가슴에 벅찼기 때문에 한동안 아무런 말도 할 수 없었다. 그 말이 내 가슴에 들어온 순간 난 그 무엇도 쉽사리 생각할 수 없었다. 그 누나의 주변에 산재해 있는 먼지조차도 나름 소중한 의미가 있다고 느껴졌다. 그런데 그렇게 한동안 서있던 내 손을 그 누나가 가볍게 미소 지으며 잡는 게 아닌가? 난 온 몸 전체적으로 풍요롭고, 온화한 감정이 흘러내리는 시간, 그러면서도 아무 뜻이 없어 보이는 모순된 시간이 내 안에서 조화롭게 교차되고, 소용돌이 침을 느꼈다.

그리고 우린 아무 말 없이 왔던 길을 다시 걷기 시작했고, 이내 그 누나와 내가 갈 길을 달리해야하는 삼거리까지 다다랐다.

그 누나는 날 아쉬움 가득한 눈으로 보더니 무언가를 내밀었다. 그것은 선글라스였다. 진짜 선글라스는 아니고 종이와 보라색셀로판지로 만든 장난감 같은 선글라스였다.

난 기쁜 표정이 얼굴에서 새어나가는 것을 어쩌지 못하며, 그 누나에게 물었다.

"이게 뭐에요?"

"응. 며칠 있으면, 일식이 있을 거야! 개기일식은 아니고, 부분일식이 있게 돼!"

"일식이요? 그게 뭔데요?"

…….

"달이 태양을 가린다고요?"

"응. 달이 태양을 가린데! 나도 잘은 몰라. 달이 태양을 가리면 세상에 빛이 사라지고, 어두워진데!"

"정말이요? 그럼 세상에 종말이 온다는 게 바로 그거군요?"

"하하하. 아니, 그건 아니야! 일식은 잠깐이니까, 다시 세상은 밝아진데! 그리고 이번은 부분일식이라서 세상이 어두워지는 일은 없을 거래. 부분일식을 보려면 이게 있어야 돼. 그래서 내가 만든 거야!"

"아, 그렇구나! 다행이네요."

난 그 누나가 내미는 것을 받아들였고, 손이 아주 따뜻해지는 것을 느꼈다.

"누나는요? 누나는 없으면 못 보잖아요? 누나 꺼는 어떻게 하고요?"하며 걱정스럽게 묻는 내 물음을 이미 알고 있었다는 듯 말했다.

"난, 또 있어. 너 주는 거니까 받아! 그나저나 나도 부분일식이라도 꼭 보고 싶은데……."라며 아쉬워하는 그 누나에게 난 물었다.

"왜요? 보면 되잖아요? 같이 봐요. 우리!"

"어? 응… 그래. 당연히 그래야지. 같이 보도록 하자 우리!"라고 말하는 누나의 표정에 잠시 그늘이 지는가 싶었고, 난 무언가 석연치 않다는 느낌이 들었지만, 왠지 접근하기 어려운 벽에 부딪히는 느낌이 들었다.

그래서 더 이상 이유를 묻지는 못 했다.

난 그런 그 누나의 표정을 돌리고 싶었다.

"저, 그런데요. 누나!"

"응?"

"아날로그가 뭐에요? 저기 은행나무육거리에 있는 전파사에서 나오는 라디오 방송이 아날로그 방송이라던데…?"

"아! 아날로그? 글쎄, 뭐라고 해야 할까? 아날로그는 그냥 긴 거야~! 저 언덕과 산과 바다처럼 그냥 긴 거라고 보면 돼!"

"기, 긴 거요? 아, 그럼 디지털은 짧은 것이겠네요? 아날로그의 반대는 디지털이라고 했으니깐요?"

"뭐라고? 하하하."라고 그 누나는 내게 되물으며 호사스럽게 웃었다. 그리고 말했다.

"글쎄, 반대라고들 하긴 하더라! 그러고 보니 너 똑똑하네? 맞아 디지털 그림 모양이 꼭 빌딩을 닮았지? 빌딩들은 아무래도 자연보다는 덜 영구적이니까 짧겠다."

그렇게 말한 그 누나는 아까보다는 덜 웃긴 했지만 난의 줄기 모양 같은 입술의 미소를 한 쪽 볼에 걸었다. 그리고 그 끝에는 보조개라는 난 꽃이 살짝 개화했다.

내 가슴엔 아까의 궁금증이 다시 일어났다. 하지만 직접 궁금증을 표현할 순 없었다. 대신 "그럼 우리 일식은 저 언덕에서 보는 거 어때요?"라고 물었다.

"아, 좋지! 언덕에서 푸른 바다를 배경으로 본다면 정말 멋질 것 같은걸? 맞아! 잠시 어두워졌다가 밝아지는 푸른 바다라……."

그렇게 끝이 애매한 말을 그 누나는 여운으로 내 귀에 남기었고, 아쉽지만 나와 그 누나는 그 자리에서 인사를 하며 헤어졌다.

…….

"여러분! 여러분은 왜 이 땅에 태어나셨습니까? 여러분 진짜 이 땅에 태어나서 이 세상이 돌아가는 원리를 단 한 번도 파악 안하고, 못하고 그렇게 살다 다시 원점으로 가고 싶은 겁니까? 아무것도 안하고 가는 것과, 무언가 하고, 깨닫고 가는 것과는 분명 차이가 있다고 생각하지 않으십니까? 어차피 가는 거 결과가 똑 같은데 뭐가 다르다고 하시는 겁니까? 여러분! 여러분 그거 아십니까? 여러분들은 모두 서로 다른 각각의 개개인이면서도 동시에 여러분들은 모두 통한다고 하는 걸 아느냐 이 말입니다! 거짓말이라고요? 무슨 말인지 모르겠다고요? 자 여러분 눈을 한번 감아 보세요. 눈을 감는 겁니다. 야야, 거기 눈 감아!"

　담임선생님의 말에 반 아이들의 표정은 못된 손님의 당치 않은 주문이라도 받는 웨이터의 그것마냥, 불쾌하지만 참을 수밖에 없는 것이냐라는 물음을 서로들 교환하고 있었다. 〈에이~ 또 뭐야? 또 뭐가 시작된 거야?〉 하는 표정들을 남발하기 시작했다.

　그도 그럴 것이 이제 마지막 수업의 시간이 5분 남짓 남았는데 지금 이 시점에서 눈을 감고 무언가를 하면 수업시간이 훌쩍 넘어버릴 거 같다는 거부감이 쏟아지기 시작하는 것이다.

　그런데 이상한 것은 언제부터인지 몰라도 그런 담임선생님의 방식이 내게 별로 거부감을 주지 않기 시작했다. 당연히 나는 조용히 눈을 감았다.

　눈을 감은 내 귀에 담임선생님의 말이 천천히 흘러 들어온다.

　"자! 이제 눈을 감고 느껴보는 거야! 너와 너 이외의 사람이 남이 아니다…라는 것을 분명 느껴보는 시간을 가져보는 거야! 아마도 이런 시간을 인생 첨으로 만나는 사람이 여기 분명 대다수일 거야! 그렇지만 이게 사실 어렵거나 낯선 게 절대 아니야! 여러분의 무의식은 이미 살아오면서 이런 시간을 무수히 가져보았거든! 단지 이제 그 무의식만의 기술을 여러분의 의식이 한번 느껴보는 것일 뿐이야! 거기 눈 안 감은 사람 뭐야? 감아! 감아 보란 말이야!

자자 혹시 여러분 이제껏 살아오면서 궁금했던 사람 있어? 훌륭한 위인이라던가, 연예인이라던가, 아니면 주변에 궁금했던 놈!

이제 한번 여러분 스스로가 자신 외에 남이 한번 되어 보는 거야! 자자 평소 되고 싶던 사람 있어? 있다면 그 사람이 한번 되어봐! 아니면 평소 궁금했던 놈 있어? 예를 들어, 와 저놈은 저거 공부 진짜 잘해! 나두 잘하고 싶어…라던가 저 놈은 도대체 이해를 못 할 놈이야! 하는 행동도 당췌 알 수가 없어! 저 놈은 대체 누굴까? 라고 할 때 그 놈이 한 번 되어 보는 거야! 자자 나랑 눈 마주치는 놈은 뭐야? 이 담임선생님이 되어 보겠다는 거야? 야야, 담임 빼고 딴 사람이 되어봐라, 응? 이 담임선생님의 삶은 사실 찌질하단다. 흑흑, 아무도 알아주는 사람 하나 없고, 흑흑….”

그때 내 머릿속엔 처음에 누나가 들어왔다. 그렇다고 내가 그 누나가 되어보기는 싫었다. 왠지 성역을 넘는 것 같고, 범접하기 싫었다. 그래서 다른 사람을 생각해 보았다. 담임선생님은 스스로 누군가 담임선생님 자신이 되어 보는 것을 원치 않았고…….

〈아… 반장! 맞아, 반장이 궁금하다!〉

난 반장을 머릿속에 떠올렸다. 반장은 누굴까? 아니 누굴까라는 생각조차 넘어서서 내가 반장 자체가 되는 거다.

〈반장, 반장, 반장…….〉

반장을 떠올리려 했는데 순간 담임선생님이 떠오르려 했다. 아마도 담임선생님이 자기를 생각하지 말라고 했던 금기를 깨고 싶은 반발심 같은 거였던가 보다 했다.

〈아니, 아니야! 반장을 떠올리는 거야 내가 반장이 되는 거야!〉

난 진지하게 집중했다. 항상 눈이 초롱초롱한 반장! 아니, 눈이 초롱초롱한 나! 그리고 수업시간에 열심히 공부하는 나! 과묵하고 단호한 모습, 담임선생님이 질문을 하면 먼저 입속으로 답을 중얼거리는 나, 그러다 확신이 선 상태에서 아무도 담임선생님의 질문에 답하는 이가 없으면, 조용히 손을 들어 답을 하는 조심스럽고, 진지한 나! 공부뿐만 아니라 청소도 열심히 하는 나! 청소시간에 아이들이 몰래 다리를 걸면 먼저 알아차리고 웃으며 피하는 나! 그리고 동작도 빠른 나! 달리기도 잘하고, 턱걸이도 잘하는 나!

바람을 읽을 줄 알아서 뒤에서 날아오는 공을 안 보고도 고개를 숙여 피하는 나, 하지만 티를 안내려고 미소를 숨기며 운동화 끈을 조여 매는 척하는 나!

그러다 어느 순간 난 걷고 있었다. 나는 교실의 못 쓰는 책상을 야외 화장실 옆 소각장에 버리러 가고 있다. 책상을 들고 소각장에 도달한 나는 책상을 더 잘 타게 하기 위해 분해를 한다. 그런데 책상을 손날과 주먹으로 격파해서 분해를 한다.

〈아! 반장은 무언가 심상치 않게 비범하구나! 아마도 운동신경이 무척 좋거나, 싸움 같은 것을 아주 잘 하는 모양이구나!〉

〈우울해 보이는 자〉의 동굴에서 아이들이 싸우는 법을 익히는 걸 어깨 너머로 보아서 그 정도는 알 수 있었다.

순간 집중력이 흐트러지려하고 반장에서 나로 돌아오려는 것을 눈치 챘다. 난 다시 더욱 집중했다.

나는 학교가 끝나고 집에 돌아가고 있다. 넉넉해 보이지 않는 집… 맞벌이하느라 바쁜 부모님, 그런데 그 이상은 집중하기 어렵다. 잘 생각이 나지 않는다.

〈하긴, 반장 집에 놀러간 적도 없고…….〉

나는 모자를 눌러 쓴 채 어디론가 집을 나선다. 가방이 없는 것으로 보아 학교나 학원에 가는 게 아니다. 그러고 보니 난 학원을 다니는 것 같지가 않다. 모자를 눌러 쓴 채 큼지

막한 성인용 자전거를 타고 달리는 것이 읍내 쇼윈도에 비
친다. 시내 상점가도 달리고, 골목길도 달리고, 연립이 많은
주택가도 달린다. 멀리 학원가가 눈에 보이고 학원 건물에
서 아이들이 쏟아져 나오는 모습이 들어온다. 모자를 한 번
더 눌러쓰고 고개를 쳐 박은 뒤 아이들의 물결을 지나쳐 흘
려보낸다.

이제 다시 학교에 등교한다. 같이 등교하며 인사하는 급
우들, 친구들… 교문에 막 들어선다.

아! 교문에 그 누나가 선도부 배지를 달고 서 있다.

그 누나가 날 보기를 바란다. 우연인 듯 그 누나가 이쪽을
바라본다. 선도부로서 등교하는 학생들의 허점을 찾으려는
임무가 만들어 낸 눈빛이다. 그렇다 해도 그 눈은 정말 이쁘
다. 난 남들이 잘 알아채지 못 할 정도로만 살짝 고개를 숙
였다가 올린다. 그 누나에 대한 인사이다. 그 누나는 의젓하
게 인사를 받는다. 난 약간 실망한다. 그 누나의 인사는 그
냥 공공의 인사였을 뿐이다. 우리 반 교실이 있는 건물에 다
다른다. 건물 입구에는 큰 거울이 있다. 큰 거울 안에 그 누
나가 또 보인다. 가슴이 시리다.

난 나로 돌아와 버렸다. 더 이상 집중이 불가능해졌기 때
문이다.

〈아! 반장도 그 누나를 좋아하는구나!〉

얼마간 집중을 했는지 시간이 얼마가 흘렀는지 몰랐다. 시간이 조금 흐른 것 같기도 하고 꽤 흐른 것 같기도 하다. 결론적으로 짧은 시간 동안 많은 느낌을 집중해 얻은 거다. 담임선생님은 시계를 한 번 보더니, 휴지에 코를 풀고 나서 약간 코맹맹이 소리를 내며 아이들에게 물었다.

“얘들아, 다들 한 번씩 나와 또 다른 내가 남이 아니다, 라는 하는 경험을 해봤니?”

그때였다. 반장이 담임선생님의 얼굴을 쳐다보며 말했다.

“선생님!”

“어, 그래그래. 역시 반장이 제일 열심히 해 봤구나! 거봐라 이놈들아! 반장 좀 본받아 봐라! 역시 우리 반 반장은 이 담임이 시킨 일이라면 참 잘해! 그래그래! 어디 한 번 말해 봐! 누구를 되어 보고, 또 느낀 점이 있다면 무엇인지 말해 봐라!”

반장은 단숨에 답했다.

“선생님! 저는 제 앞에 계신 선생님이 되어 보았어요! 물론 말씀을 어겨 죄송합니다.”

담임선생님은 그 말에 한숨을 쉬시며 말했다.

“어휴, 우리 반에서 제일 영특한 반장이 하필이면 이 담임을 생각했냐? 아무도 알아주지 않은 이 담임을 말이다.”

그 말에 반장은 자리에서 일어서며 큰소리로 말했다.

"선생님! 제가 선생님이 되어보고 느낀 것인데요! 생각해보니까 선생님을 알아주는 분이 계신 것 같습니다. 게다가 선생님을 좋아하는 것 같습니다. 아니 좋아하는 것 이상일지도 모릅니다."

담임선생님은 의아해 하고, 아이들은 책상을 두들기고, 폭소를 터트렸으며 환호성을 지르기 시작했다. 그리고 빨리 반장의 다음 말이 이어지길 바랬다. 반장은 쉬지 않고 바로 말을 쳐나갔다.

"선생님께서 길을 걸을 때 건너편에서 말없이 선생님을 바라보시는 분, 선생님이 횡단보도를 건너려고 서 계실 때 맞은편에서 전봇대에 몸을 가린 채 손거울을 보며 머릿결을 가다듬으시는 분, 선생님께서 열띤 목소리로 우리들에게 철학이라는 메시지를 설파하실 때 우리 교실 뒷문의 조그만 창문으로 선생님을 힐끔힐끔 훔쳐보시는 분!

그분은 바로, 옆 반의 여자선생님이십니다! 그 선생님은 사실 담임선생님께서 알고 계신 것과 달리 담임선생님을 보는 눈이 존경과 선망의 눈빛이라는 걸 조금 전에 알아냈습니다. 그리고 그걸 담임선생님 앞에서 숨긴다는 사실도 확신했습니다. 비록 보기 드물게 얼굴이 못 생기신 분이지만, 아! 죄, 죄송합니다. 그러니까 마음만은 천사라는 것도 알아냈습니다."

반장의 말이 끝난 순간 교실 안은 환호소리가 멈추었고 반장의 자리는 태풍의 눈이 되었다. 아이들의 폭소는 터지기 일보 직전의 모습이었다. 하지만 아이들은 웃고 싶어도, 선생님의 반응을 두려워해서 터지려는 입을 손으로 막기까지 하고 있었다.

우리 반 담임선생님과 옆 반 선생님은 학교에서 제일 사이가 안 좋기 때문이었고, 우리 반 담임선생님 앞에서 옆 반 선생님의 이야기를 꺼내기라도 하는 날에는 수업시간이 길어지고 다음 날까지도 우리 반 담임선생님의 풀리지 않은 짜증을 겪어야 했기 때문이었다.

우리는 폭풍 같은 웃음을 입안에 머금고 담임선생님의 눈치를 살폈다. 그리고 잠시 적막이 흘렀다.

그런데 이게 무슨 일인가? 담임선생님은 먼저 폭소를 터트리며 말을 돌렸다.

"아 하하하, 역시 우리 반장은 이 담임이 시킨 일도 잘하지만, 시키지 않은 일도 알아서 척척 잘해요! 자자, 수업 끝! 잔디밭과 모래 위 걷기를 해보고 그 느낌을 적어오는 숙제는 내일까지다. 알았죠, 여러분? 내일까지라고 했습니다! 분명히 며칠 전부터 내일까지라고 했다! 짤 없는 줄 알아! 반장은 차렷 빨리 시킨 다음 경례 안 하고 뭐해?"

당황한 모습이 역력한 담임선생님의 마지막 수업은 얼렁뚱
땅 평화롭게 마무리되었고, 아이들은 크게 웃었으며, 그 화기
애애함은 교실을 나가 교문 밖을 나설 때까지도 이어졌다.

〈나와 또 다른 나는 남이 아니다? 그럼 이미 내 안에 많은
남이 있을 수 있다고? 그나저나 반장이 그 누나를 좋아한
다?〉

내가 반장이 돼 보았을 때에는 반장이 그 누나를 보며 왠
지 가슴 아파한다는 것을 분명 느낀 듯했지만, 다시 나로 돌
아 왔을 때에는 그 느낌이 왠지 미덥지가 안았다. 그냥 착각
일 수도 있다는 생각이 들었다.

서둘러 우루루 몰려 나가는 아이들의 뒷모습을 보며 나는
천천히 나무늘보가 나뭇잎을 따듯 책가방에 책을 주워 담았
다. 그리고 몇몇 아이들과 청소를 끝낸 뒤 혼자 책상 줄의
오와 열을 맞추고 천천히 교실문을 나섰다.

어느 정도 텅 빈 학교의 계단을 내려가는 내 발소리는 여
느 때와 달리 화음이었다. 난 구태여 뒤돌아 보려하지 않았
다. 교실쯤에서부터 날 따라오는 이의 의도가 궁금했고, 지
금 뒤돌아본다면 그 리듬을 깨뜨릴 것 같았다.

하지만 이런 날 뒤따르던 이의 발소리가 멎었다. 아마도
내 의도를 알아차린 듯 했다. 그가 날 불렀고, 그 목소리는

반장이었다.

“어디가?”

그 질문은 반장이라는 아이가 내게 사적으로 말을 건 첫마디였다.

“아직 안 간 거냐, 반장?”

“약수터 가냐?”

내 일상을 어느 정도 파악하고 있는 반장의 대답 없는 질문에 내심 흠칫 했지만, 그런 표정을 내 뱉을 새도 없이 내 입안에서는 반장에 대한 평소 의문이 쏟아졌다.

“반장은 학원 안 다니나?”

“학원? 학원은 무신! 혼자해도 충분해!”

“아, 그래? 학원도 안다니면서 어떻게 공부를 그렇게 잘하지?”

“신념이지!”

“신념?”

“신념은 엄청난 괴력을 발휘하지?”

“신념이 뭔데?”

“신념은 기냥 믿는 거야?”

“아! 믿음?”

“그래, 믿음! 난 말이야 사실 내 전생을 조금 기억하고 살아!”

"전생? 그 전설에 고향에 가끔 나온다는 전생?"

"뭐… 그래, 그래 바로 그 전생! 음, 난 전생에 엄청난 보물을 어딘가에 숨겨 두었는데 그 장소가 기억나질 않아! 공부는 바로 그 장소를 알아낼 수 있는 보편적인 방법이기에 일단 열심히 해야 한다고 하는 신념이 생기지!"

"아! 근데 정말 전생을 기억해?"

"에… 그니까, 그게… 아, 아니야! 날 담임선생 같은 인간으로 만들고 싶지 않다면 그런 얘긴 더 이상 하지 말자!"

그때 우리는 담임선생님이란 말만으로 동시에 웃었다. 동시에 웃으면서 우리는 같은 전쟁터를 누비는 전우라는 생각이 들기 시작했다. 그리고 잠시 뒤 반장의 사상을 엿볼 수 있는 말을 들었다.

"아마… 우리는 전생에 양산박 같은 산적떼였을지도 몰라! 그 산적일 때 저지른 업보로 인해 오늘날 우리가 듣기 싫은 담탱이의 개똥철학을 빼도 박도 못하고 기냥 앉아서 들어야 하는 건가봐?"

반장의 그 말에 난 퍼뜩 떠오르는 생각이 있어 말했다.

"맞아! 어쩌면 우리가 산적이었을 적에도 산적두목이 우리 반 담임선생님이셨을 거야!"

그 말에 또 우리는 생사를 함께한 전우처럼 웃어 재꼈다. 그러고 보니 우리 담임선생님도 알게 모르게 웃음의 핵심에 있다. 폭소의 눈인 것이다. 아이들에게 짜증만을 주는 것 같지만, 그로인해 담임선생님의 뒷담화를 이야기하는 게 더욱 즐거운 것이다.

같이 교문을 나서면서 뇌리를 스치는 게 하나 있었다. 난 조심스럽게 반장에게 물었다.

"반장, 너 그 누나 좋아하지?"

라며 조심스럽고 천천히 묻는 나와 달리 반장은 빠르고 깨끗하게 내게 답했다.

"네가 그거 물어 볼 줄 알았다!"

순간 난 당황했다. 난 내 질문에 반장은 〈그 누나? 그 누나라면 어느 누나를 말하는데?〉라고 되물어 볼 것이라 여겼기 때문이었다.

반장은 내 생각을 읽었다는 표정을 잠시 보인 후 걸음을 멈추고 천천히 말했다.

"다 아는 수가 있지! 그건 그렇고, 너 신문 한번 돌려볼 생각 없냐? 조간신문은 새벽같이 일어나는 거라 힘들지만, 석간신문은 할 만하지 않겠어? 하루에 한 백부 정도만 돌리면 한 달에 칠, 팔만원은 받는다! 첨엔 오래 걸리지만 나중에는 돌리는데 한 시간이면 되거든?"

난 반장에게 내 처지가 털린 거 같아 좀 불쾌하고 창피했다. 하지만 칠, 팔만원이라는 말에 몇 가지의 잔상이 눈앞을 스쳐갔다.

예쁜 모양의 샤프, 읍내 장난감 상점 안의 바비인형, 그리고 우산, 운동화 등등이 말이다. 난 긍정적인 표정을 하며 되물었다.

"그래? 힘 안 들어? 아니, 아니다 힘든 건 상관없고 자전거는? 나 자전거 탈 줄도 모르는데?"

"힘든 거야 머 까이꺼, 월급 타는 날 다 씻어지고, 자전거는 신문사지점의 소장이 다 빌려준다. 타는 거는 금방 배우게 되고 말이야!"

"아, 그래? 하고 싶다! 나도 신문 돌리고 싶다! 나도 할께!"

"정말이지? 근데 문제가 있어!"

반장의 말에 난 희망찬 표정을 수그러뜨리며 걱정스럽게 물었다.

"뭔데?"

"나중에 신문배달 그만 두게 되면, 대타를 구해야해 그게 좀 힘들 거야!"라는 반장의 말에 난 웃으며 말했다.

"그만 두긴 왜 그만 둬! 계속 해야지!"

반장과 나는 웃을 수 있었고, 다시 길을 걸었다. 반장은 〈으쓱〉한 표정을 지으며 내게 말했다.

"게다가 인센티브가 또 있지! 머냐면 말이야, 신문을 돌리고 나면 덤으로 몇 부가 남는데, 그 걸 가지고 사람들에게 파는 거야! 것도 나름 짭짤하지!"

"어 그래? 사람들에게 팔아도 돼?"

"어! 근데 사람들이 아무래도 많은 곳에서 팔아야 일이 빨리 끝나는데 그러려면 버스 안에서 파는 게 제일 좋은 방법이지!"

"아! 버스에서 신문 파는 거? 그거 많이 보긴 했는데, 그거 우리보다 나이 많은 형들이나 할 수 있는 거 아닌가?"

"야야, 생존경쟁에서 나이가 어디 있어? 그냥 파는 거지! 그런데 몇 가지 노하우가 있어야 하지!"

"노하우? 그게 먼데?"

"에… 일단 버스에서 신문 파는 형들한테 걸리면 안 돼! 아주 피곤해지지. 잘못하면 두들겨 맞게 되지. 그리고 버스에 올라갈 때 버스 기사한테 깍듯이 인사해야 한다는 것도 잊으면 곤란하지. 안 그러면 버스비 내라고 하는 기사도 더러 있거든!"

"아, 그렇구나!"

이제 막 살길이 열리는가 싶은 내 감탄 같은 대답에 반장의 어깨는 한 번 더 〈으쓱〉해지는 모습을 보였고, 나에 대한 반장의 표정은 마치 〈이놈에게 세상사는 방법을 언제 다 터득시키나?〉하는 걱정 같은 것이 묻어 있었다.

　반장과 나는 읍내 은행나무오거리의 횡단보도에서 멈추어 섰고 우리들 멀리 앞에는 〈깐죽〉거리며 지나가는 왈패 같은 동네 아이들이 있었다.

　그때 내 머리를 또 스쳐지나가는 것이 있었다.

　"반장! 궁금한 게 있는데 너 말이야 보면 거 왜 우리 학교에서 싸움 좀 한다면서 까부는 놈들 보고도 가만히 있는 거냐? 내가 아는 한 우리 학년, 아니 우리 학교에서 네가 맘먹으면 못 때려눕힐 애는 없을 거 같은데."

　반장은 내게 무언가 들켰다라는 표정을 힐끗 보인 뒤 은행나무를 쳐다보며 말했다.

　"와! 이거, 기분 나쁜데? 난 내가 쫌 한다는 걸 아무도 모를 줄 알았는데 말이야! 네가 그런 시시콜콜한 것까지 파악했을 줄은 몰랐잖아!"

　"어 사실 나도 요새 그런 거에 관심이 좀 생겼었거든! 싸움하는 법이라든지 무기를 사용하는 법 같은 거 말이야! 스스로를 보호하고 또 내가 지켜야할 사람이 생기면 지켜 주고 싶은… 머 그런 거 있잖아!"

　반장은 내 말에 씁쓸한 표정을 지으며 말했다.

　"넌, 틀렸다."라고 말한 반장의 말을 이해하지 못한 나는 되물었다.

　"틀리다고?"

“그래, 틀렸어! 너 하나만의 힘으로 마치 모든 것을 해결하려는 그 의욕이 이미 틀렸어! 세상은 그렇게 호락호락하지 않아. 네가 생각하는 건, 이미 누구라도 생각하는 게 되어 있는 거야! 마치 지금껏 네가 살아오면서 본 세상이 전부가 아니듯 말이야!

세상은 보이지 않는 게 너무나 많고, 보이지 않는 세상은 네가 본 것만으로 풀 수 있지가 않아! 더 복잡하고 많은 게 필요하지! 아무튼 네 생각! 그건 해결책이 아니야! 그건 내가 알아! 그리고 학교에서 까불고, 아이들 괴롭히고 하는 애들을 일일이 내가 혼내 줄 시간 없어! 나 하나 바뀐다고 세상이 변하는 게 아니듯이 말이야! 야속하게 들릴지도 모르겠지만 그게 맞아! 내가 학교에서 까부는 놈의 본질 자체를 변화시킬 정도로 공을 들인다면 모르지만, 나 하나로 그 아이들이 변하진 않아!

지금의 나 하나만의 힘으로는 세상이 안 변해! 너도 너 자신을 너무 노출시키지 마라! 그렇다고 너무 숨기려 하지도 마라. 네가 너 자신을 숨기려 할수록 더 관심을 끌기도 한다는 걸 알아야지! 하긴, 그래서 내가 널 주의 깊게 보았는지도 모르겠다. 그건 그렇고, 에…….”

반장은 잠시 주저하다 말을 이었다.

“그리고 말인데, 너 그놈들과 어울리지 마라! 그 동굴에서 외다리한테 쌈 기술이나 배우고, 도둑질이나 배우는 놈들 말이야! 그 외다리 새끼는 그렇게 애들 키워서 조폭들에게 넘기는 거야! 너 또 그 아이들과 어울리려면 나한테 말 걸지 마라! 알았냐?"

반장은 그 말을 마치며 허탈해 하듯 웃었고 고개를 끄덕였으며, 더 이상 내게 반장은 어려보이지 않았다.

그렇게 반장과 이야기하며 걷는 사이, 멀리서 보이던 성당의 첨탑 끝에는 늘 그러듯이 태양빛이 걸려 있었고, 그 모습은 날 어지럽게 했으며 곧 성당 앞의 성모마리아상이 가까워졌다.

반장은 그 성모마리아상 앞에 보는 이의 아랑곳없이 무릎을 꿇었고, 반장의 무릎 아래 콘크리트바닥도 덩달아 자세를 낮추었다.

한동안 반장은 기도를 했고, 기도를 하는 반장 앞 성모마리아상 머리엔 햇살이 비추고 있었다. 내가 보는 성당의 햇살은 높아만 보였는데, 그 높아만 보이던 햇살이 반장에게는 가까이 내려와 앉아 있는 것처럼 보이는 게 아닌가?

기도를 마친 반장을 보자 생각나는 게 있었다. 난 다소 긴장된 말투로 반장에게 물었다.

"반장! 아까 대답 안한 게 있다."

반장은 웃음과 떨떠름한 표정을 섞어 귀찮다는 듯이 말했다.

"아, 이거 기분 별로야! 여자라면 모를까, 자꾸 내게 관심을 갖는 거 싫은데?"

난 반장을 보던 시선을 내 갈 길로 옮기며 한 마디 던졌다.

"귀찮으면 말 안 해도 된다!"

"아니, 귀찮으니까 말해야겠다. 난 그 선도부 누나를 좋아한다. 그냥 좋아할 뿐이야, 그 이상은 아니지! 너처럼 좋아할 수 없어 난……."

반장의 말은 왠지 서글프게 들리는 듯했지만, 난 왠지 기분이 풀어지는 것을 느꼈기에 웃으며 인사를 하고 달리기 시작했고 내 신발 바닥이 날리는 먼지는 환호하고 있었다.

"그래 반장, 고맙다! 낼부터 신문 배달하는 것 좀 알려줘! 부탁해! 그럼 그 은혜 잊지 않을께!"

…….

오늘도 결국 드디어 수업 끝이다. 난 달리기 시작했다. 요즘은 시간이 늘 촉박하다. 약수터도 가야하고, 신문배달도 해야 하고, 게다가 오늘 내겐 갑자기 엄청난 할 일이 계획되어 있었던 것이다. 난 가방을 방에 팽개친 채 물통을 들고 고물상에 들러 배관 쪼가리와 못 쓰게 된 호스를 얻어냈다.

그런 후 단걸음에 약수터까지 도달하였다.

약수터에 〈쭈욱~〉 늘여져 있는 물통 대기줄에 내가 들고 간 물통을 덜렁덜렁 세워놓은 뒤, 또 다시 어디론가 달리는 내 뒷모습은 약수터에서 체조를 하고 있는 할머니들과 담배를 피우고 있는 할아버지들에게 철없어 보였을 것이다.

〈덕분에 약수터에서는 내 분신이나 다름없는 물통까지 덩달아 철부지처럼 보였겠지!〉

메마른 땅 위를 내달리던 나의 뒤를 〈타닥타닥〉거리며 따라오던 발소리가 〈철벅철벅〉거리는 소리로 바뀐 곳은 물기가 많은 땅인 시냇가였다. 잠시 뒤 발소리가 멈추고, 오래된 마이크를 처음 켤 때 들리는 메마른 숨소리가 허리숙인 내 앞에서부터 〈헉헉〉거리며 시냇가에 잠시 울려 퍼졌다.

〈여기다! 사람들의 왕래가 적고, 물이 늘 많은 곳!〉

그리고 또 잠시 뒤 그 지친 숨소리 보다 시냇물소리가 더 크게 주변에서 들리기 시작했고, 안정을 찾은 나는 팔을 걷어 부치고 시냇가에 쪼그리고 앉았다. 그리고 시냇물의 낙차가 심한 곳에 얽혀 있는 여울을 보며 잠시 마음을 빼앗긴다.

그와 함께 마음이 평온해짐을 느꼈다…….

얼마 뒤… 난 미술가마냥, 아니면 건축가라도 된 것마냥,

엄지손가락을 가늠자로, 그리고 검지로 가늠쇠로 만들어 주변 풍수지리의 치수를 재는 시늉을 해 보았다. 멀찍이 재보기도 하고 가까이 있는 것들을 재보기도 하고…….

하지만 사실 그런 식으로 치수를 재는 방법은 실제 몰랐다. 다만 어릴 적 목수이셨던 아버지가 그러했던 모습을 흉내 내고 싶었을 뿐이다.

그리고 이제 가슴에서 접혀져 있는 도화지를 꺼내 펼친다. 그 도화지에는 색연필로 그림이 그려져 있다. 산, 시냇물 그리고 그 시냇물 한 편을 가로지르는 다리…….

다리가 그려져 있는 도화지와 도화지 앞 시냇가를 번갈아 보며 가늠을 한다. 그리고 주변에 돌을 나르기 시작했다. 제일 반짝반짝하고 모양 좋은 돌을 찾아 나르기 시작해 나갔다. 그 당시 그 시냇가에는 검은 빛깔의 조약돌도 아닌 것이 조약돌처럼 생긴…….

주먹만한 돌이 많았다. 난 바로 그 돌들을 모아 날랐다.

이번에 내가 건축하려 하는 것은 댐이 아니라 바로 그 조약돌로 인해 검은 빛이 반짝반짝 방사되는 다리였다.

그 다리 덕에 누군가 차가운 시냇물에 발을 적시지 않고도 편히 건너가는 모습을 상상해 본다. 바로 그 누나를 건너게 할 참의 다리였던 것이다.

혹시 누나가 이곳의 물이 불어 건너기 불편할 일이 생겼을 때 내가 만든 다리를 건너는 장면도 상상해 보았다.

상상만으로 가슴이 뿌듯했다. 징검다리를 만드는 게 수월하고 간단하겠지만, 징검다리는 시냇물 곳곳에 흔했기 때문에 더 멋있는 그 누나만을 위한 다리를 만들기로 이미 계획한 것이다. 그래서 되도록 인적이 드물고 물이 좀 많은 곳을 택한 것이다.

주어온 배관 쪼가리들을 시냇물에 띄엄띄엄 놓은 뒤 모래를 살짝 덮어 고정시킨 뒤 큼지막한 돌들을 그 배관들 사이사이에 쌓기 시작했다. 그리고 좀 평평하고 네모진 돌들을 그 큼지막한 돌들 위에 올려놓았다.

이제부터 진짜로 시작이다. 검은 색의 조약돌들을 그 위에 쌓기 시작한다. 얼마가 걸릴진 모르지만 부지런히 주워다 쌓기 시작한 것이다.

다 만들고 난 다리의 길이는 내 걸음으로 두세 걸음 정도 되었는데 멀리서 보면 흡사 까마귀 떼가 조용히 앉아 고개를 숙이고 있는 듯한 모습 같았다.

난 만족하지 못했다. 몇 걸음 상류로 올라간 뒤 물을 따로 고이게 만들었고 거기서부터 호스를 연결해 나머지 호스 끝은 테이프로 감고 바늘구멍을 여러 개 뚫어 놓았는데 그것을 다리 옆에 고정시켰다. 그 고인물이 호스를 타고 다리에서 뿜어져 올라와 마치 소인국의 분수대를 연상시키게 하려는 것이다. 아마 누나는 소인국에 간 걸리버처럼 거인의 눈빛으로 그 분수를 귀엽게 보아주겠지.

난 동작을 멈추지 않고 계속 분주히 움직였다. 그 다리의 한쪽 끝 시냇가에는 덩굴처럼 억샌 나뭇가지들이 낮게 뻗어 자라고 있었다. 그 나뭇가지들을 얽어 최대한 말 모양 비슷하게 만들었다. 그 위를 누군가 현수막으로 쓰다 버린 흰 천으로 덮었다.

얼추 백마가 된 것이었다. 그제야 슬슬 만족감이 들기 시작했다.

마지막으로 남은 일이 있었다.

그 시냇물 바로 옆에서 내가 만든 다리와 백마를 굽어보는 형상의 나무가 있었다. 난 그 나무로 다가갔다.

난 그 나무에게 양해를 구한 뒤 나무껍질을 내 손뼘만큼 벗겨냈다. 그리고 준비해간 조각칼로 글씨를 새겨 넣었다.

〈누나를 위한 다리〉라고 말이다. 그리고 그 문구 밑에는 그 누나의 이름과 내 이름을 더 새겨 넣은 뒤 두 이름 사이에 심장의 무늬를 새겼다.

......

〈시냇물과의 만남은 오늘 여기까지만…….〉

난 약수터로 달렸다. 지금쯤이면 내가 물을 받을 차례이다. 달려온 약수터에는 내 물통이 거의 약수물이 나오고 있는 제일 앞자리까지 와 있었다. 순번을 기다리는 노인 분들이 친절하게도 내 물통을 매번 옮겨 준 것이다.

물통에 물을 다 받고 산 아래를 내려가려던 그때, 나는 등이 왠지 서늘해짐을 느꼈고 반사적으로 뒤를 돌아보았을 때 내 시야를 가린 것은 〈우울해 보이는 자〉와 그의 일당 즉, 그의 아이들이었다.

무언지 모르지만 나는 적당히 핑계를 대고 그들로부터 멀어지고 싶었다.

〈우울해 보이는 자〉는 내게 말했다.

"그래 안 그래도 너 한번 보려던 참이었는데, 그래 그동안 뭘 하고 지냈냐?"

막 상기되려고 하는 표정을 감추고 인사를 했다. 그리고 아이들을 둘러보았다. 그 아이들의 표정은 날 반기는 듯 했지만 내 마음은 이미 그들을 밀어내고 있었다.

난 빨리 집에 가야 한다. 그렇지 않으면 매 맞는다며 핑계를 대고 서둘러 그들로부터 벗어났다.

그 〈우울해 보이는 자〉는 내 등에 대고 동굴로 자주 놀러

오라며 위압감이 느껴지는 친근함을 보냈다.

　……．

　또 꿈을 꾸었다.

　예전엔 꿈꾸는 것이 싫었다. 왜냐하면 예전에 내가 꾸던 꿈 이야기는 거의 대부분 무언가에 쫓기다 깨는 꿈이었고, 꿈에서 깨어났을 때 흐르던 식은땀이 싫었기 때문이었다.

　하지만 요즘 꾸는 꿈은 점점 달콤해진다.

　꿈속에서 무언가에 쫓기다 보면 매번 건물 맨 옥상까지 도달하거나, 낭떠러지 끝에 다다라 도망갈 길이 막히곤 했지만 예전의 내가 이미 아니었다. 난 이내 용기를 내어 옥상에서 다른 건물 옥상으로 점프를 하거나, 과감히 낭떠러지에서 뛰어내렸다. 그리곤 내 자신을 믿으며 내 몸이 땅에 떨어지기 전에 날기 시작했다. 날개는 없지만 내 믿음은 나를 하늘 끝까지 오르게 했고 자유롭게 날아다니게 했다.

　비록 꿈속의 하늘은 매번 어둡고 두려웠지만 하늘을 날 때의 느낌이 좋았다. 오히려 그 느낌이 좋아 꿈에서 깨고 싶지 않을 정도였다.

　……．

좋든 싫든 아침은 밝아온다. 그래서 꿈에서 나와야 한다.

오늘은 저학년이나 고학년이나 하교시간이 같은 토요일인 것이다. 난 설레는 마음으로 학교 갈 준비를 마치고 실없는 웃음을 하며 달렸으며, 등에 멘 가방은 신나게 어깨춤을 추며 놀이기구를 타는 어린아이 마냥 흔들림에 재미있어 하는 표정을 골목에 비산시켰다.

그 날은 바로 저학년이나 고학년이나 모두 하교시간이 같은 토요일이었기 때문에 내 마음은 새벽 같이 일어나 나를 깨우고 설렘으로 달렸던 것이다. 삼거리를 빠르게 달려 성당을 지나가는 내 시야에 오랜지색 옷을 입은 검은 살결의 한 여자아이가 기도하는 모습이 보였다.

〈어 아줌마, 아저씨의 딸이네? 무슨 일로 이렇게 일찍 학교를 가는 거지?〉

난 의아스러워 하는 표정도 그 애에게 줄 여유가 없었고, 그 애가 그 곳에 있었기에 여느 때보다 더 빨리 그 곳을 지나쳐 학교에 도착했다.

그리고 교실에서는 창가에 바짝 붙어 앉았다.

……

그런데 그 날 그 누나는 등교하지 않았다. 교문 앞에서 선도부배지를 단 채 학생들이 등교하는 것을 선도하지도 않았고, 1교시, 2교시, 그리고 수업이 끝날 때까지도 등교하지 않았으며, 쉬는 시간 어디에서도 그 누나의 모습은 보이지 않았다.

학교가 파하고 돌아가는 내 발걸음 앞에는 매번 그 누나의 웃는 얼굴이 보였다 사라지곤 했지만, 그 누나의 진짜 얼굴은 학교가 끝나 교문을 나서는 순간까지도 내 발걸음 앞에 나타나 주지 않았다.

그런데…….

빈 물통을 들고 〈터벅터벅〉거리며 약수터에 도달한 나는 내 눈을 의심했다.

약수터는 빛났고 그 중심에 그 누나가 아니, 아니 〈그녀〉가 있었다.

그녀는 약수터 벤치에 조용히 앉아 있었다. 난 내 얼굴에 화색이 돋는 것을 느끼며 그녀에게 다가가려다 멈추고 말았다. 그녀의 옆에 문방구 주인도 앉아 있었다. 문방구 주인은 그녀에게 캔 음료를 따 주며 건넸으며, 그 문방구 주인의 얼굴표정엔 무척 자애스러움이 담겨 있다.

〈아! 설마…….〉

해 하는 내 의문을 조롱이라도 하듯 그녀와 문방구 주인이 들고 있는 캔 음료 입구에서 솟아오르는 탄산음료거품은 멀리 서있는 내 귀까지 들리도록 톡톡 터지면서 탄산거리며 웃었고, 난 직감할 수밖에 없었다.

그러고 보니 둘이 무척 닮았다. 외모도 닮았을 뿐 아니라, 말투도 왠지 서로 닮아 있었다.

〈이럴 수가, 누나가 문방구 주인더러 아빠라고 하네? 그럼 둘 사이는 뭐지?〉

곧이어 멀지도, 가깝지도 않게 내 귀에 들리는 그들의 대화를 통해 그 누나가 문방구 집 딸이라는 걸 알아야만 했다.

곧 내 눈앞에는 혼돈스러운 문제점이 떠오르기 시작했다.

문방구 주인은 내가 물건을 훔치려던 문방구의 주인, 그리고 그 누나는 그 주인의 딸…이라는 것!

〈그래! 분명 내가 물건을 훔치려 하는 장면을 그 누나는 보았던 거다!〉

설령 그 누나가 그 장면을 아니 보았다 하더라도 그 문방구 주인이 그 누나의 아버지인 이상, 내 과오는 수면 위로 또다시 떠올라 버린 것이다. 그리고 이번엔 날 공격하고 있다. 마치 내가 문방구의 물건을 공격하려 했듯이 말이다. 이번에는 저번처럼 아쉬움이나 흥미의 대상이 아니라 숨기고 싶고, 외면하고 싶고, 시간을 돌려 서라도 없애 버리고 싶은 모습으로 내 눈앞에서 떠다니고 있었다.

〈아! 부끄럽다. 정말 창피하다!〉

뜨겁게 달아오른 내 얼굴과 함께 그 누나에게 앞으로 얼굴을 어찌 보이나 하는 민망함에 목덜미를 잡혀 버렸다. 그리고 점점 앞으로 얼굴을 대면하기 어려울 것이라는, 그러니까 그 누나의 환경은 내가 가까이 할 수 없고 부끄러워해야만 하는 곳이란 생각의 갈고리가 내 등골을 파고들었다.

곧이어 나는 그 누나가 내 모습을 보기 전에 모습을 감춰야 한다고 생각했기에, 마침 옆에 있던 속이 빈 통나무 모양의 쓰레기통 뒤로 범죄자처럼 몸을 움츠려 몸을 숨겼다.

그러면서 그 부녀지간의 다정스런 대화를 당당하지 못하게 훔쳐 들어야 했다.

"결심 잘 했다. 이 아버지도 기도 열심히 하마!"

"걱정 마세요, 아빠! 겨우 보름일 텐데요, 머!"

"그래 힘내고 우리 기도하자!"

......

발소리를 죽이고 걷는 나는 속으로 〈터벅터벅〉이라고 중얼거리며 물통을 들고 걷고 있었다. 이번엔 약수터가 아닌 곳으로 〈터벅〉거리며 걷는 것이다. 물통을 들고 〈그녀〉와 그녀의 아버지가 있는 곳에 갈 수 없었기에 나는 물을 떠야 하는 일을 미루고 그냥 아무데나 가고 있었으며, 무의식은 날 시냇물가로 옮겨 놓았다. 바로 내가 만든 다리가 있는 곳이었다.

그곳에서 난 얼마간 흐르는 물에 시간을 보냈다.

……

〈나는 포기한다. '그녀'를 포기한다. 그녀에게 멋지게 프러포즈하려던 계획도 포기한다. 창피하게 프러포즈가 다 무어란 말인가? 싸가지 없게시리 어린놈이 말이다. 그건 그렇고 학교에서는 어떻게 해야 하나? 종종 '그녀'와 마주치게 되면 어쩌지? 외면해야 하는가? 외면하면 이상하니까 짧게 인사만 나눌까? 가만, 아니지, 아니다. 그래도 그녀를 웃기는 것은 허용되겠지? 난 그녀를 웃길 수 있다. 그냥 웃기는 건데 무슨 상관이란 말인가? 이상한가? 이상한 일인지 몰라도 가끔 아는 척이나 하며 인사나 하는 거다! 맞아 웃겨주어야 해! 그렇게 해서라도 그녀의 집 물건을 훔치려던 내 실수를 상쇄시켜야 해! 그래 그냥 '그녀'를 좋아하지 말고, 가끔 웃겨나 주는 거다!〉

……

　난 비참하게 그 곳을 조용히 벗어나 오솔길을 맥없이 걸
었다. 길옆의 나무들과 들꽃 그리고 잡초 위의 풀벌레가 온
새미로* 환한 표정으로 내게 안부를 물었으나, 난 기쁜 표정
을 지을 수 없었고 말없이 걷기만 했다. 이미 그들은 내 부
끄러운 내용을 다 알면서 그러는 것이다.

※온새미로 : 자연 그대로, 언제나 변함없이.

〈내 맘을 알아주는 이가 이 넓은 세상에 아무도 없다…란
말을 이런 때 하는 것일까?〉
　그때 내 무의식 저편에서 해류뭄해리* 소리처럼 들려오는
시냇물의 노랫소리가 내 발길을 잡아끌었다.

※해류뭄해리 : 가뭄 후에 오는 시원한 빗줄기.

　발길이 도달한 곳은 내가 만든 다리가 있는 곳이었다. 그
다리의 빛깔이 오늘따라 더욱 어두워 보이는 듯 했다. 난 그
다리 앞에 쭈그려 앉은 채 가슴까지 얼굴을 파묻었다. 왠지
모르게 서러웠으나, 이번 설움은…….
　〈그래 내가 자초한 일이다.〉
　한동안 난 그렇게 쭈그리고 앉아 고개를 숙인 채 시냇물
을 향해 돌을 던졌고, 내 뒷모습은 무언가 체념했을 때의 그
것이었을 것이다.

날은 따스했으나 왠지 모를 한기가 바닥에서부터 내 엉덩이를 타고 등골로 올라오기 시작할 즈음이었다.

환청인 듯, 아닌 듯 그 누나의 목소리가 들리기 시작했다. 환청이 아니란 쐐기를 박듯 문방구 주인아저씨의 목소리도 함께 들렸다. 두 사람은 이쪽으로 오고 있었다.

난 그 주인아저씨 목소리에 등이라도 떠밀리듯 자리에서 일어나 내가 만든 다리를 지나 그 소리로부터 멀찍이 거리를 두고 나무 뒤에 또 몸을 숨겼다.

그녀와 문방구주인아저씨의 목소리는 잠시 그들의 눈앞의 대기하고 있는 다리를 보고 그들의 발걸음과 함께 멈추었다.

"어머? 누가 돌다리를 만들어 놨어요, 아버지!"

그녀의 말이었다. 그리고 여전히 자애스러운 표정의 문방구주인아저씨도 말을 받아준다.

"그래, 그렇구나! 사람도 별로 안다닐 이곳에 누군가 성실히도 돌을 쌓아 놓았어!"

"왠지 참 이뻐보이는 다리에요."

"그래 돌을 나름 잘 골랐구나. 가만, 여기 쌓아놓은 돌들 중 검은색 돌이 꽤 많구나! 이건 오석(烏石)인 듯싶은데? 맞네, 맞아! 이 고장 특유의 검은 빛깔 오석을 잘도 주워다 놓았다. 요즘은 이게 흔하지 않은 돌인데 게다가 이런 물가에서 어떻게 구했을까? 이 돌은 참 신기하게도 돌임에도 불구하고 오석끼리 부딪치면 은은하고 소박스런 쇳소리가 나곤 하지!"

난 꽤 멀찍이 있었지만 일순간 그녀의 동공이 확장되는 것을 분명 볼 수 있었다. 그녀는 그녀의 아버지를 둔 체 천천히 다리를 건너기 시작했다.

"아버지는 무거우시니 그냥 계셔요. 저만 잠시 건너갔다 올께요."라고 말하는 그녀의 두 눈은 다리건너 이쪽 편 나무 한 그루에 집중되어 있었다. 조용히 다리를 건넌 그녀는 내가 문양을 새긴 나무 까까이로 다가갔다.

그리고 갑자기 흔들리기 시작하는 그녀의 시선과 함께 섬섬옥수 같은 그녀의 손이 나무를 쓰다듬었다. 잠시 뒤 찰나 같은 시간을 타고 그녀의 호수 같은 한쪽 눈에서 분명 귀엽고 투명한 올챙이가 흘러내렸다. 눈물은 흘러 내렸으나 그녀는 웃고 있었다.

그렇다. 그녀는 나무에 새겨진 자신의 이름을 본 것이다. 그리고 그 옆에 새겨진 내 이름과 함께 하트모양도 보았겠지.

내 얼굴에서도 분명치 않은 기쁨과 함께 서글픔이 흐르기 시작했다.

〈이럴 줄 알았으면 좀 더 멋지게 새기는 건데…….〉

한동안 그녀는 나무 앞에서 그렇게 서 있었고 난 멀찍이 그것을 훔쳐보았다. 왠지 모를 고마움이 내 고개를 들게 했던가? 난 하늘을 보았다. 하늘에는 마침 양떼구름 한 무리가 흘러가고 있었다.

…….

양떼구름과 함께 시간은 꽤 흘렀고 이미 그들은 없었다. 아마도 이 산에서도 내려갔을 것이다.

이제 내 주위에는 아무도 없는 듯했다. 그때 불현듯 눈앞에 있는 다리를 영원토록 없어지지 않게 해주고 싶다는 생각이 들었다. 그렇게 나는 누나가 지나갔던 그 시냇물에 돌다리를 개조해 좀 더 멋지게 보강하고 싶었다. 그래서 더 이쁘장한 돌들을 주우러 다니며 그 누나가 돌다리를 지나갔다는 기억을 쌓아 올렸고 다듬었다.

…….

쫓기는 꿈, 또 쫓기는 꿈이 시작되었다.

난 꿈에서 그 〈우울해 보이는 자〉와 조우했다. 난 자신 있었다. 그 〈우울해 보이는 자〉가 날 위협하거나, 잡으려 한다면 나는 또 날아버리면 되는 것이었기 때문이었다. 난 가볍게 웃으며 뒤 돌아 점프를 했다.

그런데 난 날지 못했다. 내가 날려고 하는 걸 알고 있는 듯한 웃음을 띤 그 〈우울해 보이는 자〉는 내 뒤에서 양 어깨를 두 팔로 꽉 잡아버렸다. 난 고개를 돌려 그 〈우울해 보이는 자〉를 보았다. 그 얼굴이 시커멓게 변하면서 내 시야를 가득 채웠다. 그런데 〈우울해 보이는 자〉는 누나에 대해 내게 물어보았다.

"그 여자애는 누구냐? 그 이쁘장한 여자는 누구지? 응? 누구냐니까?"

난 대답하고 싶지 않았다. 아주 불쾌했다. 그 우울해 보이는 자의 입에서 그 누나의 대한 이야기가 나온다는 것 자체가 왠지 불안하고 아주 싫었다. 점점 그의 손아귀 힘은 거세져 갔고, 내 양 어깨는 뼈가 시릴 정도로 아프기 시작했다.

그래도 난 대답하지 않았다. 그렇게 한참이 흘렀다. 그러자 그 〈우울해 보이는 자〉의 표정이 누그러지더니 그와 함께 내 양어깨를 잡은 손을 서서히 풀었다. 그러더니 그는 다음에 그 누나를 꼭 동굴로 데려오라 했다. 맛있는 것을 줄 것이라 했다. 그 누나를 위해 바비인형도 사 놓았다고 했다.

〈이건 꿈이다!〉

꿈이란 걸 알았지만, 난 쉽게 그 꿈에서 벗어나지 못 하고
있었다.

꿈에서 그 자는 누나를 데려오라고 했고 난 그 말에 강한
저항심이 일어나는 것을 느꼈다. 그와 동시에 모멸감을 느
꼈다.

난 그 자에게서부터 벗어나야 하는 꿈을 꾼 것이다.

너무나도 불쾌한 꿈을 꾼 것이었다. 모멸감이 느껴지는
꿈이었다. 꿈에서 본 것들이 정확히 멀 뜻하는지는 잘 몰라
도 아무튼 꿈속의 그 누나 안색이 안 좋아 보였다.

〈모멸감…….〉

〈이제 또 악몽의 시절이 돌아오는 것인가? 왜 전과 같이
꿈에서 날 수 없었던 걸까? 왜 몸이 말을 듣지 않았지?〉

꿈에서 깨고 난 아침은 조용한 일요일이었다. 여느 때 같
으면 일요일엔 아침 일찍 약수터를 가지만 그날은 그럴 기
분이 아니었다. 난 조용히 내 방의 미닫이문을 열고 나온 뒤
졸고 있는 강아지 앞을 지나 대문을 나섰다. 그리고 아무생
각 없는 발걸음이 천천히 날 학교 방향으로 인도하였다.

달동네를 내려와 사루비아 담장집을 지나고, 성당 앞 삼거리를 지나 은행나무오거리에 도달했을 때 내 귀를 잡는 음악에 의해 난 전파사 앞에서 걸음을 멈추었다.

전파사에서 흘러나오는 음악은 장애를 딛고 성공한 가수의 노래였다.

〈꿈에… 어제 꿈에 보았던, 이름 모를 너를 나는 못 잊어…… 본 적도 없고 이름도 모르는 지난 꿈 스쳐간 여인이여…….〉

얼마 뒤 노래는 끝이 났고, 내 발걸음은 이미 전파사가 있는 은행나무오거리를 한창 지났지만, 오늘따라 그 노래의 여운이 내 귀에 남아 오랫동안 가시지 않는다.

〈나도 그 가수처럼 지금의 내 처지를 딛고 존재의의적인 사람이 될 수 있을까? 나도 가수에 도전해 볼까? 아니지, 그건 아니지. 가수가 되려면 음악도 배워야 하고, 최소한 악기 살 돈은 있어야 하겠지? 그럼 난 무엇이 될 수 있을까?〉

난 되도록 천천히 걸으며, 노래가 주는 왠지 모를 서러운 희망을 최대한 간직하고 싶었다. 어느 새 발걸음은 학교에 도달했고, 문 닫힌 문방구의 모습이 내 눈을 섭하게 했다.

〈그녀 아, 아니 그 누나는 집에 있으려나? 집은 어딜까? 아름다운 그 누나의 집은 크고 멋있을까? 아닌가? 문방구로는 그다지 큰 집을 갖기 힘들까? 그래도 왠지 그 집에는 멋

과 향기가 넘칠 것 같다.〉

교문의 큰문은 일요일이라 닫혀 있었고, 작은 문을 통과해 들어간 운동장은 하필 텅 비어있었다. 그리고 조회대 옆 콘크리트계단에 앉은 내 마음도 운동장을 따라 비워지고 있었다. 한동안 아무 생각이 없던 터라 내 마음이 심심했던지 갑자기 운동장에 사람이 북적거렸으면 했다.

난 그냥 마인드콘트롤 삼아 운동장에 사람이 많이 있다고 상상해 본다. 내가 앉은 곳은 아까 들었던 노래의 가수가 오르는 무대이고 운동장은 관객들로 꽉 차있다. 난 천천히 자리에서 일어났고 아까 들었던 노래를 한번 불러본다.

하지만 노래 한곡을 다 부르지 못 하고 마인드콘트롤은 깨지고 만다. 내가 듣기에도 내 노랫소리는 영 아니었던 것이다.

난 어이없는 미소를 혼자 짓고는 화장실이나 가야겠다고 맘먹는다. 역시 내 입은 노래를 부르기 보다는 새소리, 악기소리 그리고 의태어나 만들어 부르기에 최적인 것이다.

난 화장실 문 앞에 섰다. 그리고 문을 열며 입으로 문이 열리는 소리를 내 본다.

〈끼리릭~ 첩, 열커덕!〉

가수들도 화장실은 가겠지? 내가 가수라면 얼마나 신나고 좋을까? 내 걸음조차도 신명나고 당당할 텐데…….

〈저벅, 저벅〉

내가 입으로 낸 소리, 그러니까 말하자면 당당히 화장실 안으로 들어서는 발소리이다. 그리고 이어서 변기 앞에 서서 지퍼를 내리는 소리를 내 본다.

〈척! 찌익~ 쏴아아!〉

거울 안에 있는 내 얼굴을 본다. 그 얼굴이 훌륭하거나, 멋진 사람이면 얼마나 좋을까라고 생각해 보았다. 그때 생각난 게 있었고, 난 주머니에서 그 장난감선글라스를 꺼냈다. 그리고 그것을 써 보았다. 거울 안의 내 모습이 그 장난감선글라스 하나로 제법 바뀌어 보인다. 나름 멋져 보일 포즈를 취해도 보고, 으쓱거려 보기도 한다.

화장실에서 나와 태양이 떠 있는 하늘을 보았다. 태양을 보아도 눈이 아프지 않다. 내 눈은 지금 그 누나가 준 장난감 선글라스 덕에 아프지 않는 것이다. 선글라스를 쓴 채 태양을 유심히 보았다. 그 누나가 말한 일식이 생각난 것이다. 달이 태양을 지나가는 모습을 놓칠 새라 뚫어져라 보았다. 하지만 일식 같은 건 눈에 보이지 않았다. 그 누나가 말한 일식은 며칠이 더 있어야 하는 것이다.

난 학교를 빙 둘러가며 여기저기 기웃거린다. 새장 안의 공작새에게도 말을 걸어보고, 철봉대 밑에 모래도 발로 툭 툭 걷어차며 지나가 보고, 수돗가에서 물도 마시고…….

내 행동이 왠지 찌질해 보이고, 쓸데없어 보이겠지 하는 생각이 들자 학교를 나가고 싶어졌다. 그래서 교문을 향해 걸어갔다. 막 교문을 나서는 내 눈에 꿈에 그리던 사람이 들어왔다. 그 누나였다. 그렇다. 그 누나가 오고 있었다. 난 반갑기도 하고 부끄럽기도 해서 어찌할 바를 모르고 있었는데 그런 내 속을 눈치라도 챘던지 그 누나가 먼저 반갑게 말을 걸었다.

"웬일이야? 오늘은 학교 노는 날인데? 방갑네? 그렇지 않아도 한번 봤으면 했는데!"

"네? 그, 그러세요? 저 저도요 누나! 저도 정말 꿈에 보고 싶었어요!"

엉겁결에 답한 나의 앞뒤 안 맞는 말에 그 누나는 〈까르르〉 웃으며 말했다.

"그래? 꿈에서는 왜 또? 그냥 보면 되지. 왜 꿈이야?"

난 당황함에 얼굴이 붉어짐을 확연히 느꼈고 서둘러 말을 돌리고 싶었으나, 별다른 이야기가 떠올리지 못한 체 〈우물쭈물〉거렸다.

그 누나는 내게 말했다.

"그나저나 며칠 널 못 보겠네? 나 어디 좀 다녀올 거거든!

학교엔 다 이야기해 놨어! 우리 담임선생님도 허락했고, 너랑 있을 땐 좀 쉴만하면 웃게 되고 또 좀 쉴만하면 웃게 되어 참 좋았는데."

그 말에 난 갑자기 머릿속이 서운함으로 하얗게 됨을 느끼며 반사적으로 물었다.

"네? 어디 가시는 데요?"

"아 그냥 어디 좀 다녀와야 돼!"

"아… 그래요? 언제 오시는 데요?"

"글쎄, 아마 다음 주 일요일이면 올 거야!"

"아, 그래요? 그건 그렇고 제가 웃긴 게 좋으셨어요?"

"그럼! 그렇고말고, 당연한 거 아니야? 게다가 웃음은 최고의 진통제라는 것도 모르니?"

"진통제? 웬, 진통제요? 어디 아프세요?"

"아니, 내 말은 사람들이 그렇게 말하곤 한다는 거지."

"와! 제 웃음이 진통제도 될 수 있다니 놀랍고 좋아요! 저 그럼 나중에 개그맨이 되어 볼까요?"

나의 그 말에 그 누나는 또 한 바탕 웃음을 멈추지 않았다. 그렇게 좀 전에만 해도 따갑던 햇살은 어느새 찡그리던 표정을 얌생이의 미소로 바꿔놓고 우리의 웃음을 엿듣고 있었다.

그 누나와 학교를 나와 문 닫힌 문방구를 지나 천천히 걸었다.

"저기요 누나! 우리 약수터 가요! 아니 약수터 쪽에 있는 시냇물로 가요!"

내 말에 그 누나의 얼굴은 지금까지의 밝은 모습과는 약간 다른 어두운색을 띠며 말했다.

"아니, 약수터는 나중에 가 우리……."

난 서운했지만 거역할 수 없었고 나도 모르게 〈네, 그래요〉라고 빠르게 대답하며 고개를 떨궜다. 그러자 그 누나는 무언가 애써 웃음 지으며 말했다.

"너 앞으로 나무에다 그런 거 새기지 말았으면 해! 나무 아프게 왜 새기니? 나무가 말을 못해 그렇지 나무가 얼마나 아프겠니? 그런 건 마음에 새기는 거야."

난 그 말에 반박을 할까, 말까 망설이다가 이해해 줄 거란 생각이 들어 좀 이상하지만 내 내면을 드러내는 말을 해버렸다.

"나무에게 양해를 구했어요! 한 번만 봐준다고 했어요. 제가 그 약수터에서는 대화가 좀 되거든요! 나무하고도 말이 통해요!"

그 말에 그 누나는 또 〈까르르〉 웃으며 "그런 게 어디 있어! 엉뚱하긴 역시 엉뚱하다!"라고 말하며 좋아했다.

그런데 그 누나의 표정은 곧 어디론가 가야 할 표정이었고 시계를 보는 것이었다. 난 알았다는 듯한 표정을 짓고 곧 헤어질 분위기를 편하게 만들어 주어야겠다고 생각했다.

"누나 집에 가시나요?"

"집? 어, 어 그래 집……."

그 누나의 두 눈동자가 잠시 내 얼굴을 향해 고정되었다. 그 시선은 마치 내 미간을 뚫고 머릿속으로 들어올 것만 같았다. 그 누나는 나지막하게 내게 말했다.

"이 누나는 네가 혹시라도 그 엉뚱함으로 인해서 다른 사람들에게 비솟거리라도 될까 걱정이다."

"네? 비솟거리요? 제가 비웃음이라도 산다고요?"

"그래. 내 말은 그러니까, 난 네가 잘 되었으면 좋겠다는 거야!"

그 말을 듣는 순간 난 아무런 행동도 하지 못 했다. 생각지 못 한 말이기도 했지만, 그 말에는 내 과오뿐 아니라, 날 걱정해 주는 분위기가 깊게 배어있는 것을 느낄 수 있었고 난 왠지 모를 감동을 받았다.

그렇지만 또한 왠지 모를 서먹서먹함이 그 누나와 나 사이에 밀려오는 것을 느낄 수 있었다. 그 누나는 천천히 내게서 등을 돌리려 한다는 것을 느끼기 시작했다. 그래서 난 순간적으로 그 누나에게 뭐라고 인사를 하고 싶어 입을 열었는데 나도 모르게 "제가 누나를 지켜줄 꺼에요. 누나를 위협하는 악을 물리칠 꺼라니까요!"란 말이 나오고 말았다. 그러자 그 누나는 또 〈까르르〉 웃으며 물었다.

"그래? 이거 영광인데? 근데 어떻게 지켜줄 건데?"

누나의 질문에 난 자신 있게 대답했다.

"무술을 열심히 배워놓을 거구요! 누나에게 덤비는 악당을 다 때려눕힐 꺼에요!"

그러자 누나는 큰일 난 표정으로 "안 돼, 안 돼! 그건 아니야! 악당을 물리치겠다고 해서 악당이 되어선 안 돼는 거야!"

누나의 말에 난 상기된 표정과 함께 말문이 막혔고, 막힌 말문을 비집고 강아지 한 마리가 〈깨갱〉거리며 나가는 걸 듣게 되었다.

"아… 그, 그런 건가요?"

누나는 또 까르르 웃으며 그런 내 모습을 포용하며 말했다.

"악당을 응징하는 방법은 때려눕히는 것 말고도 많을 꺼야! 그런 걸 다 일일이 어떻게 상대하려고 그러니? 세상은 그런 것 말고도 할 게 아주 많다니~, 그냥 악당 같은 건 피해 다니자 우리!"

누나는 장난기 어린 표정으로 내게 물었다.

"그런데 왜 이 누나를 지키려 하냐니?"

그녀에 물음에 한 동안 내 고개는 땅을 지켜보았고, 이윽고 고개를 들었다. 그리고 그녀의 두 눈을 의연하게 응시했고 그녀가 좋아하게 될 모습을 상상하며, 넌지시 말했다.

"누난 내 첫사랑이니까요."

내 말에 누나의 표정은 가볍지 않은 심각성을 띄었고, 이번에는 까르르거리며 웃어 주지 않았다. 그리고 잠시 뜸을 들이다가 무언가 안타까운 표정을 짓고 내게 말했다.

"너, 첫사랑에 대해 모르는구나? 첫사랑은 깨지는 법이야! 함부로 첫사랑이라고 하는 거 별루다. 그냥 다른 여자애를 첫사랑으로 하고 이 누나는 맨 마지막 사랑으로 남겨 두지~!"

난 누나의 말을 듣고 무언가 형용치 못 할 아쉬움과 답답함 같은 것을 느꼈다. 그리고 고개가 다시 무거워졌다. 난 그 무거움을 이기지 못하고 대들 듯 말했다.

"첫사랑으로 누나를, 그리고 마지막에 또 누나를 사랑하면 되잖아요!"

그렇게 내 뱉고 나니, 다시 입이 더 무거워졌다.

땅을 보고는 있었지만, 누나의 그림자를 통해 누나의 고개도 숙이고 있다는 것을 알 수 있었다.

한동안 서로 쉽게 깨지 못할 침묵을 지켰고, 주위환기 시키듯 산 아래로 시선을 돌리며 먼저 침묵을 깬 건 누나였다.

“왜 사랑이라고 생각하니?”라는 물음에 난 쉽게 대답할
수 없다라고 스스로에게 말하며 침묵을 지키려 했지만 가슴
속 깊은 곳의 그 무언가가, 그러니까 진실이라는 재채기 덩
어리가 내 입을 열어 재치며 말하게 했다.

“누나를 보면 웃음이 저절로 나와요! 조금 전까지 아프
고, 힘들었어도 누나를 보는 순간 잊게 되요!”

“그랬구나, 가여운 우리 강아지!”

난 고개를 들어 뜬금없어 보일 내 표정을 누나에게 향했
다. 그리고 미소를 짓고는 있지만 분명 약간 굳어 있는 누나
의 표정을 보며, 또 답답함을 느꼈다. 내가 한 말이 무언지
모르고 있는가 싶어 자존심이 상했다.

처음엔 나에 대한 누나의 동정으로 누나를 알게 되었는지
모르지만, 이제는 동정 받고 싶지 않았다. 인정받고 싶었다.
그뿐 아니라 그 누나가 힘들 때 기댈 수 있는 어깨가 내 어
깨이길 바란다.

그런데 누나가 내게 말했다.

“앞으로 힘든 일 있고, 어려운 일이 생겨도 꿋꿋하게 이
겨내야 돼! 이 누나를 위해서도 알았지?”

그 물음에 난 한참을 대답 못 했다. 갑자기 그런 말을 할
법한 여러 가지 이유가 떠올랐으나, 정확히 꼬집을 수 없었

고, 누나에게 감히 쉽게 대들 듯이 물어 볼 수 없었다. 그러
더니 그 누나는 내 앞에 자신의 새끼손가락을 내밀며 말했다.

"사랑이란 3초에 한 번씩 웃는 거야! 잊지 마! 알았지? 자
잊지 않기로 이 누나와 약속 한 번 하자!"

그 말을 듣는 순간 내 새끼손가락이 묵묵히 그 누나가 내
민 새끼손가락에 걸렸다.

그때 새끼손가락을 걸고 타고 온 누나의 온기는 내 가슴
에서 〈아~!〉 하는 깨달음의 정서순환을 느끼게 했다. 하지
만 그 깨달음이 무어라고 기억하기도 전에 그 깨달음은 사
라져 버렸다.

"그건 무조건적인 웃음이 아니라, 그만큼 같이 있으면 함
께 웃음이 되는 거야!"

그렇게 말하곤 다시 표정을 바꾸어 〈까르르〉 웃는 누나를
보며 난 꼭 지키고 싶다는 강렬한 다짐을 느꼈다.

      ······.

그렇게 다짐해 가며 돌아온 내 잠자리에서 또 꿈을 꾸었
다. 꿈은 분명 꾸었는데 기억이 자세히는 나질 않았다. 다만

꿈 내용이 대강 그 다리 위에서 나는 그녀에게 프러포즈를
했고, 그녀로부터 사랑의 정의를 듣고 깨닫게 되는 내용이
었던 것 같았다.

　…….

　그 뒤로 그 누나가 안 보이는 무의미한 학교생활이 며칠
이어졌다.

　…….

　그러던 어느 날 신문을 돌리고 돌아오는 나를 기다린 아
줌마에게 혼났다. 〈동굴의 아이들〉과 어울려 다녔던 이야기
를 이제야 들으신 거고 동네사람들이 나로 인해 아줌마가족
을 욕한다는 것이었다. 아무리 남의 자식이라지만 너무 신
경을 안 쓴다며 욕했다고 한다. 그게 그 아줌마를 또 화나게
했다.
　그래서 결국 내 종아리는 또 멍이 들게 되었다. 또 아줌
마는 아줌마의 딸이 돼지저금통을 잃어 버렸는데 그 범인이
나라고 확신하시는 듯한 표정으로 혹시 돼지저금통의 행방
을 아느냐고 캐물었다.

물론 난 알 수 없었으나, 아줌마는 미덥잖은 기운을 떨쳐 버리지 못하는 표정이 역력했다. 메마른 시야에 들어온 쓰레빠를 아무렇게나 신은 난 혼자 터덜터덜거리며 길을 나섰고, 정처 없던 내 발걸음은 학교를 향했다. 예전엔 밤이건, 낮이건 시간이 날 적마다 주로 산을 찾았지만, 우울해 보이는 자와 동굴이 아이들을 멀리하겠다고 마음먹은 뒤로는 산을 찾는 게 왠지 꺼림칙해진 것이다.

해는 이미 저물었지만, 잠들 시간이 아직 멀었기 때문이던가! 왠지 학교에 가고 싶었다. 그래서 〈아줌마아저씨 집〉을 쓸쓸히 나와 학교 쪽으로 향했다.

분주해 보이는 퇴근길의 은행나무오거리 분위기는 전파사에서 흘러나오는 신나는 음악이 주도하고 있었다. 삼거리를 지나, 성당을 지나고 은행나무육거리를 지나 닫혀 있는 문방구를 슬쩍 훔쳐본 뒤 들어간 학교에서는 마땅히 할 게 없었다.

요 며칠 신문을 돌리고 난 뒤 남은 신문들을 길거리와 버스 안에서 좀 팔았기 때문에 내 수중엔 돈이 좀 있어 오락이 하고프기도 했으나, 학교 앞 문방구도 닫혀 있어서 10원짜리 오락을 즐길 수가 없었다.

공작새가 깃털을 활짝 펴고 있는지 확인했지만 그 수놈 공작새는 벌써 졸고 있었다. 그래서 별다른 흥밋거리를 찾지 못하고 운동장 벤치에 멍하니 앉아 버렸다. 그러자 갑자기 엉뚱하고 설레는 상상력이 내 눈앞에 펼쳐지는 것이다.

난 무대 위에 있다. 그 무대는 내가 공연을 하는 무대이다. 그리고 내 앞에는 단 한사람의 관객이 내 공연을 보고 있는 것이다. 그 단 한사람은 물론 그 누나다. 난 그 누나를 위해 공연을 하는 것이다. 멋지게 비트박스를 할 적마다, 그 누나가 박수를 쳐주며 웃음 짓는다.

한동안 그 상상력은 이어졌다. 그러다 누군가 학교로 들어오는 것 같아 창피당하기 전에 정신을 차려야겠다는 생각이 들었다. 운동장에 누가 들어왔는지 확인하려고 교문을 바라보았다. 그때 막 학교에 들어오는 구급차가 한 대 보인다.

〈웬 구급차가 사이렌도 켜지 않고 경광등만 반짝인 채 학교로 들어오고 있지?〉

난 시간도 좀 많이 흐른 뒤이어서 그만 가야겠다고 생각했고 막 학교를 나서야겠다는 생각이 들어 교문을 향해 걷기 시작했다. 시선은 구급차를 주시하면서 말이다.

구급차는 철봉대를 향해 가고 있었다.

〈누굴 찾나? 여기 환자가 발생 되었나? 아무도 없을 텐데…….〉

그런데 그 구급차는 철봉대를 지나 미끄럼틀, 그리고 수돗가 등을 천천히 원을 그리며 지나치는 것이었다. 그러니까 결국 운동장을 아주 천천히 돌고 있는 것이다. 학교 안에는 구급차를 탈 만한 사람이 없어 보였기에 더욱 신경이 쓰였다.

〈뭐지?〉

원을 다 그린 그 구급차는 서서히 교문을 빠져 나가는 듯하더니 누군가를 기다리기라도 하는 듯 멈춰 섰다. 왠지 그 구급차의 움직임은 운동장에 미련이 남아 있는 것처럼 보였다. 그때 난 무언가에 떠 밀리듯 그 구급차를 향해 걸어갔다. 그리고 내가 막 구급차와 대 여섯 걸음차로 좁히려던 차 그 구급차는 좀 더 빨리 움직이기 시작한다. 그러더니 마침내 교문이라는 우리학교와 바깥세상과의 선을 건너 빠져나갔다.

그때 내 눈에는 그 구급차가 지나간 자리에는 구급차에 잔상이 보이는가 싶더니, 내 귀는 몇몇 여학생들이 몰려드는 소리를 들을 수 있었다. 그리고 그 여학생들이 무어라 수군대고 있었는데, 그들의 얼굴이 평소 보던 웃거나, 짜증내거나, 아니면 울상의 표정이 아닌 무어라 표현하기 힘든 아쉬운 표정이었기에 난 궁금해서 그 여학생들에게 다가갔다.

"저 구급차에 지금 왜 있는 거야?"

"누군데?"

“그 외 선도부 언니 있자나.”

“그래 그 키 크고 이쁘면서 맘 착한 언니!”

“요 앞 문방구 아저씨 딸이기도 해.”

“아! 문방구 집 했어?”

“몰랐지? 다들 모르드만.”

“그래 무슨 병이었데?”

“나도 몰라!”

“아 진짜 안됐다. 진짜 착하고 이쁜 언니였는데!”

“그러게 정말 안됐다.”

순간 하얗게 변한 시공 안에서 멍하니 선채 무슨 소리를 들었나 싶었고, 잠시 뒤 나도 모르게 멀어져 가고 있는 구급차 뒤를 좇기 시작했다. 구급차는 천천히 학교 앞 내리막길을 내려가기 시작했고, 벙어리 외침과도 같은 내 눈에 물기가 차오르기 시작했지만, 구급차는 아랑곳하지 않고 더욱 무심히 멀어지려 했다. 이제 구급차는 큰 길과 만나는 육거리 쪽으로 가고 있었으며, 이내 속력을 내려 하는 것 같았다.

소리는 잘 나지 않았지만 혀는 절규했다. 내 슬리퍼 한 짝은 달음박질치는 내게서 떨어져 나가며 은행나무육거리 앞 콘크리트 바닥에 그만… 나를 내동댕이치게 만들었다.

기를 쓰고 일어났지만 또 넘어지며 턱을 부딪쳤고, 구급차는 이미 속력을 내버렸다.

내 눈을 적신 물가에 아지랑이가 피어올랐으며, 그 아지랑이 안에서 작아져가는 구급차는 사막의 신기루처럼 아련해져 버렸다. 하늘 멀리 구급차의 경광등은 밤하늘의 샛별처럼 아무 멀리서 빛났고, 은하수 같은 내 눈시울에서 샛별은 서쪽나라로 사라진 거다.

　…….

신나는 음악이 흐르는 은행나무육거리의 사람들은 이전과 다를 바 없이 오고갔고, 나만 사막에 홀로 남아 사라진 신기루를 향해 길 잃은 애처럼 하염없이 울며 걸었다. 그리고 주변은 이제 막 시작했다는 부분일식을 보러 나온 사람들이 떠드는 소리로 채워지고 있었다.

몇몇 사람들은 셀로판지로 만든 종이선글라스를 돌려가며 하늘을 보고 감탄을 하고 있었다.

　…….

닫힌 내 눈의 언저리를 싸늘하게 쓸어내리는 이 기운은 봄날 아침의 기운이었으나, 따뜻하지 않았으며, 라온힐조*

의 설렘이 아니었다. 제발 어제의 일이 꿈이길 바랐다.

※라온힐조 : 즐거운 이른 아침.

〈듣고 계세요? 이런 경험 저는 필요 없습니다. 이런 깨달음이 제게는 무의미합니다. 제 기억을 원점으로 돌려주세요! 제 상태를 백지상태로 만들어 달란 말입니다. 애시당초 그 누나와 모르는 사람으로 남게 해달란 말입니다.〉

눈을 떠 보니 방이었다. 이 방은 머물게 된 지가 꽤 되었음에도 낯설게 느껴지고, 지금은 더욱 그러했다. 나가고 싶었다. 나가서 땅 끝까지 걸어가 볼 것이다. 걸어가다 쓰러져 버릴 것이고, 죽어버릴 것이다.

더 이상 아무 생각하지 않아야 한다. 더 생각하면 몸이 나태해 지고 또 모든 것을 망각할 것이다. 방을 나섰고 쓰레빠를 신었다. 내 움직임에는 강약이 없어졌다. 그냥 동작의 속도가 일정했다. 움직임 자체가 무의미한 병자 같다는 생각이 스스로를 관조하며 비웃었다. 그런 내 움직임을 뒤에서 잡아끄는 시선의 힘을 느꼈다.

난 걸음을 멈추었다. 그렇다고 뒤를 돌아본 것은 아니다. 그 시선은 날 위협하는 시선이 아니어서 안심하고 내 뒤를 맡길 수가 있는 눈길이었던 것이다.

그 눈길의 주체가 조심스러운 목소리로 내게 말했다.

"어디 가는 거야? 가지마! 그제 길거리에 쓰러진 걸 내가 업고 왔어! 너 지금도 많이 아파! 열도 많이 나! 어제 하루 종일 누워만 있었단 말이야!"

〈내가 그럼 그제 저녁부터 오늘 아침까지 아무것도 한 게 없이 누워만 있었는가?〉

난 아무런 반응도 못 했다. 쓰러진 날 업고 왔을 생각을 하니 힘들었을 네 모습이 떠올라 미안하다고 말해야 할지, 고맙다고 해야 할지, 신경 쓸 거 없다고 해 주어야 할지, 왜 내버려 두지 않고 날 데려왔냐고 해야 할지, 너와 말을 나누는 게 참 어색해라고 말해야 할지……,

무엇이든 해야 한다는 내 의식의 힘은 날 다시 문 밖으로 걸어 나가도록 만들었고, 시선의 주체인 〈아줌마아저씨의 딸〉은 몇 걸음 더 날 따라오는 발소리를 냈고, 그 발소리는 대문 바로 앞에서 멈추었다. 그리고 어디를 가냐고 내게 물었다. 난 걸음을 잠시 멈추었다 다시 걷기 시작하는 것으로 내 의사를 표했다. 그 시선은 내 뒤에서 멈추고 더 이상 따라오지 않았으며, 그 시선과 꽤 거리가 생긴 뒤에도 왠지 그 시선이 느껴졌으며, 그 시선이 젖었을 것이란 느낌이 들었다.

결국 난 뒤를 돌아보았다.

그리고 그냥 손을 들어 인사를 한 뒤 무언지 모를 아쉬움을 억누른 채 내 길을 가기 시작했다.

　시장건물을 지나자 한산한 은행나무육거리에 들어서게 되었고 몇몇 건물들이 눈에 들어온다. 당구장건물, 오락실 건물, 슈퍼마켓건물, 새마을금고건물, 과일가게건물 그리고 버스정류장 뒤에 공사하다만 건물이 눈에 들어왔다.
　은행나무육거리는 내 발걸음에 질문을 던졌다.
　〈어디로 갈 것인가? 어디에 무엇이 있는 곳으로 가야 하나?〉

　그때 내 귀를 잡아당기는 소란스런 소리가 나는 곳을 보았다. 공사장 건물 뒤쪽이었다. 난 무의식적으로 그 곳으로 발걸음을 옮겼다. 동굴의 아이들이 한 아이를 잡고 있는 것이 눈에 들어왔다. 동굴의 아이들이 잡은 아이의 신발주머니처럼 생긴 가방을 뺏으려하자, 잡힌 아이가 발악을 하며 외쳤다.
　"이건 안 돼! 이건 집에 가져가야 해! 우리 엄마가 잔돈으로 바꿔 오래서 바꿔가는 거란 말이야! 이 돈 없으면 우리 장사 못해! 이거 놔! 보내 줘!"
　잡힌 안간힘을 쓰며 가방을 안 빼앗기려 했고 동굴의 아이들에게 잡힌 아이의 눈은 분명 절박해 보였다.

순간 무언지 모를 분노가 치밀어 올랐고, 동굴의 아이들에게 다가가 그만두라 말했다. 난 잡힌 아이를 감싸고 그 동굴의 아이들에게 완강히 저항했다. 잡힌 아이와 난 동굴의 아이들로부터 가방을 지키고 그들로부터 벗어나려는 〈같은 목적을 가진 팀〉이 되었다.

그런 우리들에게 동굴의 아이들은 단순한 완력에서 시작된 그들의 의지를 무력으로 바꾸어 우리에게 행사하기 시작했다.

우린 조금씩 밀리기 시작했다.

그때였다.

꽤 위압적이고도 당당한 목소리가 우리와 동굴의 아이들을 순간 멈칫하게 했다.

"그만 둬!"

그 목소리는 우리 반 반장의 목소리였던 것이다.

그런데 동굴이 아이들이 반장을 알아보는 듯했고, 모든 행동을 멈추었다.

"왜? 해보게? 나 몰라? 나야 나! 나 알잖아? 모른 척 함 해보시게? 진짜 함 해볼까?"라고 말하는 반장의 태도는 짐승들의 심리를 잘 다루는 조련사 같았다.

동굴의 아이들 눈은 적개심으로 타올랐으나, 왠지 감히 반장에게 대들지 못 하는 듯했고, 뒷걸음질을 치는 것이었다. 그리고 동굴의 아이들 중 하나가 반장을 향해 말했다.

"야! 너 우리 아저씨가 가만 안 둔다더라! 너 언젠간 걸리면 우리 아저씨 손에 죽을 줄 알아!"

그 말을 들은 반장은 〈피식〉 웃으며, 뒷주머니에서 붕대를 꺼내더니 자신의 손에 감기 시작하며 말했다.

"계속 지껄여라! 이 붕대 다 감은 뒤에도 계속 남아있는 놈들은 한 동안 입을 못 열게 해주지!"

그 말이 끝나자 동굴의 아이들은 슬슬 걸음을 빨리 하더니 침을 뱉으며 두고 보자는 표정을 남기고 다들 사라졌다.

동굴의 아이들이 떠나자 잡혀 있던 아이의 표정은 주눅이 풀어지고 있었고 나와 반장에게 고맙다고 했다. 그러자 반장은 그 잡혔던 아이에게 "돈 들고 이 길로는 다니지 마라! 그리고 저 고물상 뒷길하고, 저 오락실 건물 옆으로도 다니지 마! 알았지?"라고 말하자, 잡혔던 아이는 토끼 같은 눈을 붉히며, 알았다고 연신 고마움을 표한 뒤 제 갈 길로 뛰어갔다. 그리고 나도 목적지 없는 여정을 계속 이어나가기 시작했고, 그런 날 반장은 조용히 따라왔다.

잠시 뒤 반장은 갑자기 웃으며 내게 말했다.

"힘도 없는 게 무슨 정의실현을 하겠다고 설치는 거냐?"

좀 전의 내 행동이 어설펐던가? 그런 반장의 물음이 무슨 소리냐고 반문하고도 싶었지만, 누군가와 별로 대화하기 싫었고 서둘러 내 조용한 시간을 갖고 싶을 뿐이었다. 하지만 반장은 계속 무언가를 물어왔다.

"너 무언가를 실현하겠다는 게 쉬운 일이 아니다. 하다못해 아까 그 애를 구하는 것 하나조차 쉬운 일이 아니야! 그래! 뭘 하려면 먼저 고통이 따르는 법이야! 에이 아니다, 내가 요새 담탱이를 닮아가나…? 그건 그렇고 너 왜 어제, 그제 학교도 안 나오고 신문도 안 돌렸냐? 학교 결석하는 거야 내가 알바 아니지만, 네 것까지 돌리느라 죽는 줄 알았어!"

난 대답을 못 하고 고개를 떨구었다. 반장은 나지막이 말했다.

"난 네가 어서 고개를 들기 바란다. 네가 고개를 숙인다 해도 세상은 네 앞에서 잘 돌아간다. 너만 그런 게 아니야, 내가 떠드는 이 순간에도 이 세상 어딘가에서는 더 안 좋은 일이 생기고 있는 거야! 안 좋은 일은 까이꺼 잊어버리는 거야! 망각의 힘은 뒀다 뭐에 쓰겠어? 이런 때 쓰는 거야?"

반장은 나의 많은 것을 알고 있는 듯한 말투였고, 다른 사람이 내게 그런 식으로 이야기 했다면 난 폭발할 수도 있었겠지만, 이상하게 반장의 말은 거부감이 들지 않았다.

……

갈 곳은 없었지만, 정처 없어 보이는 모습을 반장에게 보이지 않았다. 그리고 반장을 떨궈내고 싶었다. 그런 내 맘을 눈치라도 챈 듯이 반장은 말했다.

"담에 보자! 다음에 꼭 보는 거다!"

반장이 말한 다음이라는 단어는 내 시선을 먼 곳으로 보게 하며 날 정지시켰다. 반장은 자전거를 세워둔 것을 깜빡했다며, 서둘러 자신의 길로 달려갔다.

조금 전에 걸어온 은행나무육거리를 바라보았다. 내 마음은 천천히 그 은행나무육거리를 벗어나기 시작했다.

〈미련 둘 거 없다.〉

번지수 하나 적혀 있지 않은 우편물 같던 내 발걸음에 목적지가 생겼다. 무용담 같은 반장과 내가 물리친 동굴의 아이들, 그리고 우울해 보이는 자가 생각난 것이다. 천천히 약수터가 있는 산으로 들어섰고, 난 시냇물 한가운데를 〈첨벙〉거리며 상류를 향해 걷고 있었다. 조용한 일요일 오후의 약수터산 안에는 내 처지에 아랑곳 하지 않는 따사로운 햇살이 산과 산 아래 바다 위에 한가득했고, 그 밝은 햇살을 피하고 싶었다.

내 발걸음은 칼바위 아래 동굴로 향했다.

동굴로 향하는 중간에 그 누나의 얼굴이 떠올랐다.

그녀는 날 향해 고개를 젓는 듯했다.

마치 내가 동굴로 향하는 것을 반기지 않는 듯했다.

하지만 난 강력한 내 운명에 대한 저항심에 떠밀려 동굴로 발걸음을 옮기고 있었다. 그리고 옮기는 도중에 돌아 본 학교 방향의 산 아래 허공에는 누나의 얼굴이 투영되고 있었다.

〈아 맞다……. 누나에게 인사를 안 해버렸다.〉

난 손을 흔들며 소리를 질렀고 내가 지른 소리는 먼 산을 울리더니 다시 내게 들려왔다.

"누나! 심심해하지 마세요! 제가 늘 곁에 있어 줄 께요! 영원히 지켜드릴 꺼에요!"

……

동굴에서 〈우울해 보이는 자〉에게 맞는다.

"이 자식이 여기가 어디라고 오고 싶을 때 맘대로 오고 있어? 먹을 것도 주고, 만화책도 실컷 보게 해주었는데도 오라 할 때 안 오고, 게다가 뭐? 의리를 저버리고 배신한 것도 모자라, 우리 산통, 밥통 다 깨버려? 이게 하룻강아지 범 무서운 줄 모른다더니 죽으려고 환장을 했어?"라고 독기에 찬 목소리가 동굴에 울렸다.

한참을 때리더니 아이들에게 신호를 보냈고, 아이들은 명령을 기다리던 병사마냥, 내게 우르르 달려들어 발로 밟기 시작했다.

어느 순간 수많은 발길 중 하나가 내 이마를 정확히 찍어 누르는 것을 느꼈고, 뒤통수가 얼얼했다. 그리고 그와 함께 그 고통스러이 얼얼한 느낌이 마치 하품을 했을 때 느끼는 얼얼함으로 변하더니 정신이 편해지는 것을 느꼈고, 난 모든 업이 소멸되어 간다는 안도감을 느끼며 깊은 잠에 빠졌다.

……

난 또 아줌마에게 맞고 있다.

이상하게 아줌마한테 맞으면서도 슬프지도, 특별히 억울하지도 않는다. 그리고 의연하게 말한다.

"저는 뺏으려고 한 게 아닙니다. 그 애들이 돈을 뺏으려 하는 걸 막았을 뿐입니다. 전! 그리고 그 나쁜 아이들과는 이제 놀지 않습니다. 아셨어요, 아줌마? 아줌마? 아줌마! 왜 때리다 멈추는 것입니까? 더 때리십시오! 때리란 말입니다!"

"아니 얘가 어디서 배운 버르장머리야? 지금 기어오르는 거야? 안 그래도 내가 다 알아봤어! 니가 그놈들과 어울리고 다니는 걸아는 사람이 한 둘이 아니야! 니가 이 나를 우습게 여기고 지금 속이려해?”

아줌마는 분을 삭이고 있었다.

“없는 살림에 학교까지 보내 주면 열심히 공부나 할 것이지 도둑놈들과 어울려 다녀? 니가 그러고도 네 놈이 이 집에 살려고 해?”

난 땅 끝을 보며, 말했다.

“제가 나가 드릴께요 아줌마!”

…….

꿈이다.

〈뭐, 이따위 꿈을 꾼단 말인가?〉

난 꿈에서부터 눈을 떴다.

추웠다. 여기가 어딘가? 난 세찬바람이 몰아치는 산등성이 이름 모를 길 위에 있었고, 몸에 추위를 느꼈다. 바로 옆에 개집이 있었고, 난 바람을 피하고자 개집에 들어가 몸을 뉘었다. 그때 그 개집의 임자인 듯한 개들이 들어오더니 내 얼굴에 개오줌을 갈기기 시작했다. 난 개집에서 빠져나오려 했지만 몸이 무언가에 얽매인 듯 말을 잘 듣지 않았고, 움직일 수 없었다.

결국 개가 싸는 오줌을 그대로 맞고 말았다. 난 개들에 대한 불쾌함이 치밀어 올랐고, 그 상황을 빠져 나가려 했지만, 몸이 움직이지 않았다. 그래도 난 계속해서 몸을 움직이려 노력했고 아주 조금씩 몸이 움직이기 시작하는 것을 느꼈다.

〈그래! 지금 이건 단지…〉
또… 꿈이었다. 꿈에서 깨는 꿈을 꾼 것이다.

…….

얼마가 지났을까? 나는 몸을 돌아 뉘려 했고, 그 순간 몸 전체에서 극심한 고통이 몸 전체로 활개 쳐 퍼지려 하는 것을 느꼈다. 그때 난 본능적으로 아직 잠에서 덜 깬 미련한 기분을 유지하려 했고, 그 미련한 기운은 고통이 활개 치는 것을 조금 막아주었다.

고통 때문에 잠에서 깨고 싶지 않았다. 하지만 아직 덜 깬 내 귀에서 개들이 짖는 소리의 잔상이 남아있었기 때문에 잠을 들어도 그 개들이 나를 곧 깨울 것만 같았다. 그래서 마냥 잠들 수만은 없다고 생각을 돌렸다. 최대한 잠의 기운을 빌리면서 천천히 일어나야겠다고 생각했다.

잠에서 깨어나면서부터 많은 느낌을 겪어야 했다. 몸 전체가 저리고 쥐가 나는 느낌, 눈사람의 배처럼 뚱뚱해지고, 냉기의 화염을 뿜어내고 있는 나의 시린 눈이 잘 떠지지 않는다는 것을 느꼈다. 코는 숨을 크게 쉬지도 못 할 만큼 만신창이가 된 듯했다.

입술에도 찌릿찌릿 전기가 와 힘을 줄 수가 없었으며, 뻐근한 어깨, 몸을 뒤척이려고 시도할 적마다 땡기는 온 몸의 인대와 뼈마디 그리고 얼굴에 극히 불쾌한 물기가 흐르는 것을 느꼈다. 아마도 아이들이 내 얼굴에 오줌을 싼 것이리라!

그때 동굴 안에 〈우울해 보이는 자〉의 목소리가 멍멍거리며 울렸다.

무언가 일이 생겨 다들 나갈 듯한 내용이었다. 곧 이 동굴을 빠져나갈 순간이 오게 됨을 느꼈다. 그리고 곧 〈우울해 보이는 자〉와 아이들이 우르르 나가는 소리가 들렸다.

그 일당이 나가자 조금은 편해진 맘이 들었지만, 시간이 얼마 없음을 느꼈다. 난 고통을 감수해서라도 빨리 일어나야 한다고 생각했다.

그리고 이내 단결된 내 몸은 날 일으켜 세웠다.

난 복수하고 싶었다. 악에 대한 최소한에 저항심을 보여주고 싶었다. 천천히 동굴 안을 둘러본 내 시야에 지포라이터와 지포라이터 안을 채우는 기름통이 보였다. 난 망설이지 않고 그것들을 집어 들었다. 팔뚝만한 노란색 기름통 안의 기름을 모두 동굴 안에 쏟아 부었다. 그리고 지퍼라이터의 뚜껑을 열었다.

〈더러운 동굴이다. 불타 버려라.〉라고 말하며 라이터의 불을 켰다. 그런데 그때 머리를 스쳐가는 장면이 있었다.

누나의 아련한 모습과 함께 환청마냥 내 귓가를 울리는 이야기가 동굴 안에 퍼졌다.

"악을 물리치기 위해서 악이 되어선 안 되는 거야! 너 혼자 세상을 바꿀 순 없는 거야"

〈맞아, 개를 잡자고 개가 되어선 안 돼! 이젠 더 이상 성냥도 만들지 않는 세상이 올 거야!~ 다들 라이터만 쓰니까 말이야! 무언가 없어지면 새로운 것이 또 나오는 거야!〉

그리고 또 다른 장면이 스쳐간다.

〈불타는 어릴 적 우리 집, 물을 뿌리는 소방관들, 고함을 치는 사람들…….〉

한동안 세찬 바람에 머릿결을 흩날리는 대나무처럼 서있었다. 그리고 내 볼을 타고 무언가 뚝뚝 떨어지는 것을 느꼈으며, 그와 함께 라이터를 동굴 바닥에 떨구었다. 라이터는 마치 태곳적부터 사람의 발길이 닿지 않은 동굴 안 종유석의 끝에서 떨어진 석회물방울처럼 바닥에 떨어졌고, 왕관모양을 만들다 실패한 물방울의 어설픈 모양처럼 라이터 부품이 분해되어 사방팔방으로 튀겼다.

〈그래…….〉

그리고 동굴 깊은 구석으로부터 등을 돌려 어스름한 황혼빛이 들어오는 바깥을 향해 걸어 나갔다.
입으로 〈비틀비틀〉이라는 말을 내 뱉으며 내 의태어와 함께 천천히 내 몸이 전진해 나갔다.

〈땅 끝까지 가 볼 거다.〉

말하려 할 적마다. 혀가 굳어버리고, 꼬부라졌다.

–그때가 아마 봄 마지막 쯤 되었던 거 같다.–

나는 무작정 동네의 반대방향으로 산등성이를 타고 한 참을 걸었다. 지친 걸음을 쉬려할 적마다 그 누나의 모습이 떠올랐기에 왠지 쉬는 모습을 보일 수 없었다.

<걷는 거다. 걸을 수 있을 정도는 되어야 누나를 지킬 수 있는 자격이 되는 거다!>

산에는 아무도 없었고, 아무도 내 앞에 나타나지 않을 것 같던 느낌이 아니다라는 것을 서둘러 해가 지기 전 하산하려는 등산객 일행을 통해 알았다.

"다리를 절어! 불쌍해!"

"얘! 어디 가니?"

"이리오렴! 세상에! 누가 널 이렇게 때렸다니? 당장 이 아줌마랑 경찰서 가자! 아니 병원부터 가야 돼!"

등산하는 아줌마들은 날 그냥 지나치지 못 하는 것 같았으나, 난 흘려버렸다. 그런데 가뜩이나 힘든 내 발걸음을 막아서는 어떤 아줌마 한 분이 서둘러 마치 버릇인 듯 내민 떡 한 덩어리에 내 눈이 집중되었다. 난 아무생각도 할 수 없었고, 덜덜거리는 내 두 손은 이미 그 떡 앞에 내밀어졌다.

나보다 더 경황이 더 없어 보일 아줌마가 내민 떡을 난 받아들이고 천천히 그것을 먹으려 하였으나, 입과 턱에 고통이 밀려왔다. 난 두 손으로 떡을 든 채 그 등산객 일행의 긍휼스런 눈빛을 완강히 뒤로 하고 걷기 시작했다. 떡이 떨어질세라 꼭 쥐고 싶었지만, 동굴의 아이들 중 하나가 힘껏 밟아버린 내 손엔 힘이 잘 들어가 주지 않았다. 그리고 떡에 묶인 두 손으로 인해 발걸음은 중심을 잡기가 더 힘들어지더니, 결국 난 맥없이 넘어졌다.

난 바로 일어났다. 운명을 향한 저항심은 쓰러질 줄 몰랐다. 배는 고팠지만, 슬픔을 향한 원망은 산 밑으로 굴러 내려간 떡에 관심을 두지 않았다. 누군가를 향한 보고픔은 날 어디로든 걷게 했다.

회한은… 〈날 만났기 때문에 그 누나가 잘못된 거야!〉라… 말하며 휴식을 허락하지 않았다.

그렇게 무지 걸었다.

산은 결국 어둑어둑해졌고 배고픈 늑대의 보름달빵 같은 달은 일찍부터 세수한 채 기다리더니, 지금 날 따라오고 있다. 이제 고독이란 말을 비로소 알게 된다. 또 이제야… 범접하기 두려울 정도의 어두운 그림자를 드리운, 그리고 절대 높이를 가진 고목 위 홀로 앉은 까마귀의 울음이 동료를 부르는 것인지 아니면 고독을 받아들이는 것인지 정도는 알게 된 거 같다.

검은 색의 어둠이 주는 두려움은 까마귀나 내게 이미… 의미가 없었고, 외로움은 깨달음이라는 벗이 되었다.

주변 저녁은 분명 구슬피 추웠으나, 두 손 사이를 연신 가로지르는 내 입김을 무의식중 비벼가며 기원하는 정화수 한 그릇의 간절함은 내 피부 최외곽의 바램을 들어주게 되어 별빛의 따스함 하나하나를 공들여 끌어 모으게 되었으니, 그 때문에 춥지 아니했다. 아니 복에 겨울 정도로 포근했다.

잠시 멈춰 올려다 본⋯ 먼지 없는 이 하늘은 금시라도 별이 떨어질 것처럼 맑았다. 부어오른 내 눈두덩이 사이로 대자연을 스치며 어촌마을 달동네 쪽으로 떨어지는 유성이 내 눈물처럼 보인다. 부챗살 모양으로 다가오는 별빛 무리는 그 누나가 마지막에 타고 갔던 구급차의 경광등이다.

노랑색 같기도, 빨강색 같기도, 초록색 같기도, 파랑색 같기도, 흰색 같기도 한 별빛의 한 무리가 저 멀리 보이고 마침 내가 걷고 있는 이 길의 끝과 맞닿아 있는 듯하다.

난 그 곳으로 가야 한다는 필연감이 들었다. 다행스럽게도 초자연은 그 많은 길 중에서 하필 내가 가고 있는 이 산길을 비춰주고 있다.

그렇게 한참을 걷고 또 걸었다.

그런데, 그러고 보니 그 빛들은 하늘의 별빛이 아닌 하늘과 맞닿은 땅에서부터 뻗어 나온 작은 도시의 불빛이었다.

멀리서 보았을 땐 하늘과 가까운 그 작은 도시가 무엇을 염원하기라도 한다면 금방 하늘에 전달이 될 것마냥 바로 하늘 아래 붙어 있는 동네 같았지만, 가까이 가 보았을 때 그냥 현실적인 여느 동네와 다를 바 없는 그냥 산 아래 기차역 주변 동네였다.

여전히 하늘은 높았다.

고행 같았을 산행의 끝이 왔고 새로운 의문으로 다가 온 그 끝에 다다른 광경은 분주해 보이는 기차역이었다.

역 주변에는 몇몇 허름한 건물이 보였고 그 중… 한 곳이 날 잡아 끌었다. 힐끔힐끔 나를 의식하는 주변시선들을 거부한 채 그 건물 앞으로 멍청히 빨려갔다.

그 건물 앞에는 방금 먹고 내 놓은 듯한 짜장면 잔반 그릇과 단무지가 보였다. 사람들 시선에 아랑곳 할 기력조차 없던 난 그 앞에 쭈그리고 앉았다.

입안은 아팠지만, 그리고 턱은 반의반도 벌어지지 않았지만, 고통으로 인해 덜덜거리는 내 손이 그 짜장면의 잔반과 단무지를 자꾸만… 입안으로 집어넣고 있었다.

등대 불빛 같은 기차역의 전광판을 자꾸만 쳐다보게 된다.

〈내가 왔던 곳으로 가고 싶다. 처음으로 돌아가고 싶다.〉

난 그 불빛에 다가갔고 어딘가 나들이를 다녀오는 듯한 유치원아이들의 아장아장한 모습과 선생으로 보이는 듯한 몇몇 어른을 보았다. 그 아이들은 줄을 맞추기 시작했고 곧 개찰구를 통과할 것처럼 보였다.

내 무의식은 날 그 아이들에게 다가가게 하였다. 그리고 난 그 아이들 중간에 아무생각 없이 섰다.

잠시 뒤 아이들은 〈쟁쟁〉거리며 〈조잘조잘〉 개찰구를 통과하기 시작했고, 선생 한 명과 개찰원은 아이들의 수를 세기 시작한다. 점점 내 차례가 다가올 즈음에 갑자기 개찰원과 승객인 듯한 사람이 언성을 높여 대화를 하더니 이내 말다툼을 시작한다.

그리고 난 안으로 들어섰다.

귀에는 들리지 않았으나 무사히 개찰구를 통과해 플랫폼에 다가서는 내 가슴에 기적소리가 울리고 있었다. 그리고 곧 들어선 기차에 올라탔다.

기차는 출발하며 흔들거렸고 난 쓰러져 버리고 싶었다.

천천히 걸어가던 내 눈에 열차 맨 뒷좌석 등받이 뒤에 약간의 공간이 있다는 게 보였다. 좀비 같을 지겨운 내 걸음이 초점을 잃은 내 눈을 짊어지고 내 몸을 그 곳까지 옮긴 뒤 그 좁은 공간에 날 뉘었고 아무도 뭐라 하는 이는 없었다.

눈을 감은 내 귀에 문이 열렸다 닫히는 소리가 들리고 사람들의 소리가 윙윙거린다.

"어? 얘는 뭐야?"

"불쌍해……."

“어이! 야야! 표 내봐야지!”

“거 좀 내버려 두지 그래요!”

“그래요 승무원양반, 이따 검사하시오, 좀⋯⋯.”

열차는 점점 이미 역으로부터 무척이나 멀어진 듯 했고 이제는 더 이상 사람의 속도로는 왔던 거리를 돌이키기가 힘든 거리가 돼 있을 터였다.

내가 사모했던 누나의 고향이 멀어지는 것이다. 그 누나가 곱게 매만져 보던 학교 운동장 하나하나의 모래알갱이들, 그리고 그 누나가 디디던 골목길, 그 누나가 기도하던 성당 앞 성모마리아상, 그 누나가 건너간 시냇가의 다리, 나무에 새겨진 그 누나와 나의 이름⋯⋯. 이제 더는⋯⋯ 가던 걸음을 멈추면서까지 은행나무육거리에 흐르는 음악을 감상하는 이가 그 동네에는 없을 것이다.

⋯⋯1/3

남녀간의 〈사랑하는 마음〉은 무엇인가.

태초에 빅뱅이 있었고, 분열이 있었고, 고독이 생겼고, 바램이 생겼고, 포용이 생겼고, 반발이 생기고, 격정이 생기고, 혼돈과 융합이 파란만장한 이야기를 만들고…… 그러다 블랙홀이 생기고 거기서 시간이 나고, 드디어 질서가 나오기 시작하고…….

여기서 물음표는 사절한다.

왜냐하면 답이 먼저 이미 자기 자신 안에 존재하고 있는 상태이고 이미 답을 알고 있는 상태에서 굳이 확답이라는 논리적 관념을 통해 스스로의 뇌에 개념적 안정과 심신의 평안을 얻고자 하는 것이라면 나 스스로도 무시하려 한다.

언젠가부터 안정이라든지, 평안이라는 말은 나태처럼 들

리기 시작했기 때문이다.

어쨌든 그 마음이 궁금하고 두렵다.

무언가 남녀 간에 마음이 서로 통하는 현상을 일어나게끔 하는 그 사랑하는 마음 말이다. 몸 안에서 말을 해 몸이 설레는 행동을 하게 만든다는 〈사랑하는 마음〉 말이다. 지금도 누군가의 안에서 말하고 있을… 사랑에 대해 말하고 있을… 그러니까 입과 혀로 내 뱉는 말 이전의 몸 안에서 〈사랑이 어쩌구, 저쩌구 해대며〉 떠들고 있는 바로 그 〈사랑이라는 마음의 말〉 말이다.

입으로 말하기 전, 입에 명령을 말하는 그러니까 말하기 전의 말을 하는 사랑하는 마음 말이다.

그래도 사랑하는 마음이라고 하면 몸 속 어딘가에 있지 않을까? 몸 밖에 그 사랑하는 마음이 있다…라고 하면 정말 이상하지 않은가?

그럼 몸 안에 내가 있다고 가정해 보는 거다.

마치 〈로보트태권V〉가 움직이게 하는 것이 그 로보트태권v의 가슴에 합체되어 있는 제비호 안의 훈이 이듯 어떤 행동의 동기가 몸 안에 있는 마음에서 시발되어 판단과 선택, 그리고 기타 의지, 명령 등의 과정을 거쳐 행동으로 현상화 된다고 하는 것이 맞는 것인가?

로봇태권V를 움직이기 바로 전에 로봇태권V 안의 훈이가 먼저 로봇태권V를 움직이는 것이듯 말이다.

대체 몸 어디에 그것이 있는 것인가? 팔다리에 그 존재가 있을까? 팔다리가 없이도 살아가는 사람들이 많지 않은가? 몸의 일부가 어떤 사고 등으로 없어졌다 해서 〈마음〉이라는 존재가 없는 사람이다…라고 할 수는 없지 않은가?

그럼 〈마음〉은 어디에 있는가, 머릿속인가 아니면 배에 있는 것인가? 아니면 온몸 구석구석에 마음이 수없이 많이 존재하고 있는가? 머릿속이면 머릿속 어디이며 배이면 배 안 어디인가?

로봇태권V를 조종하는 훈이가 타고 다니는 제비호가 로봇태권V를 움직이는 것이라 할 수 없듯이 머리 혹은 몸체가 여태껏 논한 그 〈사랑하는 마음〉 자체라고 할 수 없지 않은가?

이런 이야기는 끝도 없이 반복되는 〈프렉탈무한반복퀴즈〉인가? 그럼 〈사랑하는 마음〉이라는 것의 일부가 사라지고 생명은 하나인데 〈마음〉은 하나가 아닌가?

어린 시절 뇌수술을 받은 자의 경우가 있다. 어떤 때는 그 뇌수술을 받은 자가 그 수술로 인해 일평생 사랑을 느끼게 해주는 감정호르몬이 분비되지 않아 사랑이란 감정을 못 느끼게 되는 경우도 있다고 한다.

그럼 뇌에 있다는 말인가?

많은 사람들이 심장을 〈마음〉으로 표현하곤 한다. 정말 그럴까? 하트 모양이 심장과 비슷한 것도 그 때문인가?

마음이 심장에 있다할 적에 내 심장이 누군가에게 이식이라도 되면 내 마음도 당연히 따라가는 것인가?

영혼, 정신, 얼, 넋 등도 있는데 왜 하필 사랑이라는 것은 마음이라는 것과 자주 조합을 이루는 것인가?

영혼, 정신, 얼, 넋 등은 정적 존재인 것에 비해 마음이라는 것은 확실히 동적 존재인가?

그리하여 마음이라는 것이 사랑이라는 신기루 같은 존재를 찾아 여기저기 갈팡질팡 떠돌아다니는 것일까?

둘이 만나면 드디어 〈사랑의 마음〉이 되어 버리는 것인가?

그것은 순간순간의 〈사고〉, 〈호르몬〉, 〈형성되어 있는 개념〉 등이 감정이라는 용광로 안에서 용해되었다가 생겨난 〈언제든지 변할 수 있는 것〉인가? 그럼 인연이라는 둥, 운명이라는 둥, 이런 것들은 사기라는 말이 되는 거다.

내 머릿속의 말다툼 같은 이런 기초이야기들은 아마도 어릴 적부터 반복적 화두가 된 〈왜?〉, 즉 세상 모든 현상에 대한 호기심과 그 후 더 자라난 내가 고등학교에 들어와 접하게 된 윤리교과서의 소크라테스의 말 즉, 〈너 자신을 알라〉와 결합되어 파생된 수많은 의문 중 하나이다.

요즘 들어 그 수많은 의문 중에서도 하필 그 마음이라는 것이, 그러니까 내 안에 존재하고 있을 마음이라는 것에 더욱 〈심안의 초점〉이 맞추어 지고 있다. 나뿐만 아니라 많은 이들이 그러할 것이다. 더불어 사랑의 자격이 무엇인가에 대한 궁금증도 풀지 못하고 많은 이들이 〈생의 정지선〉을 향해 달려가고 있을 것이다.

　…….

누가 시키지도 않은 〈이곳에 대한 나의 청소작업과 조경작업〉은 이 땅과 나 사이의 메신저인 동사무소사회복지사가 보여준 배려에 대한 소극적인 보답이며 내 나름의 예의이고 염치였다.

그리고 주변에 대한 정리는 내 자신에 대한 정리이고, 일종의 수련방식이며 나만의 도(道)와 같은 것이기도 하다. 언제든 어디로든 갈 준비가 되어 있고 싶었으며, 만약 현 위치를 떠나 다른 세상에 간다고 한다면 그전에 현 위치에서의 모든 은원관계 만큼은 꼭 0이라는 수치로 만들고 싶었다.

누군가를 원망하고 싶지도 않고 원망받기도 싫으며, 더이상 감사의 기억도 주고받을 기억의 공간이 내겐 없다.

〈아니, 필요치 않다. 정리하고 싶을 뿐이다.〉

환경정리가 끝나고 숨을 가다듬을 수 있는 공원벤치는 이 초겨울 새벽하늘을 향해 솟구치고 있는 고품격빌딩들의 쌀쌀함 사이로부터 찾을 수 있는 위안이고, 자신과 대화할 수 있는 공간이다. 또한 소망을 충전시킬 수 있는 나의 집은 이 세상이 아직도 나에 대한 관심의 끈을 놓지 않았다는 증거이다.

사실 나의 집은 아니다. 국가가 내게 한시적으로 빌려준 이 화장실 뒤 창고를 나는 깨끗이 사용하고 돌려주어야 한다.

그리고 보니, 이 넓은 하늘아래 땅에 내가 소유한 땅이 없고, 집이 없다.

……

새끼줄이 꽈져 있는 나무기둥에 대고 난 주먹질을 해대기 시작했다. 이건 누군가를 패기 위한 실력이나 늘리자고 주먹질을 해대는 게 아니었다.

〈그때 그녀를 따라 죽었다면, 지금쯤 저 우주 어딘가에서 함께 행복해 하며 웃고 있을 것일까? 이제라도 내가 이 세상을 떠나 그 세상으로 간다면 같이 할 수 있을까? 그녀와 나 사이에 시간이라는 거리는 저 세상에도 존재하지나 않을까? 그렇다면 시간차가 있어 쫓아가기 힘들까? 윤회라는 게 있다면 그녀는 이미 저 세상이 아닌 이 세상에 또 다른 모습으로 존재하고 있을까? 이 모든 잡생각은 상식을 이미 벗어난 생각 아닌가? 그렇다면 더욱 더 무의미한 거 아닌가? 이미 내가 무의미한데, 또 내겐 이미 무의미한 생로병사를 한 번 다 겪어 보자고 남아있는 것 아닌가?

삶 저편 세상에는 블랙홀이 존재하지 않아 시간이라는 개념이 없기에 언제든지 그 곳에 가면 그녀를 바로 볼 수 있게 되는가? 시간은 죽음이라는 공간에도 존재하는가? 난 왜 여태껏 이곳에 머물러 있을까? 겁나서……? 시기를 놓쳐서? 혹시 가야 할 시기가 정해져 있을까? 무언가로부터 부름이 있다면 그때 답하면 그냥 되는 건가? 아마 그럴 거야……. 그렇겠지?〉

…….

가을철과 겨울철의 이 경계쯤 되는 날들에는 김장철이 시작되기 때문에 내가 상당히 분주해지는 시기였다. 그래서 그 시점부터 한동안은 다른 때보다 더 일찍 새벽에 일어나야 했다.

〈지금 시장에 가면 배추 쪼가리들이 많다. 그것들만 주워 모아와도 내게는 일 년치 김장거리가 생기는 거다.〉

아직 학교를 다니기 때문에 돈이라면 그저 아르바이트에서 나오는 약간과 동사무소에서 나오는 생활보조금을 외에 수입이 딱히 없다. 그러다 보니 배추를 돈 주고 사가면서까지 김장을 하는 게 경제적으로… 힘에 좀 부친다.

그렇게 그날도 쌀쌀한 날씨로부터 얼굴을 커버할 수 있는 모자를 쓰고 무릎까지 내려오는 돗바를 걸친 뒤 내가 소유한 제일 큰 가방과 조그만 배낭 하나를 더 메고 시장에 나갔다.

이런 시기에 새벽시장에서 가장 먼저 눈에 띄는 것은 예상대로 화물차에서 사람들이 분주히 배추를 나르는 모습이었다. 그 차가 지금 저 하차 작업을 마치고 다음 장소로 이동하고 나면 나는 그때 나르다 부서지고 쪼가리가 난 배춧잎들을 모으는 것이다.

그 작업이 끝나기를 기다리는 시간 동안에도 할 일이 좀 있다.

아직 문을 열지 않은 시장을 둘러보았다.

전날 팔다 남아 버려진 그러니까 이미 상품성이 없어진 폐비닐에 담긴 마늘짱아지와 깻잎 뭉치가 시장골목 구석에 널 부러져 있는 것이 보인다. 배낭에 그것의 흙 같은 것을 털어가며 비닐봉지를 꺼낸 뒤 조심스럽게 추슬러 담았다. 국물이 흘러 배낭에 배지 않도록 비닐 하나를 더 덮어서 말이다.

과일가게들을 지나면서는 반쯤 상한 귤들을 몇 개 주을 수 있었다. 그리고 아까 화물차가 있던 곳으로 갔다. 나름 먹을 만한 배추 겉 쪼가리들이 널려있었고 한 할머니가 그것을 쓸고 있었다.

우리 할머니와 친하셨던 반가운 얼굴의 할머니에게 달려가 인사했다.

"하, 할머니… 안녕하, 하세요! 저… 저에요. 제, 제가 거, 거 쓸고 가, 가져가도 되… 될까요?"

할머니는 되새김질을 하다 마신 듯 삐뚤게 삐쭉 나온 입술 위 코끝에 걸려 떨어질까 말까하던 안경을 추슬러 올려 눈에 맞추신 뒤 날 바라보신다.

새벽시장의 경비병 같은 가로등 불빛이 할머니의 빛바래가는 회색눈동자 안에서 약간의 눈물과 함께 산란거렸고, 그와 함께 할머니는 날 알아보신다.

"오래간만에 또 왔구먼? 잘 지냈나, 학생? 공부하느라 바뽈 꺼인디… 이런 거 쓸어 담을 시간이 어딨데? 내 혹시 오늘 쯤 올지 몰라 안 그래도 따로 깨끗한 거 한 봉다리 저기 모아놨으니께 거 가져가라고잉. 여긴 내가 쓸 테이~ 신경 끄고 학생은 저 짝 의자 위에 큰 봉다리나 가져 가랑께"

난 웃음을 띄우며 할머니의 손에서 빗자루를 빼앗듯이 넘겨받은 뒤 주변을 정리하기 시작했다.

내가 정돈하는 이 땅은 수년 전에 살았던 어촌달동네 마을을 벗어나 처음 정착한 일종의 〈정해진 땅〉이었던 것이다.

어릴 적 살았던 동네를 무작정 찾아 나서다가 기차의 마지막 역에서 내린 내게 처음 보인 것은 이 동네 뒷산이었고, 난 그 산에 약수터가 있을 것 같아 오르다가 배고픔에 못 이겨 쳐다본 분식점의 핫도그를 만드시던 할머니께서 날 키워주신 〈은혜의 땅〉이었다.

이런저런 생각을 하다 보니 청소가 얼추 끝나버렸다.

"하, 할머니 고, 고맙뜹…니다. 다, 다음에는 음료수라도 사와서 차, 찾아 뵐께요.

"공부 열심히 햐! 머 내사 할 소린 아닌지 몰라도 학생이 그래야 피 한 방울 안 섞인 놈을 받아주고 내내 어렵게 키우시다 돌아가신 네 할머니를 생각해서라도 열심히 해야 햐!"

…….

〈그랬어. 역에서 내린 난 목이 무척 말랐고 수돗물보단 약숫물이 먹고 싶었지. 난 산을 향해 무작정 걸었어. 그렇게 걷던 내 코에 달려든 튀김냄새는 날 처음… 할머니에게 가도록 인도했지.

부어올랐을 눈두덩이 밑으로 튀김을 향해 삐져나가던 내 눈빛을 뿌리치지 못 해 날 부르셨을까? 죽지 못 해 뭐라도 먹어보겠다고 뼛속에서 흘러나오는 통증을 질질 이끌어 가며 다가갔던 내 걸음이 안쓰러우셨을까? 턱이 아파 먹을 것을 잘 넘기지 못 하던 내 입… 아니, 아니 내 아가리가 불쌍해서 내게 쉼터를 제공해 주셨던 것일까?

할머니는 내게 살길이었지. 할머니는 힘들게 사시다가 나로 인해 더 힘드시게 된 것이지. 난 할머니가 오래오래 사시길 바랐어. 할머니의 고단한 코골이 소리가 밤중에 들리지 않기라도 하면, 난 자다가도 일어나, 할머니의 숨이 멎으셨을까봐 걱정하며 할머니를 지키려고 했어. 어둠이라는 미로를 헤치며 신문을 돌리다 보이는 십자가는 을씨년스러운 새벽안개의 의도와 달리 내게 근심하지 말라고 했어.

그리고 내가 자립하는 모습을 보여 드릴만 하니까, 할머니는 당신의 그 피곤했던 삶의 끈을 놓으셨어.

그 후 종교 건물 앞에서 머뭇거릴 이유를 잃어버리고 말았어.

시간만 흐르고 있다는 걸 느끼는 무의식이 그냥 여기 이 가슴에 존재할 뿐이야.〉

……．

새벽시장에서 꽤 시간을 보내고 돌아온 집에서 배추를 절이는데 새벽시간이 다 갔다. 하지만 그러고도 아직 일요일 아침의 해는 뜨지 않았기에 안개가 덜 걷힌 근린공원 뒷산을 올랐다.

높이가 낮은 산이긴 하지만 분명 산인 이 산 위에서 내려다본 근린공원에는 이른 새벽을 뜀박질과 체조로 여는 사람들이 보였다.

개운한 감정이 가슴에서 솟아오르고 있음을 느꼈다. 그 감정은 이내 내 입을 통해 휘파람으로 발산될 것이다.

머 일방적이긴 하지만 내 감정을 산 아래 사람들과 조심스럽게 노크해가며 공유하고 싶었다. 그런 게 나에게는 일종의 사회활동이었다. 그리고 핑계이긴 하지만 내 나름 그들이 하는 새벽 운동에 고즈넉한 배경음을 만들어 주고 싶었다. 그래서 새벽을 열고 있는 사람들을 위해 그렇게 난 근린공원

뒷산 정상에 올라 비산하는 새벽이슬들을 향해 섰다.

〈지금 이 분위기를 거스르지 않고, 이들과 공감할 수 있는 내 레파토리가……. 무엇이 있을까?〉

휘파람을 불기 시작했다. 빌리조엘의 스트레인져라는 곡의 첫 부분에 나오는 휘파람을 따라 부르는 것이다.

지나가는 사람들 중 나의 그 휘파람 소리가 의아하다든가 제법 자신의 귀를 꽤 잡아끈다는 듯 혹은 과하지 않을 정도로 신경이 쓰인다는 듯한 태도를 보이는 사람들이 보이기도 했고, 익숙하다는 듯 자연스러워하는 사람들도 꽤 보였다.

몇몇은 누가 이른 새벽에 부끄러움도 없이 자신 있게 휘파람을 부르나 하고 두리번거리기도 했지만 내 든든한 백이라 할 수 있는 안개는 쉽게 그런 호기심을 허용하지 않아 주었기에 마음 놓고 내 휘파람의 실력을 시전할 수 있었다.

그렇게 한 바탕 휘파람을 불고나면 늘 가슴까지 시원하다. 아마도 성취감, 존재감, 연대감 같은 것일 거다.

내가 있던 산에서 멀찍이 떨어져 있는 스산한 도로 위를 번쩍이는 빨간 불빛과 함께 로우하이의 〈비기요~ 비기요~

비기요~ 비기요~〉란 소리를 내며 달달하게 지나가는 소방
서구급차가 보인다.

도로에 살짝살짝 괴인 물이 소방서구급차 바퀴 옆으로 반
짝이는 불빛과 함께 물보라를 일으킨다.

희한하게도 낮에는 잘 안 보이는 구급차가 날이 밝기 전
그 시간 즈음에는 자주 보였다. 어쩌면 지금 저 구급차를 내
가 잘 아는 〈친한 형〉이 운전하고 있을지도 몰랐다.

나와 어릴 적 시장통에서부터 유일하게… 사이좋게 지내
던 형 말이다.

어릴 때부터 소방대원이 되는 게 꿈이라더니 기어코 되고
만… 그러니까 나에겐 입지전적인 친한 형이다.

그 친한 형이 내게 입지전적의 모델이긴 하지만 그렇다고
내가 소방대원이 되는 것은 싫었다.

그 이유는 아마도… 내 어릴 적 기억 속 마지막으로 학교
를 돌고 떠나던 그 서운한 구급차… 그러니까 내 첫사랑인
〈그 누나〉가 타고 가던 구급차 뒷모습의 아련 기억 때문인
지 구급차와 연관된 모든 것이 서운하다. 병원 구급차도 싫
고, 소방서 구급차도 싫고 말이다.

그래서인지 종종 시간 날 적에 소방서 견학을 온다던가,
봉사활동시간을 채우러 오라던 그 친한 형의 명령 같은 제
안을 아직 한 번도 이행하지 않았다.

산을 내려와 나의 집… 그러니까 공원 화장실 뒤에 붙어 있는 창고로 향한다. 그 창고는 화장실이면에 붙어 있고, 화장실 앞에는 도로가 바로 붙어있다. 동사무소 복지담당직원이 나름 배려해 준 덕에 이곳을 집처럼 사용할 수 있게 되었다. 고등학교만 졸업하고 나면 스무 살이 될 것이고 대학교를 안 가게 되면 경제적으로 자립이 가능해진다. 그러는가 하면 병역이라는 의무도 이행해야 한다. 대학을 포기하는 것은 아니다. 그래서 생각해낸 것이 있다.

〈일단 입학만 해 놓고 첫 학기 등록금은 은행에서 대출을 받은 뒤 바로 부사관으로 군생활을 하며 돈을 모을 계획이다. 그러면 제대 후 대학교를 다닐 수 있는 학비와 생활비가 마련 될 것이다. 제법 낭만적이고 경제적으로 여유 있는 캠퍼스 생활을 하겠지 그리고 생활고도 내 인생에서 어느 정도 사라지게 되겠지.〉

······.

우리 학교에서 매년 열리는 학예회는 보통 졸업식 전날 밤, 그러니까 대충 2월 중순이 시작될 즈음에 구청강당을 빌어 열린다.

그 날은 학생들뿐만 아니라 학생의 가족, 친척, 그리고 기타 학생이 초청하고 싶은 특별한 사람까지 초청되어 강당에 모이고 학생들이 펼치는 학예회를 구경하게 되는 것이다.

초청석 두 자리를 배정 받았다.

〈누굴 초대하지?〉

나는 저번 학예회에서 내가 펼친 〈비트박스 퍼포먼스〉는 지나치다 싶을 정도로 학생들의 많은 지지를 받았다. 학생들뿐 아니라 선생님들, 그리고 초대받은 학부모와 초대객들에게도 말이다.

대상은 아니지만 인기상을 탄 것이다. 요즘엔 대상보다도 인기상 받는 게 어렵다고들 하며 학우들은 날 추켜세워 주었다. 그런 경우 나를 질투하는 애들도 있을 법하지만, 그런 학우는 볼 수 없었다. 다들 날 대견스러워 했다.

아마도 그건, 평소 내가 말도 더듬고 나이도 많아 조용히 지내다 보니 학우들이나 선생들에게는 나름 우울하게 보였던 것이다.

그러던 내게 나름 삶을 살아가는 내 나름대로의 인센티브가 있다는 것, 그리고 그 인센티브가 어느 정도 보편성을 띤 상태에서 사람들에게 어필할 수 있는 흥밋거리였다는 점 때문일 것이다.

〈내게도 삶을 살만한 이유가 하나쯤은 있잖아…….〉

희한하게도 말을 더듬는 내가 〈비트박스〉를 할 때만큼은 막힘없이, 그리고 말을 더듬지 않고 제법 수준급 이상으로 〈비트박스〉를 탁월하게 한다는 것이다. 하지만 사실 전혀 더듬거리지 않는 것은 아니다. 사람들이 잘 캡처하지 못할 뿐이다.

〈그러고 보니 어린 시절부터 난 비트박스를 해왔어. 자신감이 따로 필요치 않아서 더듬거리지 않는 것처럼 보이는 것이겠지.〉

그때가 고등학교 1학년, 그러니까 작년 이맘때쯤이었던 것 같다. 야간 자율학습시간 때 찾아온 정전은 반 아이들의 눈을 마치… 오래전 내가 산에서 본 기차역 주변의 불빛들마냥 초롱초롱하게 만들었다.
창가에 앉아있던 난 현실을 잊고 잠시 감정에 빠진 채 저녁 창가의 하늘을 등지며 비트박스를 했다. 〈은하철도999〉라는 노래를 개조한 것이고, 휘파람으로 시작된 내 비트박스는 누군가의 탄성으로 시작된 갈채를 받았고, 그것이 계기가 되어 학예회에 나가 많은 갈채를 생각지 못하게 받았던 것이다.

…….

　오늘의 마지막 수업이 끝났음을 알리는 종소리가 학교 안에 울려 퍼지자 학생들은 방학이 시작되었다는 환호를 질러 댔다. 수업을 했던 담임은 그 자리에서 그대로 석회를 했다.
　"자, 다들 주목! 기말고사 성적이 나왔다. 다들 받아가고 거기 너하고 너, 그리고 너 좀 있다 교무실로 내려와라."
　담임은 지적하더니 교무실로 내려오라는 것이다. 그 삿대 질 중엔 나도 포함되었다. 왠지 무언가 부정적인 분위기로 끝난 교실 안 석회에서 담임선생이 나와 몇 사람을 지적하였기에 성적과 연관된 좋지 못한 일로 나를 호출하는가 보다 했고, 당연히 의기소침해진 내 어깨는 마음속에 의무감 쯤을 담당하는 그 어떤 의식에 의해 잡아끌리더니 결국 교무실 안까지 쑤셔 밀어 넣어짐을 당했다.
　교무실 안이 담임선생은 그다지 가벼운 표정이 아닌 얼굴로 담임선생자리 앞 의자에 나를 앉으라 했다. 담임선생은 나지막이 내 이름을 불렀다. 그리고 안쓰럽고 염려스런 말투로 내 상기된 안면을 긁으며 이야기하기 시작했다.

　"내가 너라고 해서 특별히 다른 애들과 차별을 두어 생각 하는 건 아니지만, 여러모로 신경과 정감이 간단다. 너 노력 많이 하잖아, 그러치?

　그래서 하는 말인데 말이야… 내년이면 너도 고3이잖아…?

　그러면 말이야 이제 요번 겨울 방학이 네 일생에 마지막 스퍼트를 발휘할 기회인 거야! 머 내가 특별히 널 돕지는 못했지만, 나도 머… 네가 어려운 거야 웬만큼 알지. 안타까워서 그래. 원래 이 세상 돌아가는 게 말이다. 투자한 만큼 돌아오는 게 세상 법칙이거든. 이번만, 그러니까 남은 1년간만 어떻게 해서라도 공부를 잘 하면 그 공의 몇 배로 인생이 수월해지는 거야! 인생 피는 거야! 그 정도는 알지 않냐?

　머, 경찰대학이나 사관학교를 가게 되면 학비도 꽁짜이지만서도 내 볼 적에… 네 성적이나, 성격상 건 좀 무리다 싶고, 그러면 대학을 들어갈 때 수석으로 들어가야 학비가 안 든다 이 말이란 말이야? 내 말 알지? 학원이라도 좀 다녀라.

　그게 어려운 게 아니야! 물론 수업만 잘 듣고 예습, 복습 잘하면 좋은 대학 가는 거야 충분하긴 하지만, 지금 시점에서는 학원을 다니는 게 좀 필요하지, 나 원래 학생들 학원 다니는 거 권하지 않는 사람이야! 오히려 반대를 하면 했지. 그런데 내가 볼 적에 넌 좀 필요 한 거 같다. 물론 네 스스로 더 잘할 수도 있겠지만 보편적으로 볼 때 혼자 하는 것보다는 아무래도……."라고 담임이 말했다.

난 고개가 무거워짐을 느꼈고 계속 머라 이야기 하는 담임선생의 말이 점점 멍하게 들리고 있었다.

학원을 다녀야 한다고 했다. 그리고 수월한 인생이라고 했다. 마치 내가 수월한 인생을 살고 싶어 한다는 것을 안다는 듯한 말투였다. 내 삶에 개입 좀 하고 싶다는 것인가?

잠시 후 담임선생은 주위를 환기시키는 밝은 표정을 짓더니 분위기를 돌리는 말을 했다.

"참, 너 요번 학예회 때 또 장기자랑 나갈 거지? 야 너 잘하더라! 내가 그런 거 참 우습게 알았는데 실제 들어보니까 막, 이 머냐? 이 귀가 찌릿찌릿하더라! 에… 사실은 저번 학예회 때 너의 그 비트박슨가 먼가 하는 게 너무 인기였던 터라 요번 학예회 때에도 네가 다시 장기자랑에 나간다면 맨 마지막에 엔딩무대로 널 세우는 게 어떠냐고 교무회의 때 이야기가 나왔단 말이지! 선생님들 모두 네 비트박스연주를 다시 듣고 싶어 한단 말이야! 이미 넌 우리 반의 자랑거리야! 다른 애들도 틈나면 네게 비트박스 강의를 듣고 싶어 한다는 것쯤은 이 담임이 다 파악하고 있고, 다 알고 있다. 아 그래, 어때 가능하냐? 응?"라고 담임이 물었다.

그랬다. 비트박스라면 나야 늘 입에 달고 사니까 달리 연습할 필요도 없고, 그때그때 감정만 풍부하다면 오히려 내가 주체를 할 수 없어서 입을 여는 것이었다. 새삼 왜 나에 대해 잘 아는 척하고, 혹은 나와 사이가 가까운 척하고 물어 본단 말인가? 난 그런 담임을 가까이 하고 싶지 않았다.

〈내가 이 세상에서 사회적으로 잘 나갈 때를 대비해 내 기억에 자신의 존재감 좀 남기고 싶기고 싶으신 겁니까?〉라고 속으로 말하면서도 확연하게 부정적인 모습도, 긍정적인 확답의 표정도 짓지 않았다. 예의상 그럭저럭 해 볼만 하다는 표정을 담임에게 답 대신 보였다.

그러자 담임은 말했다.

"야야, 어찌 보면 요즘 세상은 공부가 다는 아니야! 무언가 한 가지에 특출 나면 그게 웬 만큼 공부하는 것보다 더 나은 삶을 사는 세상이야! 그럼, 그럼. 훨~ 낫지……."라고 말한 뒤 담임은 내게 다시 〈그렇지?〉 하며 자신이 잘 못 말했나 하는 표정을 흘리며 내게 반문했다.

그러더니 잠시 뒤 담임선생은 무언가 자신이 좀 실수 했다는 듯 순간적으로 〈아차!〉 하는 표정을 짓더니 바로 다시 내게 말했다.

"뭐 물론, 학생이니까 또 본연의 공부도 당연 열심히 해야 할 거고 말이야! 그렇지? 그래 일단 공부를 열심히 하면서 자신의 특출 난 면을 살려야겠지 암, 암, 안 그래?" 라고 담임선생은 미소 지으며 내 확답을 원하는 의문의 표정을 지었다.

난 고개를 조용히 끄덕이고 인사를 한 뒤 교무실을 나왔다.

교문을 나서는 수많은 학생들의 잡음들이 꽤 시끄러웠을 터이지만,

〈대학갈 때 수석입학을 하면 말이야 보통 4년 치 학비가 면제 된단 말이야! 아니면 어떻게든 차석입학만이라도 해서 1년 치 학비를 일단 면제 받는 것도 좋잖아? 없는 사람이라 해도 사실 어느 정도 여러 가지 방법이 있지! 학비가 없는 학교를 가면 된다고? 단! 성적이 잘 나와야 하지……. 하지만 지금 네 성적에 그게 가능한가? 학원을 한 번 좀 알아봐! 물론 이왕이면 꾸준히 다니라고! 학원을 다닌다 해도 앞으로 수능시험까지 남은 기간 내내 다닌다면 모를까 한두 달 해서는 안 될 것 같다. 쩝……. 머 정 학원비가 없으면 이 담임에게 살짝 부탁해도 좋다!〉라고 말하던 담임선생의 말이 하교하고 있는 내 귓속에서 맴돌고 있었고 내 의식은 학원 강의실 안을 한 번 상상해 보라고 말하고 있었다.

…….

그런데 담임으로부터 학원을 다니란 말을 들어서인가 갑

자기 학원이라는 단어를 머릿속에서 되뇌게 되고, 생각하면
생각할수록 학원에 다니고 싶은 맘이 굴뚝같아지고 있다.
　한 번 다녀보고 싶은 마음이 간절해지기 시작한다.

　〈나도 일생에 한 번 쯤은 다녀보고 싶다. 학교 외에 그런
생활을 해보고 싶다. 성적이 오르는 것을 떠나서 왠지 다녀
보고 싶어. 그곳이 어떤 곳인지, 어떤 분위기인지 당연히 학
교보다야 자유로울 것 아닌가? 학원에는 아무래도 더욱 공
부를 하고 싶어 하는 애들이 올 테니 날라리처럼 노는 애들
도 없을 것이고, 따돌림 같은 것도 없을 테지? 물론 고객이
나 마찬가지인 학생들에게 선생들도 고압적인 분위기를 내
지 않을 테고…….〉

　그때 난 그 분위기를 전환시킬 만한 주위 환기꺼리를 찾
아내고 싶었다.
　늘 그렇듯이 그러한 때에는 버릇처럼 비트박스가 입에서
나온다. 〈파블루프의 개〉라도 되는 양 곧 바로 내 입술과 혀
와 목, 어깨, 가슴은 만성처럼 혼연일체가 되기 시작하여 비
트박스를 털어내기 시작했으며, 그와 함께 가벼워지는 발걸
음은 나와 친한 형이 근무하고 있을 소방서를 향했다.

비트박스(Beatbox)란 입을 사용해 강한 악센트 발음을 내뱉는데, 이때 내 뱉는 소리가 드럼의 소리를 흉내 내어서 매우 다양한 효과의 음악적 소리를 내는 연주 방법이다. 한 마디로 악기 없이 주로 입을 사용해 리듬을 만드는 것이다. 내 경우는 거기서 더 나아가 베이스, 트럼펫, 오카리나 같은 악기도 흉내를 낸다. 그리고 보조적으로 손과 마이크를 잘 사용하는 것도 매우 중요하다.

......

아주 어릴 적부터 내 머릿속엔 화두가 하나 있었다.
〈나는 누굴까?〉

친한 형은 말한다. 자신을 알려고 하면 주체성부터 확립하라고 했다. 남을 알면서 자신을 아는 방법도 중요하지만, 그러다 보면 남이 모델이 되어버린 다는 것이다. 남을 알면서는 그냥 남이라는 기준점만 알라고 했다. 즉 기준점이 있어야 측량이 가능하듯 자신을 알고 싶다면, 어떤 기준을 세우라고 한 것이었다. 요즘은 그 친한 형의 말을 무시하려 해도 왠지 귀를 뚫고 지나가는 것 같다.
"기준점과 함께 방향감각을 터득해야 돼 임마!"라는 친한 형의 목소리가 귀 한편에 잔상으로 남아 이명 되어 내 머리로 들어가는 관문을 두드리고 있다. 그 전처럼 아예 귀속에 들어오지 못하게 문전에서 막는 것이 불가능해진 것이었다.

〈기준을 세우고 싶다면 무턱대고 생각부터 하려하지 말고 느껴야 한다고? 먼저 자신 전체를 느껴보라고? 자신을 느끼려면 자신과 대화를 해야 한다고? 자신과 대화를 많이 해보고 다른 사람을 많이 만나는 경험을 해보라고? 이제껏 수많은 세기 동안 많은 사람의 화두가 되었을 문제를 나더러 어느 세월에 경험을 하란 말일까? 내가 누군지 알려면 다른 사람을 많이 만나보는 것도 중요하다고? 그게 뭐 중요하지? 물론 내가 나 자신에 대해 궁금한 것은 사실이다. 하지만 그것 때문에 수많은 비용과 시간을 써야 할 정도로 중요할까?〉

아주 오래전 인격이란 말 자체가 없었던 시절… 그때도 역시 인간의 무의식적 충동의 욕구는 스트레스를 싫어하고 즐거움을 추구했을 것이다. 싫고 좋음을 알 때… 바로 이때, 의식의 표면에 발생하는 것이 자아라고 한다.

근데 자아 주변에 또 다른 수많은 자아와 조우하게 되고 그러한 교통이 활발해지면, 이 자아를 평가하고 비판할 줄 아는 놈이 나오는데 초자아라고 한다. 초자아는 주로 사회적 윤리나 도덕, 패러다임에 기준을 두고 자아를 평가한다고 하는 것이라고 한다.

그렇다면 자아는 초자아만 없다면 어떠한 꾸짖음이나 부끄러움도 당할 일이 없다는 것이 아닌가? 그런데 초자아가 있다면 사실 자아란 말도 필요 없는 것이라고 한다.

〈그래, 사람들과의 단절을 나도 모르게 너무 지향하며 삶을 걸어왔다. 당장 죽지 않는 한, 나도 곧 스무 살을 넘을 것이고, 결국 사회인이 되는 것이잖은가? 이래도 한 세상, 저래도 한 세상이라고는 하지만, 세상을 다녀간다는 그 무언가의 싸인 같은 것이 남아야 하지 않은가? 그런데 솔직히 난, 내 자신이 누구인지 조차 제대로 모르고 있어. 맞아! 어떻게든⋯ 나도 학원을 몇 달 다녀보자!〉

⋯⋯.

친한 형이 있는 소방서를 향해 걸어가며 난 등에 메고 있는 책가방을 앞으로 돌려 멘 뒤 책가방 안의 통장을 꺼내 보았다.

〈푸~욱!〉

내 입술에서 의도적으로 내뱉은 의성어였다. 입안에 공기를 좀 머금고 입술 맨 끝으로 살짝 터트리듯 내는 소리다. 또 한 번 내뱉었다.

〈푸~욱, 푹푹~!!〉

한숨 소리를 계속 흉내 내는 것이었다. 그렇게 걸어가다 보니 공중전화 박스가 보였다.

〈형이 이틀에 하루씩 근무를 하니까, 가만 오늘이 근무던가? 비번이던가? 헷갈리네! 헛걸음을 할 수도 있으니 소방서에 있나 전화나 함 해볼까? 아니다 전화해서 바꿔달라고 하는 게 왠지 바쁜 사람 따귀 한 대 더 때리는 꼴이 될 수도 있단 말이지. 가서 없으면 내일 다시 가면 되고 머!〉

예전에 그 친한 형이 소방서에서 일한 지 얼마 되지 않았을 적에 그 친한 형에게 연락할 급히 일이 생긴 적이 있었다. 아주 중요한 일은 아니었지만 나름 마음이 급해 서둘러야만 했던 일이 있었는데, 그 당시에 하필 그 친한 형이 근무하는 소방서 전화번호를 알지 못 했었다.

난 모자란 생각에 119로 전화를 걸어 형의 이름을 대고 형과 통화를 하고 싶다며 119상황실에 부탁을 하였다. 바쁜 119상황실에서 당연히 그런 내 부탁을 들어주는 게 피곤했을 것인데 어찌어찌해 결국 내가 건 119상황실에서는 그 친한 형이 소속된 소방서를 검색해서 친한 형이 소속된 소방서 상황실로 연결해 주었다.

거기서 나는 다시 형의 이름을 대고 형이 실제 일하고 있는 소방파출소와 통화했고 소방파출소에 있던 형과 통화에 성공하긴 했다.

하지만 내가 나의 그 친한 형과 통화를 끝내자마자 소방서에서 거의 막내이다시피 한… 형이 상황실로부터 혼이 나는 것은 당연했을 것임이다. 그리고 형은 다시 나를 꾸짖었다. 그리고 형이 소속된 소방서 내의 형이 있는 소방파출소 전화번호를 알려주면서 급한 일이 아니면 지발 119로 전화를 걸지 말라고 당부했다.

물론 형은 약간의 혼을 내게 내면서 말이다.

119로 전화를 걸면 그 전화를 거는 지역에서 가장 가까운 소방서 상황실과 연결된다는 것을 그때 처음 알았다. 난 119를 걸면 편하게 바로 형과 통화되겠지라고 생각해버렸던 것이다.

그런 실수도 있고 해서 그 뒤로는 친한 형이 근무하는 그 소방서 소속의 소방파출소에 전화 자체를 잘 걸지 않는다.

얼마 되지 않아 난… 그 친한 형이 근무하는 곳에 이르렀다.

……．

"어, 이게 누구야? 어쩐 일이야? 짜식 전화도 항상 먼저 끊는 놈이 날 다 찾아왔네!"

형은 의아해 하면서도 소방파출소 정문을 나오며 반가이 말했다.

난 그 친한 형을 보자마자 내 얼굴에서 반가운 기운이 새어나오는 것을 순간 느꼈으나, 이내 다시 내 얼굴은 어려우면서, 걱정스럽고 미안한 얼굴빛으로 변해지는 것을 느꼈다.

그 친한 형의 얼굴은 미소를 잃지 않았지만 의아해하는 모습이 더 커져갔다. 그리고 그 형은 기지개를 펴며 내게 말했다.

"아! 세상사는 게 원래 이런 건가? 가까이 있으면서도 서로 바쁘다 보니 얼굴 보기가 힘들구나! 아직 너나, 나나 나이도 어린데 말이야, 벌써부터 이러면 나중에 서로 각자 길을 걷게 되면 일 년에 한두 번이나 제대로 얼굴 보겠냐?

하하, 학교생활시절 끝나고 취업만 하고 나면 이제 좀 인간답게 사람들 좀 만나며 술 한 잔씩도 하고 낭만과 이웃 간의 네이버쉽, 그리고 휴머니즘을 나누며 살 줄 알았더니, 그게 또 아닌가봐!" 라고 말하는 형에게 나는 그냥 웃음으로 답했지만 웃음은 대충 잘 나오지 않았다.

난 머뭇거렸고 형은 그런 나의 머뭇거림에 의문을 표했다.

“돈이 좀 필요해”라고 난 말했다.

“야, 이거 오히려 내가 다 황송한 걸? 네가 내게 그런 말을 할 때도 있구나! 알았어. 그 일은 걱정 말고 휴게실 가서 커피나 한 잔 뽑자!”

“얼만지도 안 물어봐?”라고 내가 약간의 희색과 남은 걱정을 띈 물음을 하자 그 형은 별거 아니란 표정으로 말했다.

“물어보나 마나 어차피 내가 할 수 있는 한도를 넘어선 못 준다. 인지상정적인 한계! 그 이상은 못 준다고, 쨔샤! 그렇다고 그 한계 한참 아래인 금액을 네가 부탁까지 해가며 내게 전화 하진 않았을 거 아냐? 그러니 말 안 해도 내가 줄 돈의 액수야 뻔하지! 내가 줄 수 있는 돈보다 더 많이 필요한 것은 네가 알아서 마련해야지 머! 뭐, 이 바닥이 다 그런 거 아닌가? 하하하, 내일 저녁쯤에 공원으로 가마! 아니면 계좌번호 적어 놓고 가던지, 아! 그래그래, 일단 계좌번호 적어 놓고 가라!”

“형!”

“왜?”

“내년은 어렵고 내 후년에 군대만 들어가면 첫 월급으로 꼭 갚을게.”

"하하 알았다니까! 내 언제 언제까지 갚으라고 재촉했냐? 아! 놔 자식 하하하."

"한 서너 달 만 학원을 다닐까 해"라고 내가 말하자 형은 〈음~! 그랬구나!〉하는 표정을 짓더니 내심 액수가 별거 아닐 거란 안도의 표정을 실수로 흘리긴 했지만, 통이 큰 사람들… 그 특유의 말투로 다음과 같이 말했다.

"아하! 학원? 그래 학원 다녀야지! 그러면서 목표나 이유를 끊임없이 만들어야 해! 죽을 수 없는 이유 하나 쯤은 있어야 하는 거 아냐? 우리 같은 보통사람이야 머 늘 자신도 없고, 확신도 없으니 늘 보편적 사고를 따를 수밖에 없지! 머 학원을 다니면 성적이 오른다는 게, 그래도 확실한 보편 덩어리 아니겠냐!

아… 요새 난 삶의 목표를 점점 잃어가는 것을 느낀다. 동시에 늙는 기분이고 말이야! 하하하, 역시 정신을 놓으면 사람은 금방 늙나봐!"하고 웃던 형은 웃음을 도중에 끊으며 기침을 〈콜록콜록〉하고 내뱉었다. 그러면서 말을 마저 이었다.

"화재를 진압하면서 연기를 좀 마셔서 그런가, 기운도 많이 떨어져가는 걸 느낀다. 우린 한번 연기마시면 남들 담배 한두 달 치 필 것을 하루에 마셔버리잖아! 하하하, 운동을 그래서 꾸준히 하며 버티고는 있다. 나도 좀 더 신선한 목표가 필요하다는 걸 요즘 느낀다니까!"

그렇게 말한 형은 목쉰 사람이 마른기침을 하듯 좌절스러워 보이는 웃음을 가슴 속 깊을 폐로부터 털어냈고 그 웃음은 소방파출소를 지나쳐가는 차들 사이사이로 퍼져나가다 사라지고 있었다.

…….

나도 모르게 흥겨운 비트박스가 입에서 흘러나간다. 지나가는 사람들이야 어떻든 난 무언가 즐거워지고, 설렌다. 〈또르륵〉거리며 늦으면 혼날 새라 빠르게 정거장에 들어오는 전철의 바쁜 모습이 오늘따라 웃기게 보인다. 나는 지금 웃음을 타러 가는 것이다. 학원을 향해 가는 것이다.

그리고 이 모든 내용이 비트박스에 담겨 입 밖으로 즉흥적 발산된다.

〈다음 달이면 난생 처음으로 학원이란 곳을 가보는구나! 이제 곧 고3이기 때문에 학원에 등록하는 거다. 지금 아니면 언제 또 대입학원을 다녀보겠는가?〉

가장 문제가 되는 과목 하나만 들을 생각이다. 그래서 난 우리나라에서 학원이 가장 많이 밀집되어있는 곳을 향하는 전철을 탔다. 그리고 한강에 다다르기 바로 전 목적지를 안

내하는 방송을 확인하고 내렸다. 전철역에서 나오자 바로 오랫동안 그 곳을 지켰을 법한 육교가 나온다. 육교가 바로 전철역과 붙어 있는 것이다.

전철역과 붙어 있는 육교 끝은 북쪽이고 남쪽으로 가면 육교 남쪽 끝에서 양 옆으로 내려가는 계단이 있는데 그 계단을 내려오면 많은 학원들과 각종 패스트푸드점, 서점 등 등이 있었다.

그것은 곧 일정한 시각이 되면 수많은 인파가 떼로 쏟아져 나오거나 어딘가로 다시 몰려 들어가기도 한다는 뜻이었다. 그 육교 위를 건너면서부터 이미 내 마음은 흥분되기 시작했다. 공부를 위해 온 것이라 어찌 보면 설레 일 것도 없는데 난생처음 맞이할 환경이 내 가슴을 뛰게 하는 것이었다.

수많은 학원 간판을 보니 답답하기하고 난생 처음 학원 강의를 듣는다는 모험심 같은 설렘에 내 시선의 두리번거림 은 한동안 멈출 기미를 보이지 않았다.

〈웬 학원이 이렇게 많지? 학원 종류도 참 많네! 수능학 원, 외국어학원, 고시학원, 자격증학원……. 여기 있는 학 원만 종류별로 다녀도 인생 팔십이 다 학원이겠다!〉

남쪽 방향에 훤칠한 건물과 간판이 눈에 들어온다. 〈대입 수능학원〉이란 글귀가 말이다.

내 걸음은 수많은 인파를 헤치고 차츰 그 건물에 다다랐
다. 〈주저리주저리〉하며 학원건물 안으로 들어갔다.

〈어차피 학원 강의 몇 달 듣는다고 성적이 썩 좋아지겠는
가? 그냥 인생에 발자국하나 찍는다 생각하고 듣는 거다.
에이, 잘나가는 유명강사도 귀찮다. 유명강사의 강의실은
또 사람들이 많아 칠판과의 거리가 당연히 멀겠지. 그건 그
렇고 어디보자… 어떤 강사의 강의를 들어볼까?〉

한눈에 들어오는 강의시간과 선생이 있었다. 바다를 떠올
리게 하는 강의선생의 코드네임에 왠지 끌려버린 것이다.

보아하니 그다지 유명하지 않았고, 수강생도 많지 않다
고 해서 더욱 맘이 끌렸다. 그래서 난 더 머뭇거리지 않고
바로 수강신청을 했다.

　…….

그리고 며칠 뒤 난생 처음 첫 학원 강의를 들었다.

강의실을 찾아 들어간 곳에서 난 자리를 적당히 잡은 뒤 주
변을 둘러보았다. 그리고 대충 뒤쪽 문 가까이 자리 잡았다.

강의실의 앞과 뒷문이 열리고 닫힐 때마다, 궁금증은 강
의실로 들어오는 낯선 학생들의 새로운 얼굴들을 내 각막에
조용히 입력시키기 시작했다.

강의 시작을 알리는 종이 울리고 한참 뒤에야 앞문은 자동차가 급정거를 할 적에 내는 소리를 강의실 안에 울려 퍼뜨리며 강사가 들어왔다.

여자 강사였고

"여러분! 많이 기다렸죠? 차가 많이 막히네요."라 말하는 목소리는 처음 학원을 온 내게 조차 왠지 강사가 〈초보〉같다는 느낌을 주게 만들었다.

강의는 바로 시작되었고, 진지한 목적을 가진 이들이 함께하는 강의실 분위기는 학교보다 낭만적이지 않았다. 그렇지만 스스로들 택한 시간과 공간이어서인지 칠판은 답답해 보이지 않았고, 강사의 마이크소리를 거부하는 얼굴빛도 찾아볼 수 없었다.

〈아, 이게 학원수업이라는 거구나!〉

수업의 리듬은 클라이막스를 어느 정도 지나고 다소 격앙되고, 고조되었던 강사의 목소리도 한숨을 돌리고 싶어 한다는 것을 느낄 때 쯤… 그때였다. 강의를 듣던 학생 중 누군가, "첫 수업부터 숨 막히게 수업으로만 너무 꽉 채우시는 거 아니에요?"라고 경악하듯 내 뱉는 말에 여지저기서 책상을 두들기며 맞장구를 치기 시작했다.

"맞아요!"

"첫사랑!"

"첫! 사! 랑!"

"우와~ 궁금해요. 선생님!"

강의시간이 막바지에 이르러서인지 학생들의 집중력은 한계를 드러내는 듯했고, 잠시 휴전을 갖고 싶어 하는 모습들이었다.

특별히 세련돼 보인다거나, 그 다지 젊어 보이지 않는 여자강사의 외모였는데도 강의실 분위기는 또 다른 생기가 넘치기 시작했으며, 특히 남학생들의 눈빛이 살아나기 시작했다.

그 여자강사는 자신을 둘러싼 학생들의 애원스런 분위기를 한번 훑어보더니 마이크의 볼륨을 끄고 그것을 책상위에 올려놓았다.

그리고 다시 한 번 강의실 안을 살펴보는 것이었다. 그러더니 내 이마에서 시선이 머무는 것 같아 별로 듣고 싶은 생각이 없었으나 예의상, 나도 고개를 더 들어 그 여자강사와 눈을 마주했고 호기심어린 눈빛을 보냈다.

비싼 학원비를 내고 찾아 온 학생 중 단 한 명이라도 잠시 쉬어가는 분위기를 거부하는 사람이 있다면 바로 열강은 이어져야 한다는 그 여자강사의 눈빛 때문이었다.

잠시 침묵이 흐르자 그 여자강사는 강단에서 옆으로 내려왔다.

"우리는 늘 우리의 궁금증을 다 만족시킬 만큼 시간이 넉넉하지 못하죠? 마찬가지에요. 게다가 이 학원은 더욱 그래요. 종합반이라면 좀 시간도 있겠지만, 단과반의 강의시간은 촉박해요.

그래서 다는 들려드릴 수 없답니다. 그리고 좀 나름 혼자만 간직하고 싶기도 하고, 그냥 들려드릴 예기라면, 그냥 뭐랄까…….'로 시작 된 여자강사의 이야기는 첫사랑이라는 말만으로도 설레고, 들뜬다는 강의실 분위기를 다소 가라앉히기 시작했다.

"첫사랑이라는 기대감과 준비를 마쳤을 때에는 이미 첫사랑이 지나쳐가기 시작한 때였고, 전 그것도 모르고 첫사랑의 상대를 고르고, 또 찾아 헤맸네요. 알고 보니 아주 어릴 적에 분명 첫사랑이 있는데… 잊고 지냈던 거죠!

초등학교 때 보면 민방위훈련을 하잖아요? 그때 보면, 사이렌이 울리고 반 아이들은 책상 아래로 들어가 있게 되죠? 책상 밑에 있는 동안 훈련 상황이 방송으로 나오는데 비행기 지나가는 소리도 나고, 폭탄 터지는 소리도 나고 그랬어요. 건물 밖에서는 교련복을 입은 사람들이 총을 들고 있기도 했고, 연막탄도 피어오르곤 했죠.

　그런데 그게 어리다 보니까 그땐 꼭 진짜 전쟁이라도 나는 줄 알고 떨었던 기억이 생생히 나네요. 요즘 아이들 같으면 택도 없는 이야기겠지만, 그땐 정말 무섭고 우는 아이들도 종종 있었어요.

　그때 옆에 남학생 짝이 생각납니다. 자기도 떨면서 저에게 귓속말로 무서워하지 말라며, 전쟁은 남자가 하는 것이고 남자인 자기가 지켜줄 거라던 말이 아직도 맴도네요. 그런 때면 담임선생님이 〈거기 귀 안 막고 떠드는 사람 누구야?〉 하며 호통 치시던 것도 지금 생각하면 참 재미있습니다.

　그리고 우린 민방위 때나 수업시간 때 암호화된 쪽지를 주고받으며 이런 이야기 저런 이야기했던 일이 생각납니다. 별 이야기를 나눈 것은 아니지만, 남들 모르게 특히 선생님 몰래 우리끼리의 이야기를 나눈다는 것으로 동질감 같은 게 커지게 된 것이죠.

　비오는 날이면 그 남학생은 어디서 구했는지 우산도 구해다 주고, 군것질거리도 사주고, 또 숙제도 대신 해줬던 일이 기억나요. 그리고 못 생긴 제가 아이들에게 놀림이라도 받으면 아이들을 혼내 주겠다며, 덤벼서 대신 맞아 주던 짝이었어요. 저를 지키겠다며 동네 형들에게 권투를 배우던 모습도 생각납니다.”

그렇게 말하며 흐뭇한 미소와 함께 추억에 빠지려고 하는 여자강사의 말에 강의실안 학생들은 탄성을 지르기도 하고, 그럴 리가 없다며 야유하기도 하는 바람에 여자강사는 과거에 빠지려던 행보를 멈출 수 있었다. 그리고 여자강사는 무언가 마침표를 찍는 듯한 말을 했다.

"그러다가 제가 전학을 가게 되었죠. 서울로 먼저 올라가신 아버지의 사업이 잘 되어서 이사를 가야 했어요. 좋은 학군으로 가는 것이었죠."

그 말에 강의실 안은 〈아!〉 하는 아쉬움의 탄성이 흘러나오기도 하고 〈뭐에요, 설마 끝?〉이라며 캐묻는 학생도 있었다.

"전학 가기 전날 전 그 짝과 저녁에 학교 운동장에서 만났습니다. 둘은 말이 없었고, 그냥 어린 남녀의 헤어짐에 어색해 했죠. 전 마지막에 서울 연락처를 주면서 그 남학생이 연락처를 알려주리라고 기대했죠. 그런데 그 남학생은 자기 연락처를 알려주지 않는 거예요. 전 정말 실망하고 그대로 인사하고 헤어졌죠."

강의실 안은 잠시 소강상태를 맞이했다. 그리고

"근데 대학교 미팅 때 미팅장소에서 그 남학생을 봤어요."라고 여자강사의 말이 이어지자 강의실은 다시 생기가 넘치기 시작했다.

"우린 단번에 서로를 알아보았고, 말없이 옆에서 같이 미팅하는 사람들 몰래 암호로 인사를 주고받았죠. 전 대번에 왜 그땐 연락처를 주지 않았냐고 따졌어요. 그랬더니 글쎄 그 당시 본인 집엔 전화가 없었데요. 그게 창피했었데요. 본인 집에 전화가 없어 전화이야기 자체를 회피 했었데요! 그럼 집이라도 알려 줬어야죠! 그 사람이 원래 똥폼을 좀 많이 잡던 인간이었어요!"라고 억울하다는 듯이 말하자 강의실 안은 웃음바다가 되었고 여자강사의 말은 이어졌다.

"그 남학생은 학생이 아니었고, 군인이었죠. 게다가 동생들 학비 때문에 하사관생활을 하고 있었고요. 우린 그런 환경에 개의치 않았지만 현실은 일찍 닥쳤습니다. 전 유학을 가야 했습니다. 그 인간은 말리지도 않더군요. 그래서 유학을 가면서 헤어졌어요."

그 말과 함께 여자강사는 시선을 창밖 풍경으로 돌렸고, 이야기를 더 조르는 학생도 없었다.

"뭐 당연한 거라 생각해요. 해피엔딩보단 대부분 좋지 못하게 끝나는 게 많잖아요? 낭만적인 첫사랑을 기대했으나, 상처만 받고 감정까지 메말라 버리는 이들도 있겠죠? 그런 거에 비하면 참 저의 이 내용… 축복받았죠? 그러고 보면 첫사랑이란 말도 어떻게 보면 참 이면지 같네요. 뒷면에 낙

서가 가득한 이면지를 들고 누군가에게 깨끗한 면을 보이며 다가가는……. 어쩌면 우리들 대부분은 기억을 못할 뿐이지 아마 대부분은 첫사랑을 다들 겪었을지도 모릅니다. 더 듣고 싶은 사람은 개인적으로 오세요. 긴 이야기를 짧게 하다 보니…."라고 말끝을 흐리며, 웃음 짓는 여자강사의 미소는 소녀 같았다.

학원 강사의 말은 마쳐졌고, 강의실은 무언가 숨소리도 아끼는 듯한 분위기에 잡혔다.

숨소리조차 아껴서라도 그 분위기의 여운을 더 공유하고 싶어 하는 눈치였다.

그때였다. 난 무언가 하고 싶다는 두드림이 내 의식을 노크했다. 이윽고 참을 수 없는 격정에 휩싸인 가슴은 내 목젖을 두드리기 시작했고, 이내 입술 사이에서 휘파람이 흘러나갔다.

〈빌리조엘의 The Stranger〉란 곡의 첫 간주부분만을 휘파람으로 부른 것이다.

나도 모를 돌발적인 행동이었지만, 아무도 내가 휘파람을 부는 것을 제재하거나, 못 마땅해 하는 이가 없어 보였다. 그로부터 약 5분간 강의실 안은 강의실로부터 사라져가는 학원 강사의 스토리를 못내 아쉬워하며 그 스토리에게 〈잘 가라는 아쉬움의 인사〉와도 같은 내 휘파람의 여운이 학생들 사이사이를 돌아다녔다.

　마치 안개요정과 바람요정이 숨박꼭질을 하며, 숲 속의 나무 사이를 지나가듯 말이다.

　…….

　강의가 끝나자 학생들은 썰물처럼 학원건물을 빠져나가기 시작했다. 무어 그리 서두르나 싶었는데, 그 이유는 건물을 나오고서야 알았다. 집으로 가려는 학생들은 비단 내가 나온 학원건물뿐이 아니었으며 거의 주변 모든 건물에서 학생으로 보이는 사람들이 쏟아져 나오고 있었으며, 도로는 차와 사람으로 인산인해를 이루었다. 사람들에게 떠밀리듯 행단보도를 건넌 난 시계를 보았고 전철역까지 천천히 가기로 마음먹었다.

　횡단보도를 건너자마자 바로 앞에 보이는 건물 현관으로 들어갔고 조용히 밖을 내다보며 시간을 흘려보냈다. 얼마간 시간이 흐르자 밖은 한산해졌다.

　천천히 걸음을 옮기는 내 시야에 아까 내가 건너왔던 횡단보도 옆 길가에서 손목시계를 보며 서있는 한 여학생이 보인다. 나와 같은 강의실에서 여자강사에게 첫사랑이야기를 해

달라고 처음 말했던 학생이었다는 걸 금방 알 수 있었다.

그 여학생은 횡단보도에 파란불이 켜졌는데도 건너질 않더니 그 여학생 앞으로 고급스러워 보이는 검은 세단 승용차 한 대가 멈추고 그 여학생은 약간 짜증스런 얼굴을 하며 뒷문을 열고 차에 오르는 모습이 보인다.

어쩐지 귀티가 난다 싶더니 역시 좀 사는 애들은 틀리구나 싶었다.

…….

학원에서 돌아와 본 집 문에 낯선 장치가 부착된 것이 보인다. 도어록이 달려 있는 것이 보인 것이다.

동사무소에서 디지털도어록을 달아 준 것이다. 암호화 된 버튼만 누르면 문이 자동으로 열리고, 닫힐 땐 저절로 잠기게 되어있는 디지털도어록이었다.

신기한 마음에 그것을 몇 번 만져본다. 버튼을 누를 적마다 신호음을 내며 저절로 열리고 잠기는 장치가 흥미롭기까지 해서 몇 번을 시험해 본다.

연말연시라고 동사무소 복지사가 소외계층에게 나름 색다른 배려를 해준다더니 그것이었다. 비밀번호는 미리 동사무소에서 정해 놓았고, 난 그것을 기억하고 있다.

내가 기거하고 있는 이 곳 창고와 화장실에 불특정 다수 인이 출입을 하고 있고, 그러다 보면 성향이 좋지 않은 자들 이 호기심에 화장실에 붙어 있는 창고, 그러니까 즉, 내가 사는 곳에 침입을 할 수 있다고 하여, 복지차원에서 달아 준 것이리라!

그 디지털도어록을 달고 나니 그것을 보고 있는 것만큼 기분이 좋았다. 모양도 이뺐고 하는 짓도 신기했다.

······.

전날만큼은 아니긴 했지만, 그래도 덜 가신 학원에 대한 설렘을 안고 강의실에 들어가 자리에 앉았다. 그리고 책을 꺼내 어제 배웠던 부분의 페이지를 펼쳤다. 그리고 천천히 읽어가며 좀 있다 들어오실 강사님의 모습을 그려 보았다.

그때 조금 전부터 누군가 의도적으로 뒤에서 귀를 자꾸 두드리는 〈드럼의 하이햇소리〉가 내 신경의 둑을 터트리고 날 뒤돌아보게 만들었다.

내 뒤에서는 다리를 꼰 채 책상 위에 걸터앉은 사내놈의 도발적인 모습이 눈에 들어 왔다.

난 조용히 그놈을 쳐다보았다.

그놈은 기다렸다는 〈비트박스〉의 전형적인 족보 여러 개를 동시에 구사하고 있었다. 일종의 날 겨냥한 도발이었다. 하지만 난 모른 척 외면했다.

주변의 아이들도 책 읽던 손을 멈추고 이쪽을 향해 몸을 서서히 돌리기 시작했다. 주변의 궁금증이 그놈과 함께 대쉬해 왔고, 그 궁금증은 어서 내가 반격을 시작하길 바라는 듯한 눈치였다.

난 이기려한다기보다, 아이들을 잠시 책으로부터 쉬게 해주겠다는 대의를 만들었다. 그리고 기회를 엿보다 그가 구사하는 비트박스의 사이로 비집고 들어가 용호상박의 비트박스 화음을 강의실 안에 서서히 풀어 놓기 시작했다.

그놈은 기다렸다는 듯 점점 더 어려운 기술을 풀어내기 시작했으며, 난 포커페이스를 유지하며 따라가기만 했다.

그러자 그놈의 표정이 곧 변할 거란 걸 직감했다. 지금 하고 있는 것으로는 승부가 나지 않으리란 걸 간파한 것이다. 그래서 그놈은 곧 레파토리를 바꾸려는 심산이었다. 그놈이 마침내 레파토리를 바꾸려던 차, 난 시합을 빨리 끝내고 싶어서 선수를 쳤다.

바로 빠른 입놀림과 강력한 폐활량이 필요한 〈데붓데쏘리의 뉴이뎃포리〉였다. 이제껏 이 곡을 비트박스로 부르는 자는 본 적도 없고 들어 본 적도 없다. 예상대로라면 한방에 끝내버릴 것이다. 역시 그놈은 당황한 눈치였다. 난 아무나 쉽게 뒤따라 들어오지 못하리 만치 빠르고 강한 폭발음을 드럼뿐 아니라 베이스까지 동원해 입에서 내 뱉었다. 〈어?〉 하지만 그놈도 〈데붓데쏘리의 뉴이뎃포리〉 정도는 해보았다는 표정을 지었고 이내 따라 붙었다.

난 더욱 박차를 가해졌고, 강의실 안에는 어느덧 턱과 어깨를 흔들며 집중하는 학생들이 넘쳐나기 시작했다. 그놈과 나의 전투 같은 화음은 교실 안에서 흥겹게 치고받으며 앞서거니 뒤서거니 하며 다음에 올 리듬을 서로 먼저 붙잡으려 싸웠다.

그때 강의실 앞문이 열림과 동시에 그놈과 나는 누가 먼저랄 것도 없이 비트박스의 배틀을 멈추었고 가까이 와 구경하던 주변 학생들도 모두 자리로 돌아갔다.

그놈은 "듣던 대로구나! 너 괜찮은 놈 같다. 잘 지내보자."라고 말하며 손을 들었다.

분위기로 봐선 내가 하이파이브를 받아 줄 차례였고, 난 별로 내키지 않지만 마지못해 응수해 준다는 표정을 지으며 손뼉을 가볍게 쳐주었다.

전날과는 달리 수업은 시간 내내 빽빽했고, 낭만은 앞으로도 없을 것처럼 보인 채 수업이 끝났다. 난 밖에 사람이 많을 것이란 것을 알았기에 천천히 나가기로 마음먹고 조용히 시키지도 않은 칠판을 지웠다.

내가 칠판을 다 지울 때쯤 근로학생이라는 배지를 단 학생이 들어오더니 "여긴 학교와는 달라서 칠판 지우는 사람이 따로 있으니 지우지 않아도 돼."라고 퉁명스럽게 말한다.

난 천천히 학원을 나와 횡단보도 앞에 섰다. 그런데 옆에서 〈빵빵〉거리는 크락숀 소리가 계속 나기에, 돌아본 옆 도로에는 한 눈에 봐도 값비싸 보이는 검은 세단 승용차가 서 있다. 바로 어제 본 그 세단 승용차였다. 그리고 이내 뒷좌석 창문이 열리고 그 여학생의 얼굴이 나온다.

"야! 너 비트박스 쫌 하더라? 존재감 좀 들어내던데? 확실히 티 났어! 티 났고, 내가 흥미가 좀 생겼어. 뒤에 차들이 〈빵빵〉거리니까, 어서 일단 타봐! 태워줄게."

왠지 모를 거부감이 들었고, 의아한 얼굴로 그 여학생을 한동안 할 말을 잊은 채 쳐다만 보았다. 그리고 이내 왠지 모를 자존심이 그 차에 그 애와 함께 타지 말라고 하였다. 굳이 더듬거리면서까지 그 여학생에게 대꾸하고 싶지 않아 시선을 돌렸다. 그리고 조용히 횡단보도를 건넜다.

횡단보도를 건너고 전철역 앞 육교를 향해 걸어가는 내내 내 귀에는 〈빵빵〉거리는 소리가 들렸고 그 여학생의 목소리가 들린다.

"야! 너 지금 나 무시해? 너 내가 누군지 알아? 이게 좀 귀여워서 태워줄라고 했더니, 이 차가 아무나 타는 차인줄 알아? 야! 뭐라고 말 좀 해봐! 말 좀 하라니까?"

난 그 여학생에게 대꾸하고 싶기도 했으나, 말을 더듬는 내 모습을 상상하니, 우스꽝스러울 것 같아 그만두었고 육교를 향해 걸어 올라가기 시작해서야 그 여학생과 차의 크락숀 소음은 사라졌다.

계단을 다 오르고 육교의 평평한 보를 건너기 시작할 때 내 시야에는 막 속력을 내어 가는 검은 세단 승용차의 뒷모습이 보였고 그 모습에 잠시 시선을 빼앗겼다.

〈그까짓 걸로 왜, 날 부르고 차에 타라고 한 것일까? 어째든 난 조용한 게 좋다.〉

……

여느 때처럼 새벽공기를 가르며 한 차례 신문을 배달하고 돌아온 공원은 고즈넉하다. 식어가는 내 땀은 내 마음을 진정시키기 시작한다. 난 이 분위기를 무시할 수 없었다.

눈을 감았다. 감은 눈앞에 저장하기 힘든 그때그때의 음이 흘러가는 것이 보인다. 난 입을 모아 휘파람을 불기 시작했고 한동안 내 스스로 내는 음에 스스로 심취해 버렸다.

혼자만의 공연이 한차례 끝나갈 즈음 후암동 약수터공원을 찾는 이가 있었다. 바로 소방관인 그 친한 형이었다.

난 휘파람 공연을 바꾸고 새로운 리듬을 찾아 빠른 비트박스를 내뱉기 시작했다. 그리고 그 친한 형은 늘 그랬다는 듯 내 비트박스 리듬에 맞춰 쉐도우복싱을 하기 시작했다. 그 형은 한때 격투기선수였다. 그 친한 형은 땀을 닦으며 내게 물었다.

"그래 학원은 잼 있냐?"

"어, 혀, 형 덕분에 재… 재미있어!"

"하하, 재미있을 리 있나? 그냥 다니는 것이겠지. 그래 이왕 하는 거 학원 다닌 덕에 한 점이라도 점수 더 올렸단 소리 좀 꼭 해봐라."

"고, 고마워, 형."

"아놔, 자식! 고마해라, 고마해! 그건 그렇고 네 집 문에 달려 있는 저건 뭐냐?"

"디, 디지털… 도, 도어록이야! 도, 동사무소에서 공공기물이라 다, 달았다고…"

"그래?"라고 말하며 그 친한 형은 내가 기거하는 방문에 달린 디지털도어록을 유심히 살피기 시작하더니 한 마디 했다.

"야 거 열감지센서 있는 거냐? 거 문 열리기 전에 열 받아 녹으면 문 안 열리는 거잖아! 에이 난 이거 별루더라! 이왕 사다는 거 열 받으면 저절로 문이 열리게끔 하는 걸로 달아놓을 것이지. 뭐, 암튼 잘 써라~ 문 안 열린다고 또 형 찾지 말고 하하하"라고 웃는 그 친한 형의 웃음은 남산아래 솟아 있는 빌딩숲을 향해 뻗어가는 맹수의 포효 같았다.

"혀, 형은 참, 강하고 머, 멋있는 사람이야! 그, 그에 비하면 나, 난 이, 이렇게 무기력 하고, 비, 비트박스나 하며 쓰, 쓸데없이 시간 보내고……."

내 자조적인 말투를 그 친한 형은 단호한 표정으로 끊더니, 웃으며 말했다.

"틀렸다! 잘 들어라. 인생에 있어서는 단 한 순간도 쓸데없는 시간이란 없는 것이다!"

…….

저녁식사를 놓치고 부리나케 도달한 강의실에 책가방을 내려놓은 뒤 학원매점으로 달려가며 호주머니를 확인해 본다. 차비할 돈을 제외하면 여웃돈은 천원, 그러니까 우유나 빵 둘 중 하나만 살 수 있는 돈이었다.

〈액체는 삼십분이면 소화가 될 테니, 금방 허기질 테고,

천천히 소화가 되는 빵이나 하나 사야겠다.〉고 마음먹은 난, 매점 안 물건을 사기 위한 대기선에 섰다. 내 앞에는 두어 명이 더 줄을 서서 자신이 물건을 살 차례를 기다리고 있었고 주변에는 식탁과 의자에 많은 학생들이 웅성거리며 식사를 하고 있는 상태였는데, 무의식 중… 매점에 들어서면서부터 누군가가 날 노려본다는 것을 얼핏 느꼈다. 그렇지만 난 눈싸움이라도 시작되는 게 귀찮아 신경을 쓰지 않으려 한 것이다. 계속해서 뒤통수가 좀 따갑다는 느낌이 들었기에 빵을 하나 사서 날 향한 시선의 반대방향으로 몸을 돌려 그 시선과의 마주침을 피하고 매점을 나갔다.

그리고 비상구계단을 올라 옥상으로 갔다.

옥상 한쪽 끝에는 내 허벅지만한 굵은 배관이 가로누운 채 한쪽 벽으로 들어가는 모양을 하고 있었고 난 그 배관 위에 앉았다.

건물 아래 차들이 지나가는 소리…, 거리를 활보하는 사람들의 왁자지껄한 소리…, 그리고 우리나라에서 제일 높다는 빌딩 뒤로 날아가는 비행기를 보며 천천히 빵을 한입 먹는 순간, 내 어깨를 스치는 온기를 느꼈고… 그 온기는 등 뒤에서부터 날아와 내 얼굴 앞으로 무언가 불쑥 내미는 것이었다. 그것은 사람의 손이었다. 그리고 그 손에는 콩으로 만들었다는 음료가 든 병이 들려있었다.

난 뒤를 돌아보았고 그 곳엔 어제 그 고급 세단 승용차 안에서 날 부르던 여학생이 서 있었다. 그리고 그 여학생은 내게, "자, 마셔!"라 말했다.

난 당황했다.

회색빛 하늘… 귀티가 나는 황혼 빛을 등지고 내게 호의를 베푸려는 그 여학생에게 더듬거릴 내 말투를 듣게 해서까지… 실망스런 모습을 확인시켜 주어야 할지, 아니면 어차피 모르는 사이이고 남남일 텐데, 실망스런 모습을 보이기보단, 그냥 무시해 버리고, 비록 〈내가 너무 차갑게 군것인가?〉란 의문을 언제까지 짊어져야 하는지는 모르지만, 그래도 그 여학생의 시야로부터 벗어나버리는 게 좋을지에 대한 답답함에 그만 목이 메여 버렸고, 그 답답함은 가슴에서 시발된 압박감을 추진 받아 내 몸 밖으로 터져나가 버린다.

순식간에 그 여학생의 앞모습은 내가 뱉은 빵과 침으로 〈갈색빛깔 황화강의 범람〉을 이루어 버렸다. 그리고 그 여학생은 〈쌀 알갱이의 씨눈〉 같은 눈동자를 번뜩이며, 여전히 음료수병을 들고 날 향해 팔을 내밀고 서있다.

잠시 정적이 흐르더니 그 여학생은 마치 조직에서 제일 서열이 높은 자가 작은 두목들을 일렬로 세워놓고 훈시를 하듯 차분하고, 무게 있게 입을 열었다.

"닦아!"

그 여학생의 그 말을 듣자마자… 그만 나도 모르게 서두르며, 내 소매로 그 여학생의 옷과 얼굴을 훔치려 했다. 그러자 그 여학생은 껌을 씹다 혀 깨문 표정을 하더니, "됐어."라고 단호히 말했고, 또 "내가 씻고 다시 올 때까지 이 음료수 들고 꼼짝 말고 서 있어!"란 말과 함께 옥상에서 내려가 버렸다. 그리고 나도 모르게 그녀가 내 민 음료수를 덥석 받아들었다.

꼼짝 말라는 말을 그 여학생의 말을 귓속에서 상기하며, 난 음료수들 든 채 우두커니 서서 내가 신은 쓰레빠 밖으로 삐져나온 발가락들을 꼬물딱 거렸으나 몸 전체는 왠지 움직이기 힘들었다.

옥상바닥 위 겨울바람과 먼지들은 한동안 나의… 그 발가락들을 쓸며 지나갔으며 내 체온이 떨어짐을 느낄 적마다 그 음료수병에 온기가 내 가슴으로 들어오는 것을 순간 느꼈다.

그렇게 황혼은 먼지들과 함께 잿빛 수묵화 같은 이 도시 바닥에서부터 회색빛 하늘 상공 끝자락, 황해바다로 부지런히 떠나버렸으며, 시간도 함께 딸려 가버렸다.

잠시 뒤 내 머리를 눌러 고개를 숙이게끔 하는 비가 내렸다. 공해로 인한 지구온난화가 이 겨울에도 비를 내리게 하는 모양이었다.

하늘엔 비에 젖은 별들이 떨고 있을 것이었다.

그리고 또 주변은 소음으로 술렁이기 시작했다.

계단을 구르는 소리, 현관이 열릴 적마다 바깥으로 쏟아져 나가는 건물 안 〈웅웅〉거리는 소리, 신호등이 바뀌기 직전… 횡단보도 주변의 적막감소리, 자동차가 빨리 달리며 가르는 빗물과 바람소리, 거리에서 누가 또 다른 누군가를 부르는 메아리소리…….

그리고 소음이 아스팔트 균열의 틈새로 스며들어가며 잦아들 즈음에 도시가 한숨 돌리는 소리…….

"장난해? 뭐 하는 거야?"라고 호통치는 소리에 발가락을 향해 떨구었던 내 시선은 소리도 못낸 채 깜짝 놀라며 옥상문에 기대어 서서 팔짱을 끼고 있는 그 여학생을 쳐다보았다.

이미 어두워진 내려앉은 옥상 위에서 〈뚜벅뚜벅〉 소리를 내며 문 안의 불빛을 등지고 내게 성큼성큼 다가오는 그 여학생의 모습은 분명히 귀여웠지만, 고압적이었고 잠시 동안 내 귀는 그 여학생의 발걸음소리로 가득 찼다.

"왜, 여기 서있어?"

난 답답하긴 했지만, 말을 아끼고 싶었다. 그리고 피해야겠다는 생각이 들기 시작했고, 그 여학생의 공격은 이어졌다.

"왜, 대답 안 해? 내 말이 우스워? 아니면 귀머거리야?"

순간 난 기분이 상하기 시작하려 한다는 것을 느꼈을 뿐인데 내 입은 열리고 말았다.

"서… 서, 서있으라 하, 하지 아… 않았던가?"라고 말하는 내 말에 그 여학생의 표정은 우스움과, 기막힘 그리고 짜증스러움을 동시에 표출하려고 안간힘을 쓰는 것처럼 보였다. 그러더니 그 여학생은 결국 폭소를 먼저 터트리기 시작했다. 그 폭소는 이 학원 옥상 위에서 한동안 계속 되었다.

"말 더듬는 게 장난 아니네? 일부러 더듬는 건 아닌 거 같고, 아 쫌 측은인데? 그건 그렇고 계속 서 있으라고 해서 서 있는 경우는 없다는 것쯤은 알고 있을 나이일 텐데? 안 그래? 장난해? 아니면, 내 미모에 여태 넋을 놓고 있었다던가?"라고 또 웃는 그 여학생의 웃음에 갑자기 나도 모르게 웃음이 슬슬 그 여학생을 향해 흘러나갔다. 자신만만해 하는 모습의 미모가 왠지 우스꽝스러웠다. 난 누구를 얕보는 성격이 아니라고 스스로 알고 있었는데도, 그 귀여운 모습은 내 안의 나도 모르는 웃음을 자아내게 했던가보다.

한 동안 우리는 옥상 위에서부터 지상까지 의미 모호한 웃음을 주고받다가 건물 입구를 나서면서 작별인사를 했다.

그리고 난 횡단보도를 건너 전철역으로 향했다.

“야!”

뒤돌아보지는 않았으나, 그 여학생일 거란 것쯤은 알 수 있었다. 난 잠자코 걷던 길을 계속 걸었다.

“야, 나 때문에 수업도 못 듣고 늦었으니, 태워줄게. 이 차 아무나 태워주는 차 아니야. 네가 재미있어서 태워주려는 거야! 비 오니까, 잔말 말고 어서 타!”

결국 날 재미있다고 아이처럼 재촉하는 그 여학생의 차에 어설픈 자세로 타게 되었다. 사실은 그 여학생의 많은 궁금증이 날 두드렸다.

“니가 어제 한 그거 비트박스! 비트박스 맞지? 희한해 어떻게 말은 더듬는 애가, 비트박스는 그렇게 잘 하는 거야? 나도 배우면 할 수 있는 거야?”

가벼우면서도 애교가 있어, 듣기에 나쁘지 않는 그리고 늘 자신 있어 보이는 앙증스런 말투였다.

“사, 사랑하면 하, 할 수… 할 수 있는 거야! 비, 비트박스는 사랑하면, 하… 할, 할 수 있는 거야! 세, 세상을 사랑하… 고, 사, 사람을 사랑하고, 비, 비트박스를 사, 사랑하면 누, 누구나 다, 다… 할 수 있는 거야!”

좀 때 늦은 감은 있지만, 난 그녀의 물음에 답할 수 있는 건 답해 주기로 마음먹었다.

그 여학생은 잠시 놀란 눈빛을 보였고, 다소 고개를 끄덕일 듯 말 듯 하려는 것 같았다. 한동안 차 안은 라디오음악이 조용히 흘렀다.

얼마간의 정막을 깨고 그녀의 〈문뜩〉스런 물음이 고개를, 갸우뚱거림과 함께 왔다.

"그런데 말이야! 사랑이 뭐지?"

"……."

난 입을 닫았다. 하지만 사실 난 서슴지 않고 속으로 말했다. 〈사랑이란 3초에 한 번씩 웃는 것!〉

그러면서 그녀에게는 그냥 소리 내어 〈씨익~〉하고 내뱉어 웃어 답했다.

"사, 사실 나, 나만의 사랑에 대한 정의가 있긴 있지만, 지, 지금은 알려 주고 시, 싶지는 않아……. 대신 이, 이 이야기를 해 주고 시… 싶다. 사람은 태, 태어날 때 저마다 사랑에 대한 숙제를 천부적으로 바, 받고 태어난… 다고 해! 그 숙제가 머, 뭐냐 하며… 는 그, 그건 하, 한마디로 영화를 찍는 것이야!"

“영화?”

난 조용히 고개만 끄덕였다.

말없이 고개만 끄덕인 내 반응 때문인지 차 안에는 또 한 동안 말이 없어졌다.

“너 공연 같은 건 안하니? 너 정도 실력이면 공연해도 되겠다.”

“고, 공연?”

“그래, 콘서트 같은 거 몰라?”

“나, 난 공연… 하, 한 적 없다.”

“그래? 공연하면 좋을 텐데! 내가 맨 앞자리에서 소리 좀 질러 주게 말이야!”라고 말하며 웃는 그 여학생의 표정이 꽤 천진난만하다고 느낄 쯤 갑자기 생각나는 게 있다.

“아, 마, 맞다! 나……”

“응? 머? 너 뭐?” 라고 웃음을 멈춘 그 여학생은 궁금한 표정 가득히 띄우고 날 바라보았고, 왠지 그 순간 난 그 여학생에게 뭔가 내 가치를 높여 보이고 싶다는… 아니 심각하리만치 날 짓누르는 그 여학생의 부유함으로부터 무언가 저항심 같은 것이 일어났고, 필터링의 시간을 미처 갖지 못한 채 내 입이 열렸다.

“나, 난 하, 학예회 때, 고… 공연 같은 거 하, 한다. 우,

우리 학교에서 장기자랑 같은 것을 하는 때면 내 비, 비트 바… 박스는 꽤 인기가 많다. 저, 저번 하, 학예회 때에… 도 이, 인기상 머, 먹었다. 내… 가.”

“오! 그래? 정말? 멋지다! 너희 학교 학예회 또 언젠데?”

“우, 우리 학교 하, 학예회는 매… 매년 조, 졸업식 전날 구, 구청강단을 빌려서 여, 열린다. 나, 난 올해에도 나, 나 가야 한다. 게… 게다가 이, 이번…에는 내, 내가 엔딩무대 를 해, 해야 한다. 그, 그만큼 이, 인기가 좋다.”

“이야! 재미있겠다. 나도 가도 돼?”

“내, 내가 초, 초대장 주, 준다.”

“그래? 좋아! 너 그럼 내 몸에 사래 뱉은 거에 대한 벌을 잠시 유보 정도는 해 준다. 그렇다고 용서해 주는 건 아니니 까 안심하긴 이르다. 나 화나면 너 살아남기 힘들 테니 그리 알고 내말 잘 들어. 너, 자 그럼 비트박스 지금 좀 해봐!”라 고 앙증스럽게 말하는 그 여학생으로부터 내 경계심은 사라 진 듯했다.

난 잠시 호흡을 가다듬고 비트박스로 드럼을 짧게 연주했 으며, 그 여학생은 좋아했다. 고급 세단 승용차는 마침 한강 위의 대교를 넘고 있었으며, 그 여학생과 함께 넘고 있는 한 강 위 어둠을 유성처럼 떨어지는 빗줄기의 빛과 함께 가로

등의 불빛이 비추어, 오십여 미터마다 시냇물의 물결을 만들어 주고 있다. 그 물결 사이사이의 어둠은 검정색 징검다리였다. 그러고 보니 가로등은 꼭 오십여 미터마다 파수꾼처럼 서 있었다.

〈그리고…….〉

가로등 불빛이 차안을 훔쳐볼 때마다 웃고 있는 그녀와 백미러를 보며 미소 짓는 운전기사의 얼굴이 차창 앞 유리에 투영되고 있다.

…….

집 앞까지 태워주겠노라고 우기는 그 여학생의 고급 세단 승용차를 뒤로하고 난 서울역 앞에서부터 후암동의 약수터 공원까지 뛰기 시작했다. 그리고 돌아 본 남산 아래는 수많은 불빛들이 낭만적으로 빛나고 있었다.

갑자기 난 내 주먹이 긁히고 찢어지라고 벽을 내리치기 시작했다. 갑자기 그 애와 대화를 나누었다는 것이 이제와 왠지 기분 나빠졌다. 단순히 대화를 나눈 것만이 내 기분을 상하게 한 것이 아니다. 그 애와 대화를 나눌 때 나도 모르게 마음이 빠져나가는 것을 느꼈고, 그런 상황이 불쾌했다.

〈내 감정이 빠져나가는 느낌이 들었어!〉

그때 뒤에서 낯익은 목소리가 가까워지는 게 들렸다.
"야 그나저나 넌 손이 왜 늘 그 모양이야? 이것 봐, 이것 봐, 갈라지고 부르트고, 누가 너 더러 나뭇가지나 가지치기하라고 시키던? 또 잘 손질한 나무는 왜 패고 난리야?"
그 목소리의 주인공은 바로 그 친한 형이었다.
그러고 보니 손이 쓰라렸다. 손톱 양끝은 깊이 패었고, 손끝에서 지문 쪽으로 갈라진 줄이 손가락 끝마디마다 서너 줄씩 있었다. 겨울바람은 그 갈라진 틈으로 지금 들어가고 있는 것이었다.
"통제 안 되는 주먹은 결국 사고치는 법이다. 너! 네 딴에는 물론 나름 신념이라도 있어서 그러는지 모르지만, 신념 같은 것들은 아주 육중한 것이어서 많은 희생이 따르는 법이야!"
친한 형은 무언가 기억 속에서 끄집어내는 듯한 회의적인 한숨을 지으며 말했다.
"죄 짓고 싶어 죄 짓는 사람이 몇이나 되겠냐? 보면 다

～ 몰라서, 없어서 그리고 억울해서 죄짓게 되는 게 태반이
지…….”

난 잠자코 듣기만 했다.

“그리고 너무 스스로 자괴감에 빠지지 마라! 무슨 이유에
서 이러는지 모르지만, 지금의 처지가 곧 그 사람 수준의 끝
은 아니다. 자괴감은 자만보다 더 강렬한 자기만족이 될 수
도 있다더라! 혹시 넌 현재 없는 자기만족감을 가상으로 만
들어서라도 느껴보고 싶은 거냐?”

난 그 친한 형의 말의 의미를 정확히는 몰랐지만, 왠지 그
말이 한참을 멍하게 내 등골로 파고드는 것을 느꼈다.

그 친한 형의 말은 이어졌다.

“왜? 본심이라도 털린 표정인거냐? 난 니 그 표정이 참
맘에 든다! 웃지 않아도 웃고 있는 것처럼 보이는 그 표정!
하지만 실제로는 웃는 일이 별로 없다는 게 참 씁쓸하구만!
남에게 노출된 본심은 변명으로 변태되거나 용기로 승화되
는 법. 하지만 넌 늘 선택의 기로에 서게 되어도 어떤 행동
도 하지 않을 때가 많지! 참 신비한 놈이로고… 하하하”

……

정말 오랜 만에 어촌마을 꿈을 꾼다. 내 어린 시절 일부를

잠시 맡겼던 곳, 아니 맡겨지게 된 곳, 그곳은 여전히 평화롭다.

은행나무육거리에서는 여전히… 전파사에서 흘러나오는 음악이 흐르고, 그 육거리 한편에는 어시장이 있고, 골목 하나를 따라 산을 향하다 보면 나오는 삼거리, 그리고 첨탑이 높게 솟아있는 성당의 모습도 여전하다.

사루비아꽃이 핀 담장을 따라 걷다 만나는 가파른 오르막길을 오르면 어촌마을에서도 달동네라 불리는 몇몇 집들이 보이고, 그 달동네를 지나면 산길이 나온다.

산길을 따라 걸으면 나오는 약수터, 약수터 앞에는 바다를 향해 펼쳐진 들판이 보이고 그 반대편에는 산꼭대기에서 내려오는 시냇물이 흐른다.

〈그 시냇물을 따라 걷다보면 검은 빛깔의 돌다리와 내가 나무에 새겨 넣은 그… 그것이 있을 텐데…….〉라고 하자 내가 쌓아올린 다리가 나온다.

그리고 나비 한 마리가 그 위를 웃으며 날아간다.

〈나비야 기다려!〉라고 잠꼬대를 하며 눈을 뜬다.

내방 창문을 통해 들어오는 푸르스름한 여명의 빛은 보통 날과 조금 다르다. 더 흐리다. 눈이 내리면 좋으련만, 이런 빛깔의 날에 창문을 열면, 살금살금 떨어지는 조용한 비가 내리고 있곤 했다.

    ……

    점점 학원 가는 길의 마음가짐이 전과 같지 않다. 다닌 지 며칠 되지도 않았건만 벌써 꽤 많은 일이 생긴 것 같다.

    비가 오기 때문인지 몰라도 마음은 차분히 가라앉으면서도 왠지 우울해지려 하고 있다.

    그렇지 않아도 굴곡이 많은 삶이었고, 스무 살이 가까워짐에 따라 나름 평안을 느끼는 시간이 이제 슬슬 많아지고 있음을 피부로 느끼고 있는 터이다. 더 이상의 흥망성쇠가 없길 바라는 것이다. 물론 좋은 일, 혹은 낭만적인 일이 내게 생기는 것을 막고 싶은 생각은 없다. 하지만 왠지 그 여학생과의 만남은 결국 날 좌절시킬 것이란 생각을 했다.

    이런저런 생각을 하는 사이에 학원에 도달했다.

    강의실에 들어서자 나와 비트박스 배틀을 겨룬 그놈이 내게 아는 척을 한다.

    "나 오늘부터 여기 수업 도강한다. 제대로 한번 우리 친해지자!"라고 말하며 손 흔드는 그놈에게 난 말 없이 가볍게 눈과 고개로 인사 해주었다. 그리고 강의실 한편에 자리를 잡게 되었고, 난 수업시간 내내 앞만 보았다.

쉬는 시간에 그 여학생과 눈이 마주 칠 적마다 내게 던지는 친근한 눈빛은 수업시간에도 종종 내 옆얼굴을 따끔거리게 했다.

나와 배틀을 한 그놈이 그 여학생에게 수업 중 일방적으로 여러 번 쪽지를 날리는 장면이 내 시야에 포착되었다. 아마도 그놈은 그 여학생이 맘에 드는 모양이었다. 난 신경 쓰고 싶지 않았다.

〈더는 어떠한 기억도 소유하지 않을 것이다. 갖고 있는 것만 가지고 갈 거다.〉

수업 중 이따금씩 그 여학생이 날 쳐다보는 듯한 느낌이 들기도 했다. 하지만 시선을 돌리지 않으려 노력했고 여자 강사의 열성적인 강의는 끝이 났다. 왠지 번거로운 일이 내게 생길 것 같아 서둘러 수많은 학생들을 비집고 학원건물을 빠져 나와 버렸다.

난 왠지 그 애가 또 날 태우려할 것이란 느낌을 받았기에 학원수업을 마치는 종이 울리자마자, 서둘러 내달렸고 학원건물에서 빠져 나와 황급히 횡단보도를 건넜다. 그리고 역을 향해 달리려다 순간 발걸음을 잠시 멈추었다.

〈역을 향해 가는 길이 꽤 길기 때문에 그 애의 차가 날 따라잡을 수도 있겠지. 차라리 저 앞 횡단보도 쪽에 있는 건물에서 잠깐 있다가 그 애가 완전히 가고 난 후에 가야지.〉

난 횡단보도를 건너자마자 보이는 건물의 안으로 들어갔고 기다렸다는 듯 비는 더 세차게 내리기 시작했다.

잠시 뒤 우산을 손에 들고 쓰지도 않은 채 자신이 타야 할 고급 세단 승용차를 기다리는 그 여학생이 보인다. 그리고 곧 그 여학생 앞에 고급 세단 승용차가 한 대 멈춘다.

그 여학생은 아주 천천히 차에 탔다. 찰나의 판단이긴 했으나, 짜증을 내며 차에 오를 것이라는 내 예상은 빗나갔다.

그 여학생의 첫 인상은 짜증을 잘 낼 법한 성격인 듯 했으나, 〈그렇지만은 아니하다〉란 느낌이 오기 시작했다.

……

학원을 마치고 오르는 도서관 옆 후암동의 90계단은 여느 때보다 왠지 덜 가파르게 보였다. 아마도 아직 그 애가 내게 준 설렘 같은 게 가슴에 남아 있는가 보다 했다. 올려다 본 계단의 끝에는 그 애가 쪼그리고 앉아 날 향해 웃고 있는 듯 보였다. 난 〈그럴 리가 없다〉 하며 의심스러움으로 내 눈을 비볐다. 비비고 난 후 올려다 본 계단에는 쓰레기통 외에 역시 아무것도 없었다.

신기루 같은 것이었지만, 어째든 그 덕에 계단을 가볍게 올랐다.

공중화장실에 붙어 있는 내 집에 도착했다. 난 디지털도어록의 번호를 누르고 문을 열었다. 그때 난 뒤가 따끔했고, 반사적으로 돌아보았다.

"여기가 너네 집이니?"라고 말하며 내 뒤에 서 있는 건 그 여학생이었다.

난 입을 한 동안 입을 열지 않을 생각이었지만, 마치 무언가를 포기한 사람처럼 그 여학생에게 대꾸하게 되었다.

"어! 그, 그렇다. 내, 내가 사, 사는 집이다."

"정말, 여기가 너의 집이란 말이야? 진짜 집은 어딘데?"

"지. 진짜 집은 어, 없다. 사, 사는 집만 여, 여기 있다."

"뭐야? 그랬던 거야? 그래서 내가 집 앞까지 바래다주는 걸 싫어했구나?"라고 물으며 날 측은한 눈빛으로 바라보는 그 여학생에게 갑자기 화가 나기 시작했다. 나도 모르게 언성이 높아졌다.

"아, 아니… 나, 난 기분이 조, 좋지 못하다. 왜 여, 여길 온 거냐? 왜 내, 내게 이, 이런 질문을 하, 하는 거냐? 누, 누가 너 더러 하, 함부로 여길 오, 온 거냐니까?"

내가 격앙된 표정을 짓자, 그 여학생은 자신도 모르게 뒤로 한 걸음 물러나는 모습을 보였지만 그 여학생의 입에서만큼은 무언가 나에게 지지 않겠다는 듯 대들기 시작했다.

"야! 뭐라고? 내가 여기 못 올 거라고 생각해? 너 벌써 잊어버렸나본데… 내 옷 더럽힌 거 봐준 거 아니야, 너!" 라고 말하는 그 여학생의 입은 잠시 할 말이 너무 많은 듯 머뭇거렸고, 그 머뭇거림은 오래 가지 않았다.

그 여학생은 소리쳤다.

"내가 전화 한 통만 하면, 우리 집 경호원들 여기 쫙 깔리거든? 그럼 너 죽거든? 내가 많이 봐준 거 거든? 이게 누구한테 큰소리야? 너 보러 온 거 아니거든? 그리고 내가 못 올 곳에 왔냐? 여기가 다, 니 땅이라도 돼? 내가 내 발로 알아서 걸어 온 건데 니가 무슨 상관이야!"

난 멍하니 서 있었다. 그 여학생이 왜 내게 이러는가 싶었다. 그런데 사실 조금 전 내 뒤에서 그 여학생의 목소리가 처음 들렸을 때, 난 놀란 것도 있었지만, 분명 무언가 반가웠다! 난 잠시 뜸을 들이고 억양을 다소 누그러뜨리며 그 여학생에게 말했다.

"네 바, 발로 온 것… 아, 아니다! 너, 넌 차… 차로 온 거다…….."

나의 더듬거리는 말을 들은 그 여학생의 눈동자는 조금

전의 다소 앙칼지고, 애증스런 눈빛과는 대조적으로 커지더니, 경악스럽게 웃기 시작했다.

"뭐라고? 차, 차로 왔다고? 그걸 말이라고 하는 거야, 너?"

그 여학생은 땅에 주저앉으면서까지 웃어댔고 그 웃음은 공원 구석구석까지 오랫동안 여운처럼 울렸다.

그때 왜 갑자기 난 참새시리즈의 우스갯소리들이 생각났을까? 갑자기 난 그 여학생의 웃음을 연장시켜 주고 싶었던 것이었다.

"너, 차, 참새시리즈 알아?"

"뭐? 참새시리즈? 알지! 왜? 뭐 또 요즘 새로운 거 나왔니?"로 시작된 참새시리즈는 5탄, 6탄을 넘어 갈 때 쯤⋯ 우리를 이미 편안한 사이로 만들어 주는 것 같았고, 공원벤치에 앉아 산 아래 도시를 바라보며 이런저런 이야기를 하게 해주는 매개체 역할을 해주었다.

"그나저나, 요번 방학 때에는 어디에 가서 봉사활동을 해가지고 시간을 채운담? 그래도 이왕이면 의미가 있어야 할 텐데, 어디서 하나?"

그 여학생의 고민어린 말에 내 머릿속에는 바로 떠오르는 곳이 있었기에 조심히 물었다.

"소… 소방서는 어, 어떨까?"

"응? 소방서? 오! 그래, 거 괜찮겠는데? 참신하고 좀 색다른 걸? 어디 갈 만한 데 있어?"

"내 치, 친한 형이 이, 일한다. 소, 소방서에서 일한다."

"그래? 네 친한 형 있으면, 소방서에서 봉사활동이 가능하니?"

"글쎄, 느… 늘 내게 오라고 해, 했었으니 가능하… 할 거다."

"그래? 근데 힘들지 않을까?"

"히, 힘든 봉사활동은 아, 안하냐?"

"아, 아니야! 나 힘든 일 무지 잘해!"라고 말하며 웃는 그 여학생의 모습은 어느새 낯익었다.

"조, 조금 있으면 그 치, 친한 형이 우, 운동하러 여, 여기 온다. 그, 그때 잘 말하겠다."

"그래? 좋았어! 그럼 네가 지은 죄를 쬐끔, 탕감해 주지"라고 웃는 그 여학생의 표정은 가벼웠지만 진심 같았다. 그리고 그 여학생은 갑자기 무언가 생각난 듯 자신의 가방을 뒤졌고 그 안에서 테이프를 하나 꺼낸다.

"이거 들어봐! 내가 녹음한 테이프야!"

난 고마움과 함께 당황했다. 그리고 그 여학생은 말을 이었다.

“너 음악 안 해 볼래?”라고 뜬금없이 묻는 그 여학생의 질문은 나 스스로도 종종 해온 질문이었고, 체념을 부르는 화두였다.

“나, 난 악기…를 제, 제대로 배, 배운 적도 없고, 너, 너도 알다시피 말도 더, 더듬는 자, 장애가 있다!”라고 답하는 내 대답에 그 여학생은 버럭 화를 내더니

“야! 너 지금 나한테 동정사고 싶냐? 그까짓 게 장애는 무슨 장애야? 어딜 그런 소릴 하니? 너 그 가수 몰라? 왜 예전에 올림픽 폐막식 때 마지막 무대를 장식했던 그 가수! 그 가수 말이야! 강인한 의지력으로 자신의 핸디캡을 딛고 일어서서 세계적으로 이름을 날린 가수 말이야! 넌 그 가수가 걸었을 험난한 길을 생각하면 아무것도 아니지. 장애라니! 그런 말 함부로 하는 거 아니다 너!”라고 말한 그녀는 갑자기 양팔로 머리와 무릎을 감싼 채 주저앉으며, 곧이어 흐느끼는 소리가 들리더니 점점 커졌고, 난 약간 당황해하며 서 있었다. 그리고 속으로 따라 울기 시작했다.

그렇게 그녀는 울었고 난 눈물 없이 서있었으며, 화장실 불빛과 함께 새어 나와 바닥에 깔린 담벼락의 그림자는 우리의 실루엣 같은 밑그림이 되고 주고 있었다.

〈이 상황이 울 정도는 아니지 싶은데…….〉

그리고 그렇게 어색한 풍경화는 한 동안 말이 없었다.

…….

왠지 모를 자신감이 넘치는 아침이 시작 되었다. 내 입에서는 나도 모르게 노래를 흥얼거리고 있었다. 올림픽폐막식을 앉은 채로 기타를 치며 멋지게 장식했던 바로 그 가수의 노래였다.

〈어떻게 하면 그 기타 코드를 비트박스로 개조할 수 있을까?〉

난 내 기억력 속의 그 선율을 기억해 내어 바로 시도에 들어갔다. 이렇게도 해보고, 저렇게도 해보고…….

하지만 타악기라면 모를까 역시 현악기는 무리다 싶다. 어쩌면, 카세트플레이어를 좀 들어 볼 수 있다…라고 한다면 무언가 좀 더 확실하게 할 수 있을지도 모르지만 내게 없었다.

하지만 쉽지 않았다. 드럼소리라던가 베이스소리라면 바로 할 수 있을 텐데… 하는 아쉬움만 커져간다.

〈나도 그 가수처럼 기타를 치며 노래를 한 번이라도 제대로 불러봤으면…….〉

그 여학생과…… 아니 그 애와 나는 약속장소에서 만났다. 안부를 묻는 우리의 모습은 자연스러웠을 것이다. 그리고 우린 소방서까지 나란히 길을 걸었다.

그 애와 난 친한 형이 근무하는 소방서에서 같이 봉사활동을 하게 되었다. 청소도 하고 소방호스도 닦고, 소방관들이 메고 다니는 공기통에 공기도 경험삼아 채워보았다.

공기통에 공기를 채우는 일은 상당히 소음이 심하면서, 위험한 일이기에 봉사활동 하는 학생들에게는 시키지 않는 일이라 했지만 친한 형과 나와 그 애는 조심스럽게 해 보았다.

친한 형은 말했다.

"화재현장에서 돌아오면 우린 다음 출동을 위해 공기통부터 교체하게 되지. 공기통은 한 번에 네 개씩 공기를 채우는데 보통 삼십분 정도 소요된다. 네 명이서 현장작업을 두 시간 했다고 하면, 현장에서 돌아와 누군가는 공기를 채우게 되지. 피곤하니까 졸게 돼! 밤새 말이야!"라고 말하며 호탕하게 웃는 친한 형의 표정은 세상을 달관한 듯했다.

에어콤프레샤가 공기봄베통으로 공기를 밀어 넣는 소리는 무척 시끄러웠다. 그 시끄러운 소리를 가르며 그 애가 그 친한 형에게 물었다.

“저기요! 소방관아저씨, 아저씨는 일하시다 보면 안 좋은 장면을 많이 보실 거 같은데, 어떤 장면이 가장 안 좋던가요?”

난 속으로 〈뜨끔〉 했다. 이왕 물어보는 거 좋은 걸 물어봐야지 왜 저런 걸 물어 볼까 싶었고, 친한 형의 짜증날 모습을 염두에 두며 그 친한 형의 얼굴을 살폈다.

다행이 그 친한 형은 웃고 있었다. 그러면서 웃음과 대조적으로 자조적인 목소리가 그 친한 형의 입에서 흘러나왔다.

“현장에서 만난 부정적인 장면 안에 내가 아는 지인이 있을 때가 가장 안 좋았어.”

친한 형의 말에 그 애는 안타깝다는 표정을 짓고 말했다.

“아! 그러고 보니 그런 때도 있겠네요? 현장에 나갔는데 아는 사람이 다쳐있다거나……..”

그 애는 말을 마무리 짓지 못 하다다 내 어깨 너머로 삿대질을 하며 큰소리로 물었다.

“저기 사다리가 얹혀있는 큰 차는 뭐에 쓰는 거에요?”

“아! 저거? 저건 사다리차야! 고가사다리차! 거 왜… 아파트 같은데서 이삿짐을 높은 곳까지 올려주는 차 있지? 그거보다 큰 차라고 생각하면 돼! 대략 13층 정도까지 올라가지! 높은 곳에 있는 요구조자를 구조해 낼 적에 사용하지.”

“아! 그래요? 그럼 그 이상 높이에 사는 사람들은 어떻게 구조하나요?”라고 묻는 그 애의 물음에 그 친한 형은 그냥 〈피식〉 웃으며, 고개를 젓고 힘들지… 라는 제스처를 해 보였다.

　봉사활동확인서를 우리에게 건네주는 친한 형은 한동안 우리 둘을 지긋이 쳐다보더니 말했다.
　“내가 수수께끼 하나 내 볼 테니 한번 맞춰들 볼래?”
　“뭔데요? 수수께끼라면 자신 있죠, 저. 빨리 내 보세요.” 라며 그 애는 무언가 재밋거리가 생긴다는 기대심과 호기심 어린 말로 재촉했다.
　“가만 그 수수께끼 내용이 하도 오래 되어서 기억이 가물가물…”
　“빨리요, 빨리!”
　“그래, 알았다, 알았어. 자 그럼 수수께끼 나간다. 맞추면 나중에 처갓집에서 만들었다는 양념치킨 사 준다. 에, 그러니까… 밝은 것 두 개가 어두워졌다가, 금방 다시 밝아지는 것이 뭐게?”
　“어? 내가 모르는 수수께끼도 다 있네?”라며 그 애는 고개를 갸우뚱했고, 나 역시 그 친한 형이 그런 수수께끼를 내는 건 처음 보았다.
　“혀, 형. 다, 답이 뭐, 뭐야?”라고 내가 묻자 그 친한 형은 알려주면 재미없다면서 알아서 맞춰 보라고 했다.

그리고 또 그 친한 형은 말했다.

"10명 중 9명이 세상이 내는 수수께끼에 속아 넘어가지. 속는 이유는 주로 핑계와 방관이야"

"혀, 형. 그… 그럼 1명은 무, 뭔데?"

"세상이 내는 문제를 푸는 자…가 아니라 만드는 자겠지! 머 나도 잘 몰라."

우린 무언가 뜻 모를… 그러면서도 꼭 풀어야만 될 것 같은 수수께끼의 여운을 뒤로 하고 소방서를 나오다가 갈림길과 마주했다.

그 애가 말했다.

"이따 올 거지?"

"그, 그래. 아, 알바 끝내고 금방 간다."

"그래 난 들어야 할 강의가 네 개라서 지금 가야 해! 우리 이따 봐!"

…….

아르바이트를 끝내고 같이 간 학원 강의실에서는 꽤 거리를 두고 앉았지만, 수업 내내 그 애와 계속 눈빛을 주고받았다. 우리만의 눈빛인 것이다.

수업 중 그 애가 날린 윙크를 보자 또 생각 난 참새시리즈가 있어, 종이에 적은 뒤 접어서 그 애에게 날렸다.

〈또, 또, 전기 줄에 앉은 참새가 있었지. 포수가 총을 쏘려 하는데 그 참새는 도망갈 생각을 안 하고 오히려 포수를 향해 교태를 부렸어. 포수가 총을 쏘기 위해 한쪽 눈을 찡 그리고 겨냥하는 것을 자기를 향해 윙크하는 줄 알았던 거야.〉라고 적힌 메모를 확인 한 그 애는 열강 중인 강사의 시선을 피해 입을 막고 앞자리에 앉은 학생의 등에 몸을 감추며 웃다가 그만, 앞사람 의자 모서리에 이마를 부딪치게 되었고, 피가 흘렀다.

그로인해 갑자기 강의실 안은 한차례 소동이 일어났는데, 나와 비트박스 배틀을 겨룬 그놈이 어떻게 준비했는지 반창고를 가지고 그 애에게 달려갔고, 그 애의 이마에 정성스레 반창고를 붙여 주었다.

내게 없는 반창고를 다친 그 애를 위해 사용하는 것인데… 그때 왠지 내 마음 한편에는 형용하기 힘든 파란이 일어났다.

〈지금 느끼는 이 감정은 무엇이지? 설마… 이게 질투라는 것인가? 아니면 조바심?〉

…….

“참! 너 혹시, 먹어도, 먹어도 배가 고프거나 그러지 않아?”

고급 세단 승용차를 얻어 타고 가는 내게 그 애가 가볍게 한 질문은 내게 새로운 깨달음을 주는 듯 놀랍게 들렸다. 하지만 배고프다란 말이 내 자존심을 건드렸기 때문인지 난 답하고 싶지 않아 그 애를 쳐다만 보았다.

그 애는 말을 이었다.

“우리 운전기사 아저씨가 그러더라, 너에게 〈틱〉이 있다고 하더라. 너의 그 웃고 있는 듯한 얼굴이 사실은 고정되어 있는 미소가 아니고 빠르게 보통 얼굴이었다가, 웃고 있는 얼굴이었다가를 반복하고 있는 거라더라구! 맞죠, 아저씨!” 라며 운전하는 아저씨를 향해 그 애가 묻자 백미러 안의 아저씨는 그저 시원한 웃음만을 뒷좌석에 앉은 우리에게 보낼 뿐이었다.

난 〈틱〉이란 생각지도 않은 말에, 다음 이야기가 더욱 궁금해졌고, 침묵을 지키기 힘들었기에 내 이야기가 아닌 마치 다른 사람의 이야기를 하듯 표정을 유지한 채 그 애에게 물었다.

“그, 그게 무슨 소, 소리지? 틱 이라면 저, 정신이 불안정한 사, 사람들한테 있는 증상 아닌가? 주로 심리적으로 약한 어린이들에게나 그, 그리고 나, 난 이, 이제껏 그, 그런 걸 모, 몰랐는데 어떻게 너네 운전기사아저씨가 아, 안단 말이지?”

“사실 우리 운전기사 아저씨가 무술고수이시거든! 무술고수가 되기 위해선 남보다 더 빠르고 정확한 눈을 갖기 위해 특별한 훈련을 한다고 하더라구! 그래서 시각적인 분석력이 보통사람보다 우월할 수밖에 없고, 남이 못 보는 순간도 포착한다고 하더라!”

“그, 그런가?”

“응. 넌 특히 끝없이 〈틱〉 현상을 보이기 때문에, 몸에서 에너지가 많이 소모 될 거라고도 하더… 라구, 그건 스스로를 피곤하게 하는 거래. 뭐라더라? 그래서 네 경우는 여행 같은 것을 자주 해서 정신적 안정을 찾아야 한데. 그러면 〈틱〉 현상이 완화될 거래!”

“여, 여행?”

〈그런 것인가? 그래서… 난 남들보다 많이 먹어도, 먹어도 늘 배가 고픈가?〉

그런데 갑자기 그 애는 무릎을 쳤고, 어린아이의 눈처럼 초롱초롱해진 눈망울을 날 향해 구슬리며 말했다.

“아주 그럴 듯해! 정말이야! 진짜 그럴 듯해!”

“뭐, 뭐가 마, 말이냐?”

“네 그 친한 형이 내 준 수수께끼 말이야!”

“아! 수, 수수께끼… 아, 알아낸 거냐?”

그 애는 앉은 채로 발을 올려 내 옆구리를 차며 말했다.

“바보야 바로 개기일식이잖아!”

“개, 개기일식?”

“밝은 것 두 개가 어두워졌다가, 금방 다시 밝아지는 것! 맞네! 그 친한 형이란 사람 맘 변하기 전에 치킨이나 사 달래자 빨리!”

“아! 드, 듣고 보니 네 말이 마, 맞는 거 같다. 나, 난 사실, 달과 태, 태양에 대해 좀 아, 안다. 태양과 지구간의 거, 거리가 달과 지, 지구 간의 거리의 395배인데, 도, 동시에 태양의 직경도 다, 달의 395배이기 때문에 지구에서는 다, 달과 태양의 크기가 같게 보인다. 그 밝은 두 개가 만나면 세, 세상은 어두워진다.”

“어쭈? 많이 아는데? 많이는 아는데 너무 더, 더더, 더더더, 더듬거린다. 너무 안쓰러운데? 하지만 노력이 가상해서 봐 줄만 했다.”라고 말하며 그 애는 계속 내 흉내를 내었다.

난 또 생각난 게 있어 말을 이었다.

"그, 근데 그 치… 친한 형은 그, 근무라서 오, 오늘 공원에 안 온다. 내일 사 다, 달라고 하… 자."

"내일은 안 돼! 나 시골에 할머니 뵈러 가는 날이야. 방학 때는 꼭 한번 씩 가서 인사하고 오거든."

"그, 그렇구나!"

"참! 내일 시간 되지? 잠깐 우리 같이 할머니 댁에 다녀오자!"

난 당황하며 부정을 표했다. 그러자 그 여학생은 그 특유의 쌀 알갱이의 씨눈을 뜨고 말했다.

"오호라… 그래? 니가 저번에 망쳐놓은 내 옷이 얼마짜린지 모르고 개긴다 이거지?"

난 바로 꼬리를 내리며 항복을 표했다.

…….

〈아! 웬만하면 이런 거 하지 않으려 했는데…….〉

난 밤이 되길 기다려 유흥가와 모텔이 많은 시내로 향했다. 그리고 공중전화박스를 돌며, 공중전화에 잔돈이 나오는 곳 안쪽에 스카치테이프를 붙였다.

〈이곳에서 전화하는 자들 대부분은 술에 취하거나 행락을

즐기는 사람들이고 그들에게 잔돈은 좀 없어도 되겠지… 그
리고 대부분 취해서 신경도 안 쓸 거야〉라고 스스로를 합리
화 하며 난 주위를 두리번거리며 경계했다.

그리고 난 새벽에 다시 그 유흥가와 모텔이 많은 시내로
뛰어간 뒤 다시 공중전화 박스를 돌았다. 전화기의 잔돈이
나오는 곳에 붙여 둔 테이프를 떼자, 잔돈이 꽤 나왔다. 내
가 가진 돈을 합하면 여행비 정도가 나올 것 같아 나름 왠지
뿌듯했다.

그렇지만 부끄러운 뿌듯함이었다. 반쪽 뿌듯함이란 생각
은 마음 한편을 오랫동안 불편하게 할 것이었으나, 참을 만
할 것이라고 생각했다.

…….

새벽임에도 붐비는 터미널이었지만, 그 많은 사람들 속에
서 한눈에 그 애를 찾았다. 그 애도 그런 듯했다. 하지만 그
애를 향한 반가움은 금시 깨졌다. 날 향한 그 애의 첫인사는
〈딱밤〉이었다.

"어딜 지나가는 여자들을 흘끔흘끔 쳐다봐!"

여자치고는 꽤 쌉쌀하게 아픈 〈딱밤〉이었다.

"뭐, 뭐 하는 거냐? 무, 무슨 내, 내가 흘끔흘끔 거, 거린

다고 그러는 거, 거냐?"

"이봐, 이봐! 이것 보라고! 더듬거리잖아! 그러고 보니 여자만 보면 더듬거리는 거 아니야 이거?"

난 그 애가 장난치는 것이란 것을 알고 있었지만, 받아 주어야만 했다.

〈첫 여행치곤, 꽤 피곤하겠네.〉라고 속으로 말하면서도 난 정말 즐겁기 시작했다.

그녀를 향해 때릴 테면 또 때리라는 뜻으로 웃음을 지어 보이며 입으로 말했다.

〈히죽히죽~〉

그리고 비트박스를 한 소절 시전했다. 하지만, 그 애에게 웃지 말라며 또 〈딱밤〉을 맞았다.

대합실에서 승강장으로 들어선 난 줄을 서서 고속버스를 기다리는 사람들의 움직이는 풍경이 꼭 잔잔한 타악기 음악 같다는 생각이 들었고, 그 생각이 들기 시작했을 땐 이미 내 입에서 비트박스가 조금씩 흘러나왔다. 그 애의 표정은 당돌하지만 들을만 하다는 표정이었고, 몇몇 사람들은 지나가던 걸음을 멈추면서까지 내 비트박스를 듣는 모습이었다.

안내방송은 곧 승강장에 버스가 도달할 것을 알림과 동시에 난 비트박스를 마쳤고, 그 애는 손뼉을 치며 좋아라 했다. 버스에 오른 그 애는 〈창가 쪽 자리는 자기 꺼〉라며, 비교우위를 즐기는 듯했고, 난 내 가방과 그 애의 가방을 선반에 다 올려놓은 다음에야 그 애의 옆에 앉았다.

"우리 오늘의 여행 스케줄 어떻게 짤까? 짜 왔어?"
"여, 여행 스, 스케줄?"
"그래, 여행계획 말이야! 설마, 이렇게 예쁜 숙녀와 여행씩이나 가는 데 아무런 계획도 없이 가는 건 아니겠지? 기대된다. 이벤트는 준비했어?"라고 묻는 그 애는 다 알고 있으면서 묻는 건지, 아니면 정말 철없는 공주처럼 세상이 다 본인을 위해 돌아가기라도 하는 줄 알고 묻는 것인지는 애매했으나, 어째든 난 당황해야 했다. 여행이라 할 만한 것이 이번이 처음이고 더군다나, 내 생에 여자친구와 같이 가는 여행은 생각지도 못 했었기 때문에 스케줄을 짜야 하는지도 몰랐고, 어떻게 여행을 하나 싶었을 땐, 그저 저절로 되는 줄 알았던 것이다.

"어라? 당황한다, 애! 뭐야? 내 그럴 줄 알았어! 그래, 좋아 그럼 지금부터 짜 보도록 한다! 일단 염전이 쫘악 펼쳐진 광경이 보이는 백사장에서 겨울바다를 감상하는 거야! 아니지, 아니지, 일단 금강산도 식후경이라 했으니, 유명한 횟집부터 가야겠지? 맛있는 음식을 먹는 상상은 상상만으로도 기분이 좋아!"라고 말하는 그 애에게 난 갑자기 궁금증이 하나 생겨서 물었다.

"저, 저기, 그, 그런데 바, 바다에는 모, 염전이 길게 펴, 펼쳐진 곳이 마, 많아?"

"염전? 글쎄… 동해에는 몇 군데 안 되지 않나? 잘 모르겠는데… 그런데, 염전은 왜? 소금 만들게?"

"아, 아니다. 나, 나도 모, 모르게 물어 보, 봤다."

난, 그 애가 나와 티격태격하며 여행계획을 세웠으면 한다는 표정을 읽었지만, 그냥 그 애가 세우는 데로 찬성만 해 주는 것이 내 지식의 전부였으며, 여행계획을 다 짜고 나서 계집애들 마냥 손뼉놀이를 하자는 그 애의 원을 다 들어주어야 했다. 그리고 유치하긴 하지만 하기 시작하면 재미의 끝이 안 보이는 게임들도 그 애에게 배워가며 즐겼다.

아마 그때의 내 표정은 어색한 즐거움을 만끽하는 좀 모자라 보이는 사람의 모습이었을지도 모른다.

어느덧 버스는 도시를 완전히 벗어나 자연풍경이 가득한 파노라마를 창문에 수놓기 시작했다.

달리는 버스, 자연스럽게 지나가는 풍경, 옆에는 어여쁜 숙녀분이 나 같은 사람의 옆에!

그런 모멘트를 머릿속에서 연결하자니 자연스럽게 흥겨운 비트박스나 또 연출되기 시작했고, 그 애는 지루한 줄 모르고 들어주었으며, 이따금씩 어디선가 나는 정체모를 소리에 주변을 힐끔거리는 승객이 있으면, 그때마다 순간순간 비트박스를 잠시 멈추고 딴청을 하는 내 모습에 또한 그 애는 즐거워 해 주었다.

그 즐거운 모습을 보자 갑자기 불길한 생각이 들었다. 저 애, 혹시 너무 즐거워하는 것 아닌가? 혹시 저 애에게 안 좋은 일이 생기면 어쩌지?

그때였다. 그 애 옆으로 보이는 바깥 세상에 어둠이 내리는 게 아닌가? 아침 해가 떠서 자정이 되어가는 지금 갑자기 세상에 어두운 그림자가 드리우듯 캄캄해지는 것이었다. 난 꿈인가 싶어 반대편 차창 밖의 세상을 보았다. 그런데 그쪽도 마찬가지였다. 어느 창을 보아도 바깥은 저녁처럼 어두워지는 것이었다.

"왜 그래? 왜 갑자기 안색이 변한 거야? 무슨 일이야?" 라고 묻는 그녀도 당황했다.

나도 모르게, "세, 세상에 조, 종말이 오, 오는가봐! 밖을 봐! 어둠이 깔리고 있어!"라고 말하자, 가뜩이나 큰 그 애의 눈이 더욱 커지며, 날 뚫어져라 보기 시작했다. 그러더니 이윽고……

〈딱밤〉을 날렸다. 그리고 말하는 것이다.

"바보야! 오늘 부분일식 있는 날이잖아! 아! 그러고 보니 이쪽 동네는 우리나라에서 제일 개기일식에 가까운 곳이라고 했는데, 마침 지나는 것이네?"라고 말하며 그 애는 신기한 듯 밖을 보았다.

일식은 금방 지나가고, 세상은 다시 밝아졌다. 난 정신을 차렸고, 그와 함께 부끄러웠다. 난 무언지 몰라도 그 무언가를 만회하고 싶었다. 그래서 이번엔 좀 우스꽝스러운 분위기를 띤 비트박스를 시전했다.

그 애는 내 비트박스를 들으며 말했다.

"야! 너 그 비트박스 말이야! 앞으로 내 앞에서만 해!"

난 동작을 멈추고, 의아스런 눈빛을 보여주며 물었다.

"왜……?"

그러자 또 〈딱밤〉이 날라왔다.

"뭔 말이 많아! 그냥 까라면 까는 거지!"

난 대꾸 없이 내 기분이 〈뾰루퉁〉해졌다는 뜻으로 입술을 내밀어 보였다. 물론 실제 내 기분은 〈뾰루퉁〉하진 않았지만.

그 애는 말을 이었다.

"난 말이야, 항우가 우희만을 좋아하고, 사랑했듯~ 한 여자만을 아끼는 그런 남자가 좋아."

난 당황했고, 나도 모르게 말이 나오기 시작했다.

"너, 너무 쎄, 쎈 말인걸. 내, 내가 널 조, 좋아 한다는 거냐? 왜, 그, 그런 소리냐?"

"아, 너무 쎘나? 그래? 하긴, 그건 그렇고 뭐? 좋아한다는 거냐? 이게 죽을라고! 당연히 좋아해야지! 맞을래?"

그 애는 손을 들어 금시라도 〈딱밤〉을 갈길 태세였고, 난 두 팔로 이마를 가리며 말했다.

"그, 그건 조, 좋은 예가 아, 아니다. 하, 항우는 유, 유방에게 패했고, 우, 우희는 겨, 결국 자, 자결했다."

"뭐? 그래서, 한 여자만 좋아하는 게 안 좋다고?"

"그, 그게 아, 아니라, 나, 난 네가 자, 자결하, 하는 일은 결코 어, 없어야 하, 한다고 새, 생각 하, 한다는 뜨, 뜻에서…"

"음! 그래? 그래 뭐"라고 말하며 말끝을 흐리는 그 애의 귀여운 표정을 보며 난 말을 이었다.

"그, 근데 그, 그거 아, 아냐?"

"뭘?"

"이, 인간 세, 세상에서 하, 항우는 유, 유방에… 에게 패, 패했지만, 소, 소의 세계는 좀 다, 다른 거 같다."

"엥? 소의 세계? 소의 세계가 뭐? 뭐 어쨌다고?"

"그, 그러니까 소, 소의 세, 세계에서 하, 한우는 …"

"뭐? 빨리 말해!"

"하, 한우가 저, 젖소에게 이, 이기는 것 가, 같다."

"뭐라고? 이게 어디서! 야 너 방금 응큼한 생각해찌?"

그 애는 여지없이 또 나에게 〈딱밤〉을 날리더니, 갑자기 고개를 젖히고 웃기긴 웃기다며 웃어댔다. 그때 난 별로 웃기지도 않을 법한 내 이야기에 웃어주는 그 애가 갑자기 고마워지기 시작했다.

"야, 아무튼 넌 앞으로 무조건 내 앞에서만 비트박스 연주할 수 있는 거야! 딴 데서 해봐! 죽어! 알았어?"

난 대답을 회피한 체 다시 비트박스를 시전했고 메시지를 담아 전했다.

그 메시지는 〈알았어, 알았다고, 거참 귀찮게 하네. 지가 잘난 줄 알아. 아주 지가 잘난 줄 알아!〉이었다.

난 비트박스를 멈추고 그 애에게 준비해 간 초대장을 내밀었다. 학예회 초대장을 그 애에게 주려는 것이었다.

"워, 원래 우, 우리학교 하, 학예회 때에 초, 초대장 아, 아무나 안준다! 우리 하, 학교 학생증 어, 없으면 이, 이 초대장 이, 있어야 오, 올 수 있다!"

"어? 이게 뭐? 아! 초대장이라구? 재미있겠다. 다른 학교의 학예회를 간다는 것만으로도 신선한 걸? 중학교 이후로 학예회는 처음이야! 요새도 학예회를 하는 고등학교가 다 있네? 그건 그렇고 너 진짜 무대에 오르는 거 맞지? 오우, 인기가 좀 있겠는 걸? 걱정되는데?”

“그, 그렇다. 자, 작년에도 내가 대, 댄스3곡을 베이스와 드, 드럼 부분만 비트박스로 편곡해서 불렀는데 학예회에서 이, 인기상을 주, 주더라. 이… 초, 초대장 받고 하, 한번, 와서 봐라!”

그렇게 말하자 그 애는 팔짱을 낀 채 영 못마땅하다는 듯이 날 쳐다보는 게 아닌가?

“왜, 왜 그, 그런 거냐?”

“한번 와서 보라구? 숙녀에게 그러면 안 되지. 꼭 와주세요, 라고 부탁을 해야 하지 않겠어?”

난 이길 수 없음을 알고 부탁조로 초대장을 내밀었으며, 그 애는 마지못해 받아준다는 표정을 보내며, 그것을 받았다. 그때의 그 애 표정은 정말 기대된다는 표정이었고, 내 허점을 찾으려는 표정도 잊지 않았다.

“이, 이렇게… 펴, 편안한 맘으로 버스를 타는 건 처, 처음이다. 그, 그러고 보니 버, 버스여행이라고 하, 할 만한 건 이번이 처음이다.”

그 말에 그녀는 삐친 듯한 표정을 지으며, 이번엔 앉은 채로 딱밤이 아닌 발로 날 걷어차며 말했다.

"아니, 나처럼 이렇게 아름다운 여자와 여행을 시작하는 데… 설레고 흥분되어 마음을 종잡을 수 없는 게 아니라, 뭐, 편안해?"

또 허점을 잡힌 것이었다. 우린 웃었고, 그녀와 내 웃음은 짠 냄새와 함께 빠르게 다가오기 시작하는 증기기관차의 기적소리마냥 동해바다로 퍼져 나가고 있다.

…….

"기차보다 버스가 빠르다! 금방 왔어! 이제 5분만 더 가면 다 온 거야!"라고 나를 향해 말하는 그 애의 뒤편으로 어디선가 본 듯한 역이 지나가고 있었다.

〈그런데 저 역을 어디선가 본 거 같다.〉라는 생각이 뇌리를 스칠 즈음, 잊었던 옛 이야기들이 깨어나기 시작했다. 지금 막 지나가는 역의 모습은 도색한 지 얼마 되지 않은 듯 깨끗하고 밝아 보였지만, 어린 시절 내가 서울 가는 기차를 탈 수 있게 해 준 그 우울했던 역의 형태와 분명 같았다. 역 주변은 이전과 달리 다소 큰 건물과 빌딩들이 들어섰지만, 도로의 형태나 몇몇 건물들은 분명 단 한 번의 장면만으로도 내 뇌리에 깊이 박힌 그 역의 주변이었다.

……

　동해바다가 보이는 터미널에서 우린 내렸다. 내릴 때의 내 표정이 처음 버스를 탈 때의 표정과 달리 어리둥절하고 상기 된 표정이었던지 그 애는 "왜 그래, 네 표정? 아하! 괜찮아. 우리 할머니는 남자건 여자건 내 친구라면 무척 반기셔! 우리 할머니가 혹시 너 싫어할까봐서 걱정하는 거지? 괜찮으니까 얼굴 풀어! 응? 자 빨리 울 할머니에게 인사부터 하고 막차 타는 시간까지 신나게 놀아보자고! 고, 고!"이라며 환한 표정을 짓는 그 애에게 난 애써 긍정적인 대답과 표정을 보여 주었다.

　그리고 그 애를 따라가다 난 걸음을 멈추었다.

　"나, 사, 사실 여, 여기 볼일 있다. 너, 너는 할머니집에 다녀와라!"

　그 애는 좀 실망한 듯한 말투로 물었다.

　"볼일?"

　"그… 그래, 가볼 데, 데가 있다! 가, 가야 할 데가 있었는데 이, 이제 나 그, 그곳을 가 보려고 해. 여, 여기서 멀지 않은 것 같다."

　"정말이야? 난 또, 숫기 때문에 우리 할머니댁에 안 가려

는 줄 알았네. 아, 그래! 나 그럼 할머니댁에 인사드리고 올
게.”

그렇게 말한 그 애는 일부러 주변사람 보란 듯이 실성한
사람처럼 스스로를 나비라도 되는 것으로 아는 양… 양팔을
팔랑거리며, 할머니집을 향해 지그재그로 깡총거리며 뛰어
간다.

난 천천히 고개를 돌렸고 내가 시선을 돌린 곳에는 높지
도, 낮지도 않은 아담한 높이의 산이 있었으며, 그 산은 옛
것을 지키겠다는 신념을 보여주기라도 하는 양, 우두커니
날 바라보고 있었다.
난 그 산과 시선을 마주했다.

그렇게 잠시 나와 바다를 마주하고 있는 그 산은 서로 시
선을 교환하였다. 그리고 그 산의 꼭대기 즈음에는 바위들
이 많이 보였고, 칼날처럼 삐져나온 바위도 보였다.
바로 칼바위였다.
다시보고 또 보아도 그것은 분명 칼바위 산이었다. 내 기
억의 그것과 다르지 않았다.
여기선 보이지 않지만, 저 칼바위 아래엔 분명 동굴이 있
을 것이었고, 그 곳에 서면 동네가 하나 보일 것이다. 바로

내가 어릴 적 일부분을 보냈던 바로 그 달동네가 있을 것이
다. 또 그 달동네 아래에는 어시장이 있는 은행나무육거리
가 있을 것이다.

〈아직도 있을까? 산 중간 계곡에는 시냇물이 흐르고 그
시냇물을 따라 올라간다면 내가 만든 그 다리가 아직 거기
있을까?〉

난 무언가에 홀린 듯 걷기 시작했다. 산에서부터 내려와
바다로 이어진 시냇물을 따라 오르기 시작했다. 산 아래에
는 오르기 좋으라고 등산로까지 잘 만들어져 있었다. 등산
로를 따라 오르다 걷기 힘들 정도로 돌과 바위가 많은 곳에
는 나무로 계단까지 잘 만들어져 있다.

드디어 내 시야에 낮익은 시냇물가의 모습이 서서히 들어
왔다. 그 시냇물 주변의 나무들은 꽤 굵어져 있었지만 난 알
아볼 수 있었다. 걸음은 무언가에 홀린 듯 빨라졌다. 시냇물
주변은 출입을 막으려고 로프가 둘러쳐 있었기에 난 들어가
지 못했다.

또한 푯말에는 자연을 보호하기 위해 칼바위까지의 접근
을 막는 문구가 적혀 있었다.

주변을 둘러보았다.

내가 만든 다리는 보이지 않았다. 없는 것을 분명 알았지만 자꾸 돌아보게 된다. 내가 만든 다리가 있어야 할 자리에는 콘크리트로 잘 만들어진 진짜 다리가 있었다. 그 다리를 건너자 나무가 보였다. 바로 내가 글과 심장무늬를 새겨 넣은 나무가 아직도 잘 버티고 있었다.

잠시 난 그곳에서 회상에 잠겼다.

이제 그 슬픈 추억의 달동네가 보고 싶어졌다. 그리고 내가 지나다니던 길도, 그리고 학교도, 학교 앞 문방구도……

그 시냇물가를 떠나는 게 아쉽기도 했고, 달동네에 미련은 없지만 가보고 싶었다.

난 천천히 걸음을 옮겼다. 이 언덕만 넘으면 동네가 보이기 시작할 것이고 언덕을 따라 내려가면 내가 아는, 혹은 날 알고 있는 사람을 만날 수 있을지도 모른다.

점점 더 설레는 마음이 날 잡아끈 다. 그 다지 좋은 추억이 있는 동네도 아닌 데 왜 가슴이 벅차오르고 회한의 한숨이 터지려고 하는지 몰랐으나, 지금 느끼는 이 아련함의 어지러움으로 벗어나기 위해서라도 빨리 보고 싶다.

언덕을 다 오를 즈음 보이기 시작한 그 동네의 첫인상은 형을 마치고 돌아온 고향의 모습도, 우연히 지나다 담장 철조망 너머로 보이는 자대의 모습도, 어린 시절 절친하던 친구를 이제와 해후할 때 본 친구의 주름살 같은 모습도 아니었다.

난 그대로 무릎을 꿇고 말았다.

내 눈 아래엔 낯선 풍경이 펼쳐져 있었다. 내가 기억하고 있는 언덕 아래 그 동네는 없었으며 아파트와 깨끗한 빌딩으로 펼쳐진 신시가지가 자리 잡고 있었다.

얼마나 시간이 흘렀는지 몰랐으나,
“예전엔 여기가 조용하고 아기자기한 마을이었는데, 재개발로 참 많이 변했어. 얼마 있으면 이 산 일부는 골프장으로 만든다고도 하지?”라고 속삭이듯 그 애가 내 뒤에 와 있었다. 분명 속삭이듯 들렸는데도 그 애는 나와 두어 걸음이상 떨어져 있었다. 그 애의 표정은 상기 된 듯하면서도 한편으론 분명 뜻 모를 웃는 미소였다.
난 그 애가 어떻게 그걸 아느냐는 물음의 눈빛을 보냈다.
“할머니댁에 인사하고 다녀오는 길에 갑자기 네 말이 떠올랐어. 가야 할 데가 있다던 네 말. 혹시나 했지 그때…….

그리고 한참을 너의 뒤에서 언덕아래를 바라보는 모습을 보았을 때 알게 되었어. 예전에 우리 집은 바로 저기였어. 그예전 시절에 잠시 우리 집에 머물렀던 아이가 있었지. 난 그애와 친해지고 싶었지만 그 아인 날 피해 다녔어."라고 그애는 말했고 우린 서로의 표정을 살폈다. 그리고 잠시 뒤 우린 같은 생각, 같은 눈빛을 공유하게 되었다. 이윽고, 언덕이 떠나가라고 한참을 웃기 시작했다.

"너 맞지? 그 아이 맞지?"라는 그 애의 물음에 난 고개를 끄덕였다.

그리고 우린 서로에게 독백하듯 말을 이어갔다.

"정말 오래 전 일이네……. 하루는 우리 아빠 손에 이끌려 한 아이가 우리 집에 왔었지. 부모님이 다 죽은 뒤로 〈틱〉 현상이 생겨서 틈만 나면 고개를 좌우로 갸우뚱거리며 털어대던 아이였어.

그때 우리 엄마는 그 애를 무척 싫어하셨지. 나도 첨엔 그애가 왠지 부담스럽고 미웠는데, 차차 좋아지게 되었어. 그〈틱〉 현상이 사라지며 그 애의 얼굴은 마치 웃고 있는 바위처럼 변했지. 그 미소가 좋았어!"

그렇게 말하는 그 애 덕에 우리는 서글픈 웃음을 띠게 되었다.

"시, 싫어 하, 하시, 하실만도 하, 하다. 그, 그 애는 바, 밥을 차, 참 마, 많이 머, 먹었지."

그러자 그 애는 제법 큰 웃음을 터트리며 말했다.

"하하, 기억하는구나? 맞아 너 참 많이 먹었어. 너 내가 슬리퍼 사준 거 기억나? 내 저금통장 털어서 너의 다 떨어진 슬리퍼를 바꿔 주었는데도 넌 고맙다는 말 한 마디 없이 떠났어! 그 저금통장을 턴 돈으로 무얼 했냐고 묻는 우리 엄마에게 얼마나 혼났는지 알아?"

난 미안하고 고맙다는 뜻으로 그 애를 향해 또 고개를 끄덕였다. 그 애는 또 "진짜, 그 아이가 너 맞는 거지? 그렇지?"라고 재차 물어가며 한쪽 눈으로부터 눈물을 흘리기 시작했다.

아마도 그 애는 자신의 볼 위에 무언가 흘러내리는 것을 잘 느끼지 못 한 모양이었다. 난 그래서 그 눈물을 닦아 주고 싶었는데, 그러다가 그 애가 화라도 낼 거 같아 무슨 핑계를 대고 그 애 얼굴을 닦아줘야 하나 잠시 고민했고 우리 사이엔 잠시 침묵이 흘렀다.

그 애가 역시 먼저 침묵을 깼다.

"넌 그 언니 정말 좋아했어? 그치?"

난 당황했다. 그 애 입에서 나온 그 언니란 말! 그건 분명 그 누나를 말하는 것이었고, 내 눈동자는 방황하며 떨린다는 것을 느꼈다.

"넌, 그런데 그 언니가 아프다는 걸 몰랐나봐? 하긴, 그 사실을 아는 사람도 아마 얼마 없었을 거야! 나도 우연히 알게 되었지. 참! 맞다. 그때 니네 반의 반장에게 들었었구나, 그 반장이랑 그 언니랑 친척이었던가? 그랬을걸? 그 언니가 인기 많아도 함부로 귀찮게 구는 남자 놈들이 없었던 건 그 반장 때문이었지.

그 언니에게 남학생들이 어설프게 껄덕거리면, 그 반장이 한방에 보내 버렸었거든, 그 반장 놈이 진짜 쎘어. 지보다 몇 년 위의 선배들도 한방에 보내 버리는 걸 내가 직접 본적도 있는 걸!"

그 애의 말을 듣는 순간 난 아련함이 밀려오는 것을 느꼈다. 난 그런 감정을 받아들일 준비가 되어 있지 않았기에, 밀려오는 감정을 지연시키고 싶었고, 그런 내 맘은 목을 메이게 하며 탄식 같은 말을 흘리게 만들었다.

"그, 그랬, 어, 었구나!"

"응, 그랬지. 그리고 하루는 그 언니… 병원에 있다고 내가 너에게 아침 일찍 알려 주려고 했어. 근데 넌 무척 일찍도 등교를 했지. 걸음도 빨랐고, 그런데 그날……."

그렇게 말하다 우린 누가 먼저랄 것도 없이 고개를 숙이고 말문을 막았다.

　그런데 멀리 해변 끝에서 작은 폭죽들이 터지는 게 보인다. 아마도 놀러온 누군가가 아직 어둡지도 않은 겨울하늘 아래에서 기다림을 참지 못하고 터트리는 것 같았으며, 그 애 눈동자는 분위기를 돌리려는 듯 일부러 〈휘둥그레〉 그 장면을 쳐다본다.

　"우리말고도 이 바다에 사람들이 또 있었네? 아마 연인이겠지?"
　그렇게 말하는 그 애에게 난 애써 미소를 지어 보였다.

　우린 얼마나 시간이 지나는 줄도 모르고 그렇게 마주한 채 어린 시절 어촌마을로 돌아가 그때의 일들을 공유했다. 그러는 사이 해는 도둑처럼 서쪽나라로 넘어가고 있었다.

　"그나저나 여행스케줄을 하나도 소화 못 했네? 겨울바다를 배경으로 나 잡아봐라! 한번 해보고 싶었는데……."
　그 말에 난 다소 맥이 풀리는 느낌이 들었고, 어찌 보면 답답한 과거의 생각으로부터 주위가 환기 되는 좋은 느낌이 들었다. 그리고 그 애에게 장난기 어린 말을 해 보았다.
　"다, 다음에 꼭 다, 다시 오자! 지, 지금은 누, 누굴 잡으러 뛰어 다닐 마, 만큼 힘이 너, 넘치진 모, 못하다."

"그럴까? 그래야겠지? 그럼 우리 다시 여기 오는 거다! 알았지? 약속한 거야!"

난 좀 당황했다. 힘이 부친다는 내 말에 버럭 화를 내며 〈딱밤〉이라도 갈길 줄 알았던 그 애의 진지한 대답 때문이었다.

그녀와 난 그렇게 약속을 했고 하늘의 별과 달도 우리 편이 되어 기원을 해 주었다.

〈나중에 여기 이 바다, 꼭 다시 놀러 오자!〉

"그나저나 너란 아이가 아직 살아있다는 소식을 아빠에게 전해야겠다. 너 떠나고 얼마나 우리 아빠가 걱정하셨는데, 그리고 비록 널 많이 혼내신 우리 엄마도 솔직히 많이 미안해 하셨어. 암튼 우리 엄마는 재개발 덕에 엄청 돈 버셨지. 저기 보이는 저 건물도 우리 엄마 꺼야. 당장 우리 집에 놀러갈까? 좋아하실 거야!"

그 말에 난, 예전에도 그랬지만, 이미 나와 헤아리기 힘들 정도로 격차가 나 보이는 그 애의 모습을 다시 보았다. 그리고 조심스럽게 이야기했다.

"그, 그게… 이, 일단 고, 고등학교 마, 마치고 노, 놀러 갈게."

"응? 왜?"

"그, 그게 지금은 조, 좀… 아, 아닌 것 같아."라고 단호하게 말하는 내 모습에 그 애는 기가 눌렸는지 반격은 하지 아니했다.

〈어쩌면 가지 않는 것이 서로를 위하는 것이다.〉

멀리선 등대 앞까지 밀려온 파도가 제방에서 터질 듯이 부딪히고 있었고…….

난 복잡한 이 기분을 다 해석하지 못한 상태에서 경솔하게 비트박스나 휘파람조차 내 뱉지 못하고 있었다. 그리고 움직이지도 못 했다.

그러자 그 애는 서서히 싫증을 느끼기 시작하는 듯했다. 하지만 내 기분을 생각해서인지 심심하다는 표정은 짓지 아니했다. 그러던 그 애가 가방에서 무언가를 꺼낸다. 그리고 그 애는 카세트플레이어를 내게 내밀었다.

"주는 거 아니야! 빌려 주는 거야! 상하지 않게 잘 쓰고 돌려줘! 근데 영구임대긴 해!"라며 한쪽 눈만으로 웃는 그 애의 눈동자엔 밤하늘의 별이 걸려 있었다.

　그리고 우린 한 쪽씩 이어폰을 나누고 별이 빗나간다는 내용의 라디오 방송을 청취했다. 이어폰의 끈이 짧아 그 애의 동태를 살피려고 쳐다본 내 시선과 마주친 그 애는 한쪽 눈을 찡그렸고, 그 윙크하는 표정은 영락없는 동화 속 공주였다.

　유성이 피해가는 밤하늘의 별들은 지금 이 땅에 당장이라도 쏟아져 내릴 듯이 밝았다.
　우리 뒤엔 디지털모양의 신도시가 있었고, 앞에는 바다가 만들어내는 아날로그 파장이 파도치고 있었다.
　그러다 그녀의 머리가 졸음에 겨워 내 어깨에 닿는 것을 느끼게 되자 내 어깨는 한 사람만을 위한 베개가 되었어버렸으며, 밤하늘의 어둠이라는 공포 속에서 포근함을 찾아 떠나는 별은 정말 땅에 내려와 바다물결에 몸을 맡긴 채 파랑을 타고 있었다. 이어서 산과 바다 사이에 있는 이백여 미터의 작은 호수 안에도 겨울이라는 계절을 무시하고 날아다니는 반딧불이 별을 따라 움직인다.
　내 마음은 동화 속 어린아이의 그것마냥 별과 함께 바다 위 파도에서 윈드서핑을 하며 좋아라고 있었다.

　〈이게 동화책 속의 장면일까? 하늘의 별, 바다 위의 별,

그리고 졸린 그녀 눈에 반짝이는 별……. 이런 게 바로 동화라는 건가?〉

그러면서도 시골의 밤은 더 어두웠다.

…….

"나 참, 어제 시간이 남아서 저 번에 듣다 만 그 여자강사의 첫사랑이야기를 개인적으로 듣고 왔는데 너무 슬펐어. 내가 다 아쉽더라!"
"무, 무슨 내, 내용인데?"
"여자강사의 첫 사랑인 그 남자는 기적적으로 군에서 3개월간 교환병으로 미국을 가게 된 거야! 그 덕에 미국에 유학 가 있던 여자강사를 찾아왔었다고 하더라.

이거 정말, 멋지지 않아? 그 3개월간이 인생에서 제일 행복했던 순간이었다고 했어. 유학이 끝나고 돌아왔을 적엔 그 첫사랑이 결혼을 했다고 들었다는 거야. 근데 그게 식구들이 여자강사가 잘되라는 뜻에서 펼친 일종의 계략이었던 거래.

그래서 여자강사는 사람들과 연락을 끊고 복지원 같은데 들어가 버렸어. 그곳에서 여자강사는 집 없는 아이들을 돌보았지. 그래서 둘 사이에 연락은 진짜 끊긴 거야. 나중에 알고 보니 그 첫사랑인 남자는 군대에서 만난 여자와 우연치 않게 애틋한 사연을 나누게 되었고 결혼을 하게 되었다네?"

난 무언가 중요한 게 빠졌지 않냐는 질문을 그 애에게 했다. 그러자 그 애는 "그래그래, 어떻게 첫사랑이 결혼했냐는 걸 알았냐는 건데 말이야. 아, 쫌! 지금 말하려는데 말 좀 끊지 마! 알았어?

아무튼 근데, 그 여자강사는 복지원에서의 호칭이 앞에 〈수녀〉자가 들어갔데. 물론 실제 수녀는 아니었는데 사람들이 그냥 수녀님하고 불렀다네? 그런데 말이야. 그 여자강사는 사설을 몇 개 쓴 게 있었는데, 그 사설에 자신의 호가 되어버린 〈수녀〉 자를 이름 앞에 넣고 글을 올린 것이지.

그런데 그 여자강사의 첫사랑이 그만 그 사설을 읽어 버리고, 그 여자강사 수녀가 되었다고 알아버린 거야.

그 첫사랑인 남자는 수없이 고민하다 결국 여자강사를 찾아왔데. 그래도 보고 싶었던 게지. 근데 수녀가 아니었던 거지. 그렇게 그냥 거기서 끝이 났데. 아무튼 참을성이 부족한 남자 놈들이 문제야, 문제!"라며 그 애는 한동안 남자에 대한 폄하를 해대었다. 그러더니 그 애는 내 어깨에 자신의 머리를 기울이기 시작했다.

내 어깨에 기댄 그 애가 속삭이듯 말했다.

"시간이 정지된 것 같아 참 평화로와!"

그 애 말대로 평화와 평안의 감정이 내 어깨를 타고 내렸다. 하지만 잠시 후 그 어떤 침묵의 부담감이 상승해 올랐다.

난 조용히 말했다.

"사실 나, 너와 갈 길이 달라! 난 대입에 합격하면 입학만 한 뒤 바로 군대에 하사관으로 들어갈 거야. 그래야 돈도 벌고 병역의 의무도 치를 수 있으니 말이야! 남들은 어쩐지 모르지만 군생활을 마치고 다시 세상에 나올 때 내겐 정말 돈이 필요하지! 하사관은 말이야 길어. 복무기간이 길어!"

여전히 내 어깨에 머리를 기댄 채 그 애가 말했다.

"얼마나 길지?"

"4년 반이야! 아, 아마 나 제, 제대 후쯤에 넌……. 너, 넌 이미 사회인일 테고, 난……. 난 그, 그냥 군대에서 모은 돈으로… 그, 그러니까 내, 계획대로라면, 드, 드디어 그, 그제야 대학에 다니겠지. 그리고… 또, 넌 나 졸업 즈음에… 좋은 사람 만나 이미 결혼을 해 있을 테고! 그, 그래. 겨, 결혼하길 바란다. 그, 그게 서, 서로 좋고. 모, 모두를 위, 위한 거라고 새, 생각한다. 그, 그래 다, 당연히 다른 곳

에 귀, 귀속되어 있는 사, 사람을 하, 함부로 만나는 건 무,
물론 조, 좋지 않겠지?"

"왜 그렇게 생각하는데? 난 결혼 안할 건데?"라는 그 애
의 말에 난 애써 웃으며 말했다.

"여, 여자들은 다 그렇게 애, 얘기 한다더라! 따… 딱 맞
네! 여자들은 이, 이런 때 결혼 안 한다고 마, 말한다더니!
아무튼 그, 그래도 난 조, 좋다. 좋다, 좋아!"

"좋긴 뭐가 좋아? 남자야 말로 군화 거꾸로 신기 위해 그
런 말 하는 거 아닌가?"라며 그 애가 받아친다. 그러더니 잠
시 후 안색이 어두워지며 말을 잇는다.

"머? 4년 반? 안 되지…이, 안 돼!"

"머, 머가 아, 안 된다는 거냐?"

"넌 딱이거든!"

"딱?"

"그래 딱! 딱 보면 쌈도 잘하고 랩이나 비트박스도 잘하니
까 내 운전기사 해야 해! 그래야 내가 재미있으니까~! 군대
가지 마! 가더라도 일반사병으로 짧게 다녀와! 4년 반은 너
무 길어!"

"래, 랩이나 비트박스는 그, 그렇다 치고 왜… 왜 내가 쌈
을 자, 잘한다고 생각하는 거냐?"

그러자 그녀는 〈씨익〉 웃으며 답한다.

"우리 운전기사가 그랬는데? 너 싸움 잘할 거라고! 우리 운전기사가 그런 거 잘 보걸랑! 우리 운전기사님도 무도인 출신이라 그런 거 잘 하거등! 원래 그런 사람끼린 서로 알아 보고 그러는 거 아닌가? 세상이 다 그렇다고 터득이 되거들랑?"

난 침묵을 지켰다. 그리고 그 애도 더 이상 말을 잇지 못할 기분 같아 보였다. 아마도 여자강사의 첫사랑 이야기가 생각났던가 보다.

난 갑자기 한껏 고조된 목소리로 확 트인 바다를 향해 그 애가 듣든 말든 크게 외쳤다.

"그, 그러고 보니 세, 세상은 한번쯤은 꼭 살아 보, 볼만 한 거 같아!"

그러자 그 애는 그런 내 행동을 전혀 예측 못했었다는 듯한 둥근 눈을 내게 보이며, 날 쳐다보기 시작했다. 그러면서 조용히 말했다.

"가슴에 묵혀있는 것들이 많아 보인다, 너. 그래, 그렇게 막힌 가슴을 숨기지 말고 소리쳐서 뚫어 봐!"

난 그 애를 지긋이 쳐다보았다. 그 애의 동공이 왠지 흔들리기 시작했다. 그러더니 내게 조용하고 나른한 톤으로 말했다.

"그게 다야? 저 넓은 바다를 향해, 세상은 살아 볼만하다는 것 말고 또 없어? 그 말만으로는 저 넓은 바다를 티끌만큼 밖에 못 메우지 않아? 또 없어?"

그렇게 말하며 그 애의 눈은 가늘게 뜨기 시작했고, 그 애의 눈이 가늘어질수록 그 눈동자는 더욱 빛나는 것처럼 보이는 게 아닌가? 난 그런 그 애의 눈에 빠지기 시작한다는 것을 느끼기 시작했고, 그 애는 부드럽게 말을 이었다.

"정말 없어? 정말 없는 거야?"라고 독촉하는 그 애에게 난 무슨 말을 해 주어야 할지는 몰랐으나, 점점 내 몸이 나른해진다는 것은 알았다.

그 애는 모든 동작을 멈추고 날 더욱 뚫어져라 보기 시작하는가 싶더니, 돌연 그 애의 표정이 변하면서 내 이마에 〈딱밤〉이 날라왔다.

이제까지의 딱밤 중 제일 강한 것이었다.

"이게 진짜, 모닥불에 불꽃놀이는 아니어도, 괜찮은 멘트 하나는 준비도 없이 그런 동태눈으로 날 보는 거야?"라고 쏘아붙이는 말과 함께 난 정신이 들었으며, 한 걸음 물러났다.

그리고 우린 마주보며 또 한동안 웃었다.

잠시 뒤 난 바다를 향해 돌아보았다. 그리고 두 손은 입가에 대고, 정말, 정말 크게 외쳤다.

“소, 소원이 있어요. 제, 제 소원은 하, 학예회 때 이 애의 앞에서 머, 멋지게 공연하는 게 소, 소원이에요!”라고 소리쳤다. 그리고 바다는 확답이라도 하듯 내가 한 말을 복창했다. 그 복창소리는 미래를 향해 파동이 되어 퍼지고 있었다.

…….

어느덧 돌아가야 할 막차시간이 오고 있었다. 그래서 우린 자리를 털고 일어 했고 짐을 챙겨 천천히 터미널로 향했다.

터미널이 눈앞에 들어 올 때쯤 그 애는 걸음을 멈추고 터미널 쪽을 보면서 나지막이 말했다.

“기차 타기 전에 들를 곳이 있어.”

난 서서히 그 애의 돌발적인 행동에 익숙해지는 이력이 생기고 있었지만, 전에 없이 차분한 목소리, 그리고 그 애의 무언가 무게 있고, 차분하면서도 슬퍼 보이는 뒷모습과 함께 나오는 뜬금없는 말투가 약간 두렵고 걱정스런 마음이 들었다.

난 조심히 물었다.

“드, 들를 곳이 있다고?”

“응. 아마도… 네가 들러야 할 곳이 있어.”

“나, 나 말이냐?”

“그래. 나 말고, 너 말이야!”

그 애는 날 뒤로 하고 앞 선채 걷기 시작했고, 난 조용히 그 애를 따라갔다.

잠시 뒤 그 애의 걸음이 멈춘 곳은 공원처럼 생긴 납골당이었다.

그 애는 손가락으로 납골당 한편을 가리킨 채 돌아서서 뒤에 서있던 날 바라보았다. 날 바라보는 그 애의 눈빛은 나더러 들어가 보란 뜻 같았고 난 무언가에 홀린 듯 그 애가 가리킨 방향을 따라 걸었다.

그 애가 가리킨 곳에 다가 갈수록 내 몸은 울기 무언지 모를 격정에 휩싸이기 시작했다. 그리고 내 시선은 고정되었으며, 내 발걸음은 내 시선이 고정된 곳으로 수 없이 많은 감정에 밀려 파도처럼 다가갔다.

그리고 이내 내 발걸음은 미친 기운이 다 빠져버린 실성한 사람처럼 풀려버렸다. 내 걸음이 풀려버린 곳 앞에는 내 몸을 쥐어짜듯 울리게 하는 물건이 있었다.

바로 내가 준 곤충채집장이었다.

그리고 그 뒤에는 사진이 있다. 그 사진 안에서 그녀가 웃고 있다.

〈그녀, 바로 그 누나다.〉

　내 어린 시절 사랑의 정의를 알려 준 바로 그 누나… 그래, 그 누나가 웃고 있다.

　떨리는 내 손은 〈부들부들〉거리면서 사진 가까이 다가갔다. 그러나 사진을 만지려 하면, 내 가슴에서 〈함부로 만질 수 없다!〉는 말이 튀어나와 손길을 물리고, 다시 또 물러나면 또 다가가고 싶어 손으로 그 사진을 어루만지려 하기를 수차례 반복했다.

　난 정전기가 타오르는 손에 힘을 빼버렸고, 사진을 향하던 손끝은 서서히 바닥을 향했다. 그리고 눈앞에 미리내*가 뿌옇게 펼쳐지는 것을 느끼기 시작했다.　　　　　※미리내 : 은하수

〈무슨 말을 해야 하나요? 잘 계시냐고 해야 하나요? 미안하다고 말해도 될까요? 울어도 될까요? 아니면 아무렇지도 않은 듯, 가볍게 인사를 해서 부담감을 드리지 말아야 할까요? 왜, 여기까지 와서야 이제까지의 시간은 많은 허비였다는 걸 알게 된 걸까요? 왜, 진작에 올 수 없었을까요? 은하수처럼 왔다가 샛별처럼 가는 것이 우리의 전부인가요? 왜 그런 걸까요?〉

　어느 순간 손끝이 곤충채집장까지 올라와 닿게 되었고, 그때부터 나는 나비가 되어 수년 전 어촌마을에 나타났던

날 따라다니기 시작했다. 어린 시절 〈널찍널찍〉하게 뛰어
다니던 그 넓은 골목길은 지금 내가 다니기에 좁을 것 같아
보였다.

멀리서 보면 웃는 모습, 자세히 보면 얼굴 가득한 경련.
성당 꼭대기에 걸린 햇살을 찡그린 얼굴로 밝게 받아내는
모습, 그런 내 뒷모습을 쳐다보는 그 누나의 모습.

난 또 훨훨 날았다. 육거리의 은행나무는 예나, 지금이나
초월스럽게 보인다. 하지만 나도 초월할 수 있다. 난 힘차게
은행나무 꼭대기에 올라앉았다. 난 그 곳에서 평안을 찾기
시작한다. 태양 빛줄기가 떨어지자. 따사로운 햇살이 날 졸
리웁게 만든다. 천천히 난 고개를 끄덕이며 졸기 시작한다.
막 졸고 있을 때 빗줄기가 떨어진다. 물로 된 빗줄기다.

세차게 떨어지는 소나기를 단꿈을 꾸다 말고 맞아버린 나
비처럼 난 현실로 돌아왔고, 내 뒤에선 그 애가 조용히 한쪽
눈에서 눈물을 흘리고 있었다.

납골당을 나온 우린 서둘러 기차시간을 맞췄다.

창밖으로는 멀어지는 어촌마을이 보이고 있었으며, 이제
그것은 왠지 기억 저편으로 사라지고 있는 듯 보였다. 그리
고 창에 비춰진 내 모습이 보인다. 그리고 또 창가에 앉은

내 시야엔 내 어깨에 기댄 채 곤히 잠들어 있는 그 애가 비
춰지고 있다.

…….

터미널에서 그 애를 기다린 고급 세단 승용차를 같이 타
고 서울역까지 온 후에 그 곳에서 나만 내렸다. 그리고 나이
에는 맞지 않지만, 마치 연인처럼 좋은 꿈꾸라며 우리의 여
행 마감을 아쉬워하는 인사를 나누었다. 그 애는 차창을 내
리고 손을 흔들며 말했다.
"그래 다시, 우리 꼭 같이 함 가보는 거다?"
그녀의 말을 거절할 수 없다는 걸 알고 있는 난 고개를 끄
덕였다.
헤어지는 인사가 길어질 거 같았기에 난 동작을 서둘렀
다. 내가 먼저 움직여야 했다. 그래야 그 애가 더 이상 말없
이 갈 것 같았다. 횡단보도를 건너자 그 애가 탄 고급 세단
승용차가 출발하는 소리를 들었고, 난 건물 옆 음영에 들어
간 뒤 그 애가 가고 있는 방향으로 몸을 돌렸다. 내 시선에
그 애의 고급 세단 승용차 뒷모습이 보인다.

다시 혼자가 된 난, 편안한 마음으로 서울역에서부터 후

암동길을 걸어 올랐다. 대부분 가게가 문을 닫은 것이 보이는데 유독 한 군데 가게가 길거리를 환하게 밝혀주고 있었고 내 발길을 끌었다. 지긋한 나이의 아저씨가 자애스런 표정을 짓고 꽃을 돌보고 있는 중인 꽃 가게였다.

난 주머니를 뒤져 돈을 세어 보았다.

〈하나, 둘, 셋…….〉

그리고 조용히 꽃집 안에 발을 들여놓았다.

"저… 꼬, 꽃 배달을 조, 좀 예, 예약 하, 하러 왔는데요……."

꽃집 아저씨는 꽃을 돌보는 시선을 여전히 꽃으로 향한 채 차분한 말투로 내게 물었다.

"꽃 배달 예약이라……. 그래, 언제, 어디로 하면 되나?"

"네. 다, 다음 달에 구청강당에서 우, 우리 학교가 학예회를 하, 하는 나, 날이에요."

"아, 그래. 거기 메모지에 적고 가게. 돈은 그 앞에 놓고……."

꽃 배달 예약을 하고 오르는 달동네 길은 아름다웠다. 갑자기 난 뒤를 보았다. 왠지 그 애가 장난치려고 따라오는 것 같았다. 물론 내 뒤에는 아무도 없었다.

그 순간 뇌리를 스치는 불길한 예감이 있었다. 나와 연관

되는 끝없는 안 좋은 일들……. 어쩌면 난 행복도, 불행도
아닌 중용의 길을 걸어야 하는 운명이 아닐까?

단지 나와 인연을 맺었다는 것만으로 운명이 그 애에게
무슨 안 좋은 일이 일어나게 한다면 어쩔 것인가 하고 걱정
이 되기 시작했다.

난 하늘을 보며 골목길 바닥에 무릎을 꿇었다. 그리고 그
애가 타고 간, 검은 세단 고급 승용차를 떠올리며 안전을 기
원했다.

불안함이 어느 정도 가신 후에야 난 일어나 내 잠 잘 곳을
향할 수 있었으며, 여행에서 돌아온 난 깊은 잠에 빠졌다.

…….

〈지금이 몇 시일까?〉

밖에서 몇 몇의 사람들이 싸우는 소리가 들렸다. 그들의
목소리는 대번에 덜 성숙한 목소리라는 것을 알 수 있었다.
그들은 마침 화장실 옆에 수북이 쌓인 쓰레기봉투들을 가지
고 베개싸움이라도 하듯 치고 박는 소리를 내며 소란을 피
우고 있었다. 막 뛰어다니는 소리가 나고, 그 소란스런 소리
는 가까이서 울리었고, 그 울림은 타일바닥과 천장 텍스 사
이에 울리는 특이한 울림이란 것을 알았다. 싸우다가 몇몇

이 화장실 안에 까지 들어와 쓰레기더미를 가지고 치고, 박고하며 싸운다는 것을 말해 주고 있었다. 누군지 모르지만 몇몇이 싸우면서 화장실 안으로까지 밀려 들어왔다는 것을 알 수 있게 하였다.

나가서 말려볼까도 생각했으나, 이래저래 피곤하다는 생각이 들었다. 싸우는 소리에 피곤을 느끼기 시작한 내 판단력은 방법을 찾다가 마침내 이어폰을 떠올렸고, 곧바로 난 이어폰을 귀에 껴 버리고 잠이 들었다.

얼마 있다 무언가 시끌벅적한 소리가 들렸다. 난 자리에서 일어나려고 했다. 하지만 몸을 가눌 수 없을 정도로 머리가 아팠고 목이 타는 듯이 마르고 마려웠다.

난 눈을 떴으나, 어두웠다. 본능적으로 등을 켜려고 했으나 켜지지 않았다.

난 손전등을 찾았다. 다행히 손전등은 켜졌고, 방 안에 사정을 파악할 수 있게 하였다. 방안엔 온통 검은 유독가스가 자욱했고 시간이 지날수록 내 의식이 몽롱해지고 있다는 것을 알았다. 식도가 타는 듯 메스껍고 뜨거웠다. 코로 들어가는 뜨거운 열기가 날 고통스러움에 발버둥 치려는 당황함으로 몰아가기 시작했다. 난 문을 열려고 문을 만지는 순간 손바닥에 강렬한 열을 느끼고 문으로부터 손을 떼었다.

수건을 가지고 문을 열려고 해도 문은 열리지 않았다. 아차 문을 열기도 전에 디지털도어록이 녹아 버린 것이란 걸 깨달았다. 창문 밖에는 연휴로 인해 수북이 쌓였던 쓰레기 더미가 타고 있어 창문으로 나갈 수 없었다.

이미 방 안은 연기로 자욱했고 난 내 몸을 지탱하는 버팀력을 놓아 버리고 싶은 나른함을 점점 느끼고 있었다. 어렴풋이 멀리서 쯤 사이렌 소리가 들린다.

…….

〈누가 나를 치는 거지? 누가 날 미는 거지?〉라고 의식 속으로 말하며 잠시 눈을 떴고 그와 함께 눈앞에 〈친한 형〉이 주황색 소방관 제복을 입은 채 인상을 쓰며 날 부르고 있는 것을 보았다.

"정신 차려 이, 임마! 이 자식아! 힘내! 삶의 끈을 놓지 말란 말이야!"

그러더니 그 친한 형은 다른 곳을 보며 소리쳤다.

"야 더 빨리 운전 못해?"

"차들이 막혀!"

"중앙선을 넘어가! 그냥 넘어가! 밀어 붙이란 말이야! 그럼 비킨단 말이야! 크락숀 울리면서 가란 말이야!"

"그러다 사고 나면 일이 커져!"

"어차피 늦어도 위험해! 내가 책임질 테니 더 빨리 밟으란
말이야!"

……

〈아! 어째 늦은 거 같네. 빨리 일어나서 신문 돌리고, 수
금하고, 식사하고, 공원청소도 하고, 아르바이트 갔다가 학
원 가야지. 그리고 그 애에게 재미있는 이야기를 해주려면
어서 일어나자!〉

눈을 뜨기 위해 몸을 뒤척이는데 몸이 말을 잘 듣지 않았
고 방 안은 누가 켜놓았는지 환하다.

그러고 보니 여긴 병실이었다.

난 입을 열 수 없었다. 입을 열려고 할 적마다 극심한 고
통이 밀려온다. 그때 병실 문 밖에서 〈친한 형〉과 의사선생
님인 듯한 사람이 들어오며 나누는 말을 들었다.

"화상은 초기에 감염 등과 환부보호를 잘 해야 합니다.
나이도 젊고 하니, 회복이 빠를 것입니다. 아마 이 정도면 2
년만 잘 관리한다면 흉터도 어느 정도 사라지겠죠. 하지만

관리를 정말 철저하게 해야 합니다. 2년 후에서부터 5년까지도 병원은 종종 다녀야 하고요!"

"네, 의사선생님. 사실은 제가 소방관이기 때문에 화상에 대한 것은 좀 알고 있습니다. 아무쪼록 의사선생님의 지시를 무조건 따르게 할 겁니다."

병실 문이 열리려고 하자 난 두 사람의 대화를 엿들은 거 같아, 두 눈을 닫고 편안한 자세를 유지했다.

두 사람과 함께 들어온 간호사는 내게 꼽힌 링거를 바꾸었고, 의사는 날 살피는 듯 했다. 그러더니 친한 형을 보며 말한다.

"음, 맞군요."

"무얼 말씀하시는 겁니까, 의사선생님?"

"혹시, 환자에게 틱 증상이 있다는 거 아십니까?"

"틱이라 하시면?"

"지금 이 환자분의 얼굴이 왠지 웃고 있는 것처럼 보이는데 원래 이런 미소를 갖고 있었죠?"

"네. 맞습니다. 이놈은 늘 웃고 있어요. 기쁠 때나, 슬플 때나"

"네. 다행입니다. 혹시나 이번 일로 인한 정신적 충격 때문에 생긴 증상이 아닐까 했는데, 아니라니 다행이군요. 이 환자는 사실 웃었다가 웃지 않았다가를 빠르게 반복하고 있

습니다. 그런데 신기한 건 잠자는 동안에도 그 〈틱〉 현상
이 반복되고 있어요. 이 정도면 신진대사도 빠를 것이고, 대
사량도 많게 되지요. 물론 더불어 에너지 소모도 많을 것입
니다. 아마도 이 환자의 경우에는 가만히 누워만 있어도 에
너지 소모가 많기 때문에 먹어도, 먹어도 배가 고플 것입니
다.”

“그래요?”

그 이야기 외에도 친한 형과 의사선생님은 잠시 더 이야
기를 나누었다. 그 이야기는 주로 화상에 대한 고통에 대한
내용들이었고 그 이야기를 들어서인지 눈을 감고 있는 내
양 팔에도 고통이 밀려들었다.

잠시 뒤 의사선생님과 간호사분이 나가자 친한 형은 병실
창밖을 향해 돌아서는 듯한 발소리를 냈다.

친한 형은 커튼을 걷으며 말했다.

“웃지 않는데도 웃고 있는 듯한 니 미소는 참 아이러니 하
게도 사람들의 오해를 많이 샀었지. 때때로 넌 좋지 않은 분
위기 속에서도 웃고 있는 것 같아 사람들이 싫어하곤 했어.
마치 사람들을 비웃는 것 같기도 했단 말이야. 아니지. 세상
을 비웃는 것 같았다고나 할까? 어렸을 땐 그런 것이 널 더
힘들게 했을 거야! 그런데도 계속 미소를 버리지 않는 널 보
며 저 녀석은 대체 세상이 그렇게 우습게 보이는 것인가 라

고 생각도 했었지. 맞아! 예전에 네가 물어서 내가 말했지? 웃을 일이 없어도 미소를 짓는 것이 진짜 미소라고! 그 진실스러운 미소가 내심 부럽다고 말했지. 그리고 네 미소가 언제고 제대로 평가 받을 날이 올 거라고 내가 말했던가? 근데 지금의 네 미소는 저절로 나오는 미소가 아니라 의무적인 미소 같다 임마! 사람이 왔으면 인사라도 해야지, 하하"

난 눈을 떠야 했고 웃을 수밖에 없었다. 여러 해를 같이 보아온 친한 형을 속인다는 게 역시 무리였던 거다.

"형! 내, 내가 이, 일주일이나 누, 누워있었던 거, 거야?"

"그래, 임마! 아주 신나게 잘 자더라! 그건 혼수상태 같은 잠이 아니라, 아주 편안한, 말하자면 그간 네가 너 자신의 몸을 혹사하느라 못 이룬 잠의 한을 푸는 모습이었다. 아주 코까지 골면서 잘 자더만! 하하."

"시, 신기한데, 형! 어, 어떻게 일주일이나 자, 잠을 잤다는 거지? 미, 믿을 수가 없어."

"그러니까 평소에 잠을 잘 자둬야지! 까이꺼 인생 적당히 세상과 타협하며 살아야지, 뭔 놈의 고집이 그렇게 쌔서 그간 잠을 제대로 안 잔 거냐? 너 무언가를 잘 모르는 모양인데, 사실 인생에 있어서 성공의 열쇠는 잠과 무척 깊은 연관이 있다더라! 잠을 잘 자는 것이 성공 요인의 50프로인 거

야! 물론 잠을 많이 자는 것이 잘 자는 건 아니지. 적당히 아
주 잘 자야 하는 거야!”
〈성공? 아… 성공!〉
난 성공의 정의에 대해 그 친한 형에게 묻고 싶었으나, 또
다시 밀려드는 고통이 내게 잠을 청했다.

…….

머리맡에 과일바구니가 보였다. 그 과일바구니를 한 동안
뚫어져라 바라보았다.
그때 병실 문이 열리며 박수소리가 났다.

“오~ 대박! 대박이야! 와, 이 좌이좌이 좌이쉬! 쑥맥인
줄 알았더니, 언제 그런 참한 여학생을 다 사귀었냐? 내 저
번에 둘이 같이 소방서 올 때 혹시 단순한 친구 이상인가 하
고 생각은 했었다만…….”

친한 형의 내용은 달리 돌려가며 분석할 필요도 없었다.
친한 형이 지금 말하는 여학생이라면 누구인지 뻔한 것이
다. 지금 현재의 내 삶에선 여학생 어쩌고 할만한 사람이 한
명뿐인 셈이니까 말이다.

<맞다! 내겐 지금 그 애가 있지? 내가 학원을 안 가니까, 궁금했을 것이고, 내 집을 방문했었을 테고, 불탄 것을 보고 소방서에 연락했을 것이고, 이송된 병원을 알아냈겠지!>

난 잠시 눈을 천장에 고정시킨 채 천장에서 돌아가는 파노라마를 보았다. 그 애가 걱정했을 모습, 내막을 찾아 헤메는 모습, 그리고 병원에서 날 보는 모습….

친한 형은 무언가 눈치 표정으로 아까와 달리 웃으며 내가 일주일간 누워있는 동안에 한 여학생이 매일 다녀갔다고 말했다. 그리고 바구니도 놓고 갔다고 말했다.

갑자기 고통이 사라지는 듯한 만족감이 내 얼굴에서 피어올랐다. 난 기뻐서 어찌할 바를 몰랐으나, 최대한 태연한 표정을 지었고, 친한 형에겐 미안하지만 어서 빨리 그 친한 형이 좀 나가주길 바랬으며, 친한 형이 나가게 되면 곧 바로 난 기쁨의 비명을 참지 못 할 거란 걸 직감했다. 그러다가 그 애가 병원입구에서 허둥대며 내 이름을 병실마다 확인했을 모습을 갑자기 상상하니 숨기기 힘든 단편 미소가 스며나오는 것을 알았다.

그것을 놓칠 리 없는 친한 형이 한 마디 한다.

"오~ 그 표정! 야, 첨 본다! 정말 처음 본다! 너도 그렇게 행복한 표정을 지을 수 있단 말이냐? 하하, 매에는 장사 없고, 우는 아이에겐 사탕이 약이라더니, 빈 웃음 짓는 놈의 웃음을 채우는 데에는 애인이 최고였구만! 하하, 그래 어떻게 알게 된 거야?"

"그, 그게, 하, 학원에서……."

"하하, 아, 놔! 이 좌이좌이, 좌이식! 공부하러 간다며 돈까지 빌려간 놈이 그래 하라는 공부는 안 하고, 연애질을 해? 하하. 하긴 연애만한 공부의 동기부여도 드물지! 나도 예전에 공부 안하다 좀 하게 된 것도 사실 좋아하던 여학생에게 잘 보이기 위해서였었지! 나름 괜찮은 학업 인센티브야! 그리고 보니 내가 빌려준 돈 덕에 학원을 다니게 되어 그 참한 아이를 만났으니, 이 형님이 너희들의 〈오작교〉 역할을 톡톡히 한 셈 아니냐? 봐라 봐 내 이 머리! 벗겨진 거 보이지? 안보여? 난 보이는데? 니들 만나라고 다리 놓다가 니들이 내 머리 밟고 지나가서 이렇게 벗겨진 거 아니냐? 하하하. 야야, 잘 되면 이 형도 좀 부탁한다! 하하. 언니 없다던? 하하하."

그 친한 형의 호들갑은 마치 자신의 일이 잘 된 것인 양 병실 안에서 피어나는 가습기의 입김 마냥 끝없이 이어지려 했고, 난 마치 대단한 보물을 숨기려는 해적처럼 형의 추궁을 이리 피하고, 저리 피했다.

그리고 그 형은 내가 곧 일어날 수 있을 것처럼 이야기하였다. 손도 무사하고 곧 정상적인 사용이 가능할 것이라고 했다. 하지만 화상의 사후관리는 무척 괴롭고 까다로우며 철저한 관리의 과정을 견디어야 한다고 했다.

그때 의사선생님과 간호사가 들어왔고, 곧바로 그 들은 내 화상 환부를 살펴본다. 난 내 두 팔뚝과 두 손이 부글부글 끓어오르다 정지한 채 굳어버린 모습을 보고 말았다.

갑자기 고통이 날 피곤하게 하였고, 그 피곤은 고통으로부터 도망치고 싶었기에 곧 눈과 귀를 닫아 버렸다.

그러다 갑자기 생각난 것이 있었다.

"혀, 형!"

"뭐? 지금 날 부른 거냐? 그런데 그 표정은 뭐냐? 애국가라도 부르고 싶은 거냐? 뭐가 그리 숙연한 표정이야?"

"만약 잘 못 되면 말인데……."

내 말이 채 끝나기도 전에 형의 칼 같은 단호함이 내 숨을 죽이게 했다.

"하! 이, 좌이좌이식 지가 무신 대단한 죽을병이라도 걸린 영화 속 주인공인줄 아나? 그리곰마, 영화 속 주인공이면 짜샤, 그런 표정은 내가 아니라 여주인공에게 해야짐마!"

"그, 그래서 마, 말인데, 마, 만약을 위해 조, 좀 전해 줘
형!"

"전해 달라고? 이, 자식이 진짜! 뭐, 뭔데?"

"그, 그… 게 마, 말이야……."

…….

〈간호사님이 불을 끄는 것도 보았고 분명, 불을 끄고 잤
었는데 누가 들어왔다가 불 끄고 나가는 걸 잊었는가?〉

난 눈을 뜨지 않았으나, 방 안이 환하다는 걸 느꼈다. 잠
에서 깨이려 함과 동시에 고통이 밀려오려고 했다. 난 곧 중
도에 끊어진 잠을 이으려 했다. 하지만 내 귀를 맑게 울린
목소리는 내 미간에서 파문을 일으키고, 천천히 내 눈을 뜨
게 만들었다.

영롱한 목소리는 내 귓가가 피의 분수를 뿜어내는 듯한
선명함으로 울렸고, 그 덕에 잠이 깬 내 시야에 〈그 애〉가
들어왔다. 내 눈에 반은 물에 잠긴 듯한 느낌이었으나, 이내
붕대감은 재빠르게 손으로 대충 눈가를 훔쳤고, 곧이어 미
소를 지으며 침대에서 내려와 방정맞게 일어설 수 있었다.

둘은 한동안 아무 말도 할 수 없었다. 마주 보던 눈길을
창밖으로 돌렸다. 창밖을 보면 날씨이야기라도 꺼낼 수 있

으리라 생각했기 때문이었쪽. 하지만 어떤 말도 쉽게 꺼내지 못했다.

그 애도 쉽게 위로의 말도, 원망의 말도, 평상적인 인사도 쉽게 하지 못 하는 눈으로 같이 창밖을 내다보았고 우린 같은 방향의 시선으로 평안의 시간을 나누었다.

난 입김을 창문에 불었고 창문엔 내 입김이 넓게 묻었다. 서리가 낀 듯한 창문은 그녀의 시선을 기대할 터일 것이다. 난 그 위에 붕대를 감은 내 손 굵기 만한 글씨를 써 넣었다.

〈우리 학교 학예회 때 꼭 올 거지?〉

창문에 새긴 내 물음에 그 애는 내가 새긴 그 글씨를 새긴 주위로 커다랗게 동그라미 원을 그리며 고개를 끄덕였다.

난 다시 한 번 더 창문에 글씨를 써 넣었다.

〈꼭 오는 거다? 알았지?〉라고 하자, 이번엔 그 애가 그 글씨 주위로 커다란 원을 그리다가 중간에서 멈추더니 긍정을 뜻하는 하트모양을 새겼다. 그리고 그 애는 날 보며 웃는다.

〈아니, 아니 창문에 새겨 있는 우리를 보고 웃는다.〉

그리고 다시 한 번 강조하듯 고개를… 그녀의 젖은 눈망울과 함께 끄덕였다.

난 붕대를 감은 손을 한쪽 내밀며 평소보다 더 더듬거리긴 했지만, 그 대신 힘 있게 말했다.

"자, 그, 그럼 약속 하, 한다!"

그 말을 하는 순간 폐가 식도까지 올라오고 그 힘으로 식도가 뒤집히며 내 목구멍을 막는 듯한 느낌을 받았으나, 절대 그 애 앞에 그런 모습을 보일 순 없었다.

천천히 그 애가 그 진솔해 보이는 손을 내민다. 그러자 그 애의 손이 내가 내민 붕대감은 손에 맞닿게 되었다.

그 애의 한쪽 눈에는 이미 이슬이 맺히었지만, 그 애는 기쁘게 웃으며 내게 말했다.

"도장도 찍어야지!"

나 역시 한 쪽 눈에 서리가 껴서 앞이 잘 안보이기 시작했지만, 강력하게 고개를 끄덕였다.

그리고 그 애는 그렇게 말하며 나머지 한 손도 날 향해 뻗는다. 나 역시 웃으며 나머지 한 쪽 손도 그 애의 손과 맞닿게 하였다.

마주 본 그 애의 모습은 조금 전 하트를 그릴 때 창에 비친 모습과 같았다. 그렇게 우린 서로의 마음이라는 창에 도장을 새겼다.

열린 창틈으로 바람은 살살 들어와 병실 안 커튼의 옆구리를 간지럽히고, 커튼은 웃으며 우리 둘 사이를 오고 갔으며, 햇살은 커튼이 몸을 움직일 때마다 우리 사이를 환하게 웃도록 해 주었다.

…….

난 눈을 감고 있었지만 주변이 무척 환하다는 걸 느낄 수 있었고, 더 이상 눈을 감고 있어보아야 소용이 없다는 생각에 눈을 떴다.

난 성당 앞 계단에 앉아 졸고 있었던 것이다.

성당 앞에 햇살은 너무나 눈이 부셔서 주변엔 그림자가 숨을 곳이 없을 정도였고, 그 햇살로 된 커튼 살 사이로 그 누나가 편안한 얼굴로 내게 다가왔다.

날 부르는 그 누나의 음성은 여느 때보다도 맑고 투명했다. 난 개운한 기분으로 스스럼없이 그 누나에게 다가갔고, 누나는 내 손을 잡아 주었다. 난 누나의 손을 잡은 채 얼굴을 보았다가 깜짝 놀랐다. 누나보다도 내가 더 키가 큰 것이었다.

〈어? 누나! 내가 더 키가 크다?〉

누나는 기쁜 표정으로 내게 답했다.

〈그럼! 당연한 거 아니야? 이 누나를 지키려면 당연히 누나보다 키가 더 커야 하는 거 아닌가?〉라고 말하며 누나는 지극히 안정되고 평온한 웃음지어 보였다.

그렇게 웃으며 무심결에 돌아 본 성당 앞 성모마리아 상을 보았을 때 난 놀라지 않을 수 없었다. 거기엔 진짜 성모마리아가 서 계시고 있었으며, 날 향해 웃으셨다. 그리고 더 이상 햇살은 성당에서 제일 높은 첨탑에 머물러 있지도 않았으며, 성모마리아의 후광이 되어 즐거운 축제의 춤을 추고 있었다.

그런 즐거움과 달리 어디선가 갑자기 막 시끄럽고, 불안한 소리가 몰려왔다. 그 소리가 상당히 가까워졌다고 느낄 때 쯤 갑자기 흰옷을 입은 사람들이 내 옆구리를 스치듯이 뛰어가며 바퀴달린 하얀 침대를 밀고 나가는 것을 보았다. 그들은 무슨 일인지 몰라도 상당히 서두르며 내 시야에서 금세 사라졌다.

난 그들이 사라진 쪽을 손가락으로 가리키며 누나에게 물었다.

〈누나! 저거 뭐야? 방금 지나간 거?〉

누나는 〈글쎄다〉 싶은 표정을 지었고, 약간 서글프고 안쓰러운 표정을 그 흰옷 입은 사람들이 사라진 방향에 놓았다. 그러더니 누나는 무언가 생각난 듯한 표정을 지었고, 나와 성당 안으로 들어가 방금 지나간 사람들을 위하여 기도를 올리자고 하였다.

난 누나와 기도를 드린다기에 신이 났다. 그리고 이때다 싶어 성당 계단을 같이 오르기 위해 누나의 손을 잡았다. 누나의 얼굴에서는 방금 전 그 서글프고 안쓰러운 표정이 사라졌다. 그리고 우리는 같이 천천히 계단을 오르기 시작했다. 계단을 어느 정도 올랐을 때 내 귀에 무슨 소리가 들리는 것이었다.

〈낯익은 소린데 누구지?〉라고 하며 돌아본 성당 앞에는 아무 것도 없었다. 자세히 들어보려 하는데 그 소리는 사라져 버렸다. 그 소리는 분명 성당 앞 햇살의 커튼 뒤에서 나는 소리였다. 그리고 소리의 주인공은 보이지 않았다.

그때 누나는 내 손을 잡고 성당 안으로 들어가려 했다. 그때 또 소리가 들렸다. 흐느끼는 소리임에 틀림없었고 방향은 분명 햇살의 커튼 뒤쪽이었다. 소리를 자세히 들어보려고 했으나, 언제 그랬냐는 듯 소리는 들리지 않게 되었다.

난 그 소리의 주인공이 보이지 않자 다시 또 누나와 계단을 오르기 시작했다. 몇 개단을 오르자 이번에는 아까보다 더 크고 또렷하게 내 귀에 누군가 날 부르며 우는소리가 들렸다.

그 소리는 조금 전의 그 누군가 우는 소리였다. 난 계단 아래 성당 앞을 자세히 보려고 몸을 돌리며 누나의 손을 놓았다.

〈어? 이상하다. 분명 어디서 들어 본 목소리인데 기억이 나지 않는다?〉

내 행동이 의아스러운 듯 누나가 앞에서 날 향해 묻는다.

〈왜 그러니?〉

〈네? 그게… 누군가 날 부르는 거 같아서요. 어디선가 들어본 소린데 누군지 모르겠네요.〉

〈그래? 누가 널 부를까?〉

〈그러게요. 잘못 들은 건가?〉

난 다시 누나의 손을 잡았으며, 누나의 손에 살포시 이끌려 계단을 끝가지 올랐다. 그리고 거기서 발걸음을 더 옮기려 할 때 눈앞에는 검은색 다리가 계단과 성당 안을 이어놓고 있었다.

난 누나에게 웃으며 말했다.

〈누나! 아, 이거! 이 다리는 제가 만든 거잖아요?〉

누나는 흐뭇해 하는 표정으로 답했다.

〈그래. 네가 만든 다리야!〉

〈와! 이게 어떻게 여기 와있지? 누가 여기에 옮겨다 놓았지?〉

그 다리에 다가가자 다리 주위에 쏟아지는 햇살 사이로 나무 한 그루가 드러났다.

난 그 나무를 가리키며 말한다.

〈누나! 나무다! 그 나무가 여기 와있네? 분명 그 나무야!〉

그 나무에는 내가 새겨 넣은 글씨와 무늬가 보였다.

우린 그것을 보며 행복해 했고, 이내 다리를 건너기 시작했다.

난 다리 중간에서 걸음을 멈추고 하얗게 빛나는 누나의 얼굴을 보았다.

그리고 말했다.

〈누나! 이상하죠?〉

〈뭐가?〉

〈저요!〉

〈응?〉

〈말을 더듬지 않잖아요!〉

〈그래… 그렇네!〉

〈마치 알고 있었다는 표정이잖아요!〉

〈아니야, 몰랐어.〉

〈누나!〉

〈그래, 말해!〉

〈저, 말 더듬지 않는 날이 오면 누나에게 꼭 하고 싶은 말이 있었어요!〉

〈그래? 궁금한 걸?〉

〈사랑합니다. 그리고 이 다리를 건너는 순간부터 꼭 3초에 한 번씩 웃겨드릴 거예요. 그러니 웃을 준비 단단히 하세요!〉

누나는 행복한 표정으로 미소를 지었다. 그리고 우리는 다시 나란히 걷기 시작했다.

난 다리를 건너려다가 문득 아까 소리가 난 계단 아래 성당 앞쪽을 보았다. 그런데 그 곳에서는 영사기 한 대가 보였고, 영사기는 빛을 내뿜었으며 그 빛은 또 다른 빛의 차광막에 부딪혀 영화 한 편을 상영하고 있었다.

난 누나에게 말했다.

〈누나! 저 영화 어디서 본 거 같아요!〉

〈그래? 이 누난 첨 보는데 어디서 봤다는 거지?〉

〈글쎄요? 어디서 봤더라? 꼭 전에 한번 본 영화 같은데…….〉

누나는 화제를 돌리며 말했다.

〈그건 그렇고, 이 다리 말인데 다리 색깔은 비록 검지만, 이 검은 다리가 바로 밝은 세상으로 우리를 연결해 주는 훌륭한 다리야! 검은색이 밝은 색으로 인도해 주다니, 참 아이러니하지?〉

〈듣고 보니 그러네요! 아무튼, 누나 말만으로도 고마워요!〉

누나와 난 성당 아래서 상영되고 있는 그 영화를 뒤로 한 채, 그 검은 빛깔 오방색 다리를 건너갔다.

다리 옆에는 내가 호수를 연결해 만든 모조 분수가 아닌 진짜 분수가 하늘 끝까지 솟아오르고 있었다.

…….

그 영화 안의 배경은 병실이었으며, 한 소녀가 울고 있다. 그리고 그 소녀 앞에는 심전도그래프의 리듬이 지나가고 있는 모니터를 뒤로 한 채 누워있는 남자애가 있다.

그리고 그 소녀 뒤에는 흰 옷을 입은 사람과 주황색소방 관제복을 입은 사람이 보인다.

먼저 흰옷을 입은 사람이 소녀에게 말한다.

"사인은 화상을 입은 기도 부위의 감염이 원인이 되어, 급작스런 폐혈증이 발생 및 진행되었고, 임상적으로 뇌의 활동이 비가역적으로 정지되었습니다.

즉 급성 폐혈증에 의한… 뇌사입니다. 유감스럽지만 지금 이 시간 맥박, 호흡, 혈액순환, 신경 등의 생명현상이 없음 을 최종 확인하고 이에 사망선고를 실시하는 바입니다.

정말 유감입니다. 그리고 고인은 살아생전 장기기증을 약 속하셨더군요…….

그에 따른 절차를 밟게 될 것 같습니다. 장기기증자의 경우 장례비가 들지 않으며, 장례식 역시 저절로 치러 주게 되어 있습니다."

흰옷을 입은 사람이 손을 남자애에게로 가져가자 소녀가 울부짖는다. 그리고 주황색 옷을 입은 사람이 그 소녀에게 말한다.

"내가 아는 동생의 삶은 늘 고단했었지만, 지난 보름간은 표정이 무척 밝아 보였지. 병상에 누워서도 기꺼이 고통을 무시하는 모습이었으니까…….
동생이 전해 달라고 하더라. 네 덕에 웃을 수 있어 행복했다고…….
그건 단순한 가짜 〈틱〉의 웃음이 아닌, 진짜 내가 처음으로 본 동생의 행복한 표정이었어."

……2/3

3/3

많은 가수가 사랑이란 테마를 가지고 수없이 많이도 노래를 부른다.

그런데 대체 사랑이란 게 무언가?

이 세상에 존재하기는 하는 것인가?

사랑은 어디에 있는 것인가? 내 안에 있는가? 밖에 있는가?

안에서 만들어진 게 밖으로 나가는가?

밖에서 만들어진 것을 안으로 가져오는가?

남녀 간의 사랑이란 것은 어디서 만들어진 것인가?

인간의 뇌에서 만들어진 인간시대의 것인가?

아니면 원자 간 인력과 반발력 마냥 태초부터 있던 것이 우연치 않게 사랑과 이별이란 선물 중 하나로 인간에게 전해진 것인가?

그냥 사랑도 상업적 파생품목에 하나인가?

뇌수술을 받고나서 평생 사랑의 감정을 느끼지 못하는 사람도 많다고 한다. 그렇다면 사랑이라는 것은 뇌에서 만든 머릿속의 부산물 같은 것인가?

그렇다면 마음으로 하는 것이 아니라는 말인가? 내가 그동안 불렀던 노래는 다 거짓이었던 말인가?

하긴 사람에게 마음의 위치가 어디 있는지조차 모르고 부른 노래들이었으니, 그것들은 시작부터 오류이다.

난 그 사랑이란 것을 노래로 만들어 그간 많이도 팔아먹었다.

먹어도, 먹어도 계속 나오는 음식바구니의 생선과 떡처럼 팔아도, 팔아도 계속 팔 것이 나오는 사랑이란 이름의 바구니 같은 노래는 정말 남는 장사였다.

하지만 정작 난 그 사랑이란 것의 의미를 모르고 있다.

진정 사랑을 아는 사람은 몇 프로나 될까?

나머지는 무얼까?

얼마나 많은 사람이 사랑이란 이름에 맹목으로 혹사당하고, 또 내 노래는 그런 현상을 얼마나 더 부추겼을까?

여긴 어디일까?

이곳을 꼭 나가고 싶다.

이곳에서 나가면 난 무엇보다 먼저 그 의미를 파악하고 싶다. 부디 이곳을 나가게 되면 꼭 알아낼 수 있길 바란다.

…….

"깨어나십시오!"

적적한 공간을 한 순간 가로질러가는 스포츠카의 굉음처럼 울리는 의사선생의 기대에 찬 호출이 내 귀를 놀라게 했다.

깨어날 때쯤엔 분명 걱정과 뻐근함이 앞설 것이리란 추측이 빗나갔다는 것을 알게 된 것은 의사선생의 말과 함께 가뿐하게 아무 생각 없이 일어난 나를 언제인가부터인지 모르지만 날 향한 내 주변사람들의 관조 덕이었다.

내가 눈을 뜰 때 시야를 가로지르는 병실 안 조명은 한 동안 날 아무생각 없게 만들었다.

그냥 밤새 술을 진탕마시고 다음날 일상적으로 멍하게 눈을 뜨나 했다.

다른 게 있다면 여긴 내 방이 아니라, 병실 안이고, 일어났을 때 으레 아무도 없어야 했던 것에 비하면 날 향한 시선이 많다는 것…….

8시간의 대수술을 받았다는 게 믿기지 않을 만큼 난 좀 전 막 수술실에 들어갔던 느낌이 그대로 남아 있었다.

이곳이 수술실이 아닌 병실 안인 것을 확인 하고 나서야 분명 〈나 모르게 시간이 흐르긴 흘렀구나!〉란 사실을 알았다.

난 날 기다리는 시선에게 서둘러 무엇인가를 보여 주어야 한다는 의무감에 서서히 몸을 움직였다. 난 바로 거울을 찾아 그 앞으로 걸어가 선 후 목소리 테스트부터 했다.

〈마에이오우~ 마아아~ 아~ 아~〉

입술이 보랏빛으로 변할 것이란 걱정은 다행히, 정말 다행히도 기우가 되어 버린다.

소리 지르는 것이 전혀 힘에 부치지 않는다.

"이 친구 급하긴!"

거울 안으로 미소 띤 얼굴이 들어 왔다.

로드형이 내 뒤에서 안도의 웃음을 지으며 말한 것이다.

내 매니저인 로드형은 내가 로드라는 말을 붙여 로드형이라고 부르는 것을 싫어하지만, 왠지 난 그게 더 편해서 그렇게 부르고 있다.

의사선생은 발성연습을 만류하면서도, 수술이 성공적이라 했다. 그리고 수술 통증이 있으니 멀리 나가지 말라고 했지만 내 마음은 이미 하늘을 날 준비하는 오리가 되어 있다.

"우와~ 이게 대체 얼마만이야? 아 개운해!! 날아갈 수도 있을 거 같다. 죽고 싶을 정도로 가슴이 개운하다고!! 아하하"

난 이제까지의 내 품격을 잊고 걱정거리 하나 없는 참을성 적은 어린아이의 장난기 어린 웃음을 흉내 내며 웃어댔다. 〈낄낄낄〉이라며 말이다. 그렇게 장난기 어린 내 웃음은 늦은 오후 병실 창문에 부딪혔다가 다시 반사되는 햇살의 줄기를 따라 병원 밖 세상으로 뻗어나가고 있었다.

"어서 빨리 재기할 준비를 해야지! 너무 오랫동안 숨어있어서 팬들이 네 얼굴 다 잊어먹었겠다."

로드형은 앞으로 할 일이 많아 질 것을 기뻐하는 듯 들뜬 음성을 숨기지 못하고 말했다.

"아냐, 아냐~ 형! 서두르지 말자고! 좀 쉬엄쉬엄 하자니까! 가만 사람들이 날 잊었다고? 오 그래? 꽤 신선한 흥밋거리로 다가오는데? 그럼 어디 밖을 한번 나가봐야겠는데? 아 좋아 제발 날 모르는 게 좋아~, 좋아! 아주 좋다고~ 그게 더 좋아 아하하."

아직 〈안 된다〉 말하는 사람들의 손사래을 가르며 난 서둘러 간편한 외출복을 입었다. 그리고 거리로 나와 택시를 잡았다. 날 전혀 모르는 눈빛을 한 택시기사가 내 목적지를 묻는다.

"어디로 모실까요?" 난 순간 내 목적지를 왜 내게 묻는가 하는 눈으로, 그러니까 〈적반하장〉격으로 택시기사를 쳐다보았다.

내가 오류를 범했음을 곧 깨달았고 〈아 그렇지, 참! 어디로 간담?〉하고 독백하다가 서둘러 답을 던진다는 것이 그만 "아무데나요! 아, 아닙니다. 죄송합니다. 에… 그러니까 적당한 거리이면서, 그냥 사람들이 많은 곳으로 가시죠!"라고 말했다.

택시기사는 약간 기분이 언짢기도 그리고 싱거운 사람을 본다는 표정을 차 안 백미러에 흘긴 뒤 악셀을 밟아나갔다. 그리고 얼마 뒤 택시기사는 서울역에 날 떨구고 가버렸다.

난 사람들 많은 광장에 여유 있게 서 보았다.

무심히 날 지나쳐 가는 많은 사람들을 흘려보내며 방해받지 않고 서울역 광장 앞에서 하늘을 품에 안기라도 해 보겠다는 듯이 가슴을 활짝 편 채 하늘을 향한 감은 두 눈으로 위를 올려다보았으며, 내 마음은 마치 흐르는 물줄기 중의 여울이 되어 버린 듯 그렇게 거기서 맴돌고 있었다.

내 머리 속에서는 약간 어지럽기도 했지만 분명 기분 좋은 파문이 일어나는 것이 느껴졌다. 그리고 그것은 내 몸을 타고 내려간 뒤, 내가 밟고 있는 땅에서부터 널리 퍼지고 있었다. 이런 곳에서 혼자 있는 듯 시간이 멈춘 듯 풍요로운 고요함을 만끽할 수 있을 줄이야!

깔끔해서 거울처럼 햇빛을 반사하는 빌딩 벽면에 비친 남산을 보았고, 빌딩숲을 보았으며, 사람들을 보았다.

그것은 남산이기도 했으며, 파동이기도 했고, 빌딩숲이기도 했지만 동시에 디지털선율 같았으며 사람들이 분명함에도, 한편의 노래가사가 분명하다. 라고 확신했다.

난 그 몰입적인 외로움을 즐기다가 차츰 하나, 둘 집중, 그리고 집요해지는 시선들이 늘어감을 느꼈고 그것을 확실히 인지하게 되자마자 서둘러 그 즐거움을 멈추어야 했으며, 눈앞에 보이는 지하도 입구로 아무렇게나 내려갔다.

지하철역이었다.

난 지하철을 타기로 결심했다.

내 걸음이 좀 어눌해진 탓인지, 날 도와주려고 다가온 공익요원이 날 알아보는 듯했다.

"어디선가…저 혹시?"

난 그 공익의 말을 끊으며 선수쳤다.

"네, 그놈 하구 닮았단 얘기 많이 듣습니다."하고 얼버무렸다.

황급히 공익을 등 뒤로 돌린 내 입가에 사과꼭지 같은 천진함의 미소가 걸리는 것을 느꼈다.

이 살아있다는 현실감은 얼마만인가?

마치 태어난 지 10년도 안된 어린이마냥 아직 세상 대부분의 현상이 하나하나 새로운 듯, 이 느낌 이건 분명 내가 다시 태어난 현실감이 아니겠는가?

〈이 기회를 통해 하나하나 진지하게 다시 느껴 보리라!〉

그리고 콧노래를 부르며 모자 하나를 사가지고 머리에 〈푹〉 눌러 쓴 채 지하철에 올랐다. 다행히 그 곳에서도 나의 반가운 외로움을 지킬 수 있었다.

날 알아보는 이가 없음이 좀 아쉽기도 했지만, 살아있다는 이 대단함만으로도 흐뭇해지고, 좋았다.

〈살아있는 이 눈으로 세상을 보게 된 이 기회가 정말 좋고, 고맙다! 사람들이 날 모르든 말든 좋다, 좋아! 하긴 머 오랫동안 가슴이 아파 활동을 하지 않았고, 사실 머 그다지 대단히 인기 많은 가수는 아니었으니 말이다.〉

아무 거리낌 없이 보통사람이 되어 지하철을 타는 것이 기회비용 면에서 더욱 좋았던 것이다. 계속해서 제목도 모를 콧노래가 절로 나와 이어지고 있었다.

지하철은 움직이기 시작했고 이내 혼잡한 서울역을 벗어

나기 시작한다. 그리고 지하철은 곧 지하에서 나와 그냥 전철이 될 것이다. 안내 멘트가 전철 안에 퍼진다.

"전력공급방식이 바뀝니다. 잠시 후 열차의 전원이 꺼지오니 승객여러분은 불편하시더라도 잠시만 참아주시기 바랍니다."

직류 1500볼트에서 교류 25000볼트짜리로 곧 바뀌는 것이었고, 열차의 전원을 꺼버리고, 이 구간에서 열차는 순전히 이전의 가속력만으로 움직이게 되는 것이다.

그 멘트를 들으니 학창시절 친구들과 바로 이 국철을 타고 이 부근을 지나면서, 어둠을 틈타 장난을 치던 장면들이 회상되었고, 고등학교 시절 친구들과 이곳을 통과할 때 어둠을 틈타 서로를 때리며 마구 장난을 치던 생각이 들자 웃음이 났다.

그런 회상을 할 수 있음에 감사했다.

열차는 이내 서울역을 멀리 밀어내기 시작했다.

지하철은 곧 제 속도를 내어 달리기 시작했으며, 조금 있다가 서울역사 밑에 뚫어 놓은 지하터널을 빠져나오게 되었다.

지하철은 곧 제 속도를 내어 달리기 시작했으며, 조금 있다가 서울역사 밑에 뚫어 놓은 지하터널을 빠져나오게 되었다. 지하철이 터널을 뚫어 버릴 듯 그 곳을 빠져나오자 햇볕은 기다렸다는 듯이 광폭으로 쏟아져 내렸고, 햇살 산란하고 심난한 지상의 풍경이 이내 내 눈을 호강시켜 주었다.

곧이어 한강이 보였다. 난 되도록 평범한 모습으로 1월의 눈꽃이 송이송이 핀 한강철교 위를 통과했다. 그리고 한강 주변에 이제 막 벗겨지려고 하는 피부각질 같은 얼음을 구경하며

〈날이 추웠구나!〉라고 속으로 싱거운 감탄을 했다.

한강을 넘자 우리나라에서 학원이 가장 많다는 즉, 희망과 젊음이 넘치는 역이 다가옴을 안내방송을 통해 인지했다. 내 의지는 〈내리자!〉라고 말했다.

난 그 역에서 내렸다. 내리자마자 처음 눈에 띄는 것은 육교였다. 사람들이 아주 많은! 사람 냄새가 진동하는 육교였던 것이다.

육교 좌우에는 할머니, 할아버지들이 잡화를 판매하는 가판이 널려 있었고, 등에 멘 가방만큼이나 무거워 보이는 고개를 숙인 채 걷고 있는 학생들, 우쭐거리며 수다를 떨며 걷는 사람들 그리고 그 외 수많은 사람들이 왕래하는 육교의 삶의 모습이 보이고 있었다.

난 그 육교 위를 걷기로 했다.

그냥 육교를 통과만 하면 의미가 줄어들 것 같았다. 그래서 멈추었다. 육교 중간에 잠시 서 있다가 육교 오른쪽 난간

으로 몸을 옮긴다.

거기서 배를 난간에 걸치고 육교아래 도로를 내려다보았다. 손과 팔꿈치를 난간 위에 올린 뒤 고개를 더 내밀어 육교 밖 세상을 보았다.

그 서쪽 도로의 끝에는 이제 막 황혼이랍시며, 빈 도시락을 챙겨 떠나고 있는 태양의 뒷모습이 희망스럽게 보였다.

가슴이 뛰었다.

〈아! 얼마만인가?〉

많은 학원이 보인다.

〈정말 학원이 많긴 많구나!〉

그리고 음식점도 보이고 패스트푸드점도 보였다.

그런데 그때였다. 가슴이 〈콩살콩살〉 뛰기 시작했다.

순간 겁이 엄습해 오고 내 심안은 조심스럽게 가슴을 주시했다.

〈수술 부작용인가?〉

아닌 거 같았다.

분명 심장이 평소 리듬을 어기긴 시작했지만 무조건 답답한 느낌만은 아니었다.

일종의 흥분 같은 것이었는데 아주 부담스런 흥분만은 아니었다. 마치 이별노래를 막 부르기 전 그 〈애잔함의 태풍

이 눈〉을 느끼게 하는 〈심장이라는 이름을 가진 깃발의 펄럭거림〉 같은 것이리라는 〈확실한 착각〉이 들었다.

서서히 안심하려던 〈찰라〉! 그때였다.

마치 작살이 물고기를 관통했을 때의 그 순간, 물고기가 놀람과 고통으로 팔딱거리듯 내 심장이 팔딱 거렸고, 그 관통의 느낌은 심장 앞에서 뒤쪽으로 뚫고 나가는 듯 했으며, 그 나간 느낌의 잔상은 쭉 뻗은 빨랫줄이 되어 계속 내 심장 바로 뒤 등 쪽에 걸려 진 채 나를 당기고 있다는 듯한 느낌이 났다.

난 당황스럽기도 했지만 그 느낌을 왠지 쉽게 뿌리치고, 거부할 수 없음을 느꼈기에 본능적으로 그 느낌을 포용하려 했다. 그리고 그 빨랫줄 같은 느낌을 따라 몸을 돌려 반대편 난간으로 넋 나간 사람처럼 걸어갔다.

무의식중에 반대편의 어둠이 막을 내리고 있는 육교 밖 세상의 아래를 보았다.

그쪽에서 본 풍경에는 이제 막 육교 밑을 지나가고 있는 고급스런 검은 세단 승용차의 뒷모습이 보이고 있는 것 외에 별다른 광경은 없었다. 그리고 뒤이어 밀려오고 가는 차들을 보았으며 다시 멀어지는 〈검은 세단〉을 보았다.

그와 함께 다행히 수술부작용 같기도 했던 그 이상한 기분이 사라지고 있었다. 마치 눈앞에서 멀어져 가는 〈검은 세단〉의 거리마냥 좀 전에 느낀 그 흥분스러운 압박감이 안개가 걷히듯 사라지고 있었다.

〈검은 세단 승용차〉가 사라진 육교 밑 도로를 한동안 말없이 쳐다보았으며, 머리는 섬광을 맞은 듯 아무생각 할 수 없었다.

〈아니… 아무생각 하기 싫었다.〉

〈이런 내 모습은 마치 선 채로 실신한 사람 쯤 되어 보일 것이야!〉라는 생각이 들고 나서야 정신과 몸을 챙겨 그 육교를 겨우 지날 수 있었고, 그 육교를 내려오자마자 오한과 왠지 모를 설움을 느꼈기 때문에 두렵고 혼돈스런 마음에 택시를 잡아타고 병원으로 향했다.

다행히 병원에선 더 이상 아무 일 없었으며, 곧 안정을 찾은 몸 상태에서 깊은 수면에 빠졌다.

……..

분명 가슴이 답답하면서도 개운한 느낌이 동시에 반복 되고 있다. 그 느낌은 내가 방금 그 느낌을 파악하기 전부터 내 뇌를 두드리고 있었던 것 같다.

그리고 몸이 점점 가벼워진다는 느낌도 커져간다.

〈밖을 보고 싶다.〉는 가벼운 바램을 느낀다.

난 침대에서 일어나 답답한 블라인드를 걷고, 창문을 열기위해 블라인드를 걷어 제쳤다.

〈어? 그런데 이상하다? 원래 여기가 창문이었는데 베란다가 있네? 내가 여태 잘못 알고 있었나? 그리고 지금쯤 밤이라 생각했는데 밖이 환하다. 어제 병원에 돌아온 시간은 대충 초저녁이었고 그때부터 좀 잔 것인데 날이 밝도록 잤단 말인가?〉

그런데 밖을 잘 보니 보통 때의 풍경과 무언지 몰라도 좀 다르다. 지금 시간을 알 수 없게끔 밖은 애매하게 밝다.

〈아침인가? 저녁인가?〉

난 베란다로 나가는 문을 열었고 발 앞에는 난간 없는 베란다가 있다.

〈베란다야 뭐야? 난간도 없어?〉

조심스럽게 앞으로 나가며 베란다바닥인 캔틸레버 보 위를 밟는다.

무언가 나른하면서 서글픈 감정이 온몸에 흘러내린다.

그때 복도에서 누군가 걸어오는 발자국 소리가 들린다. 그 발자국 소리는 로드형 특유의 발소리다. 순간 난 장난기가 발동한다.

〈깜작 놀래줄까?〉

난 베란다에서 병실 안에 쳐져있는 블라인드 사각지대로 몸을 숨긴다. 그리고 잠시 뒤 문이 열린다.

열린 문으로 들어오는 이는 처음 보는 자였다.

검은 복장의 암묵한 표정을 지닌 그 자는 흉기를 꺼내고 방금 내가 나온 침대 위를 노려본다.

등골이 서늘함을 느낀다. 그 순간 난 몸을 돌리려다 그만 발을 헛디디고 베란다 밑으로 추락한다.

〈아 이건 꿈이야! 그래 꿈이야! 그래 꿈! 이런 꿈은 자주 꾸었어! 이번에도 꿈 일거야! 그래 이런 때에는 떨어지기 전에 하늘로 나는 거야! 떨어져 온몸이 붉은 파편으로 변하기 전에 날아오르는 거야! 난 날 수 있어 늘 그랬듯이 날아오르는 거야!〉

내 몸은 땅에 떨어지기 직전 날아오르기 시작한다.

숨이 막혔지만 막힌 숨을 토해내는 순간 난 다시 떨어질 것이라는 것을 알았다. 그리고 누군가가 뒤쫓아 오는 것을 느낀다.

숨을 꾹 참고 난 높이 날고 있다. 무조건 높이 날고 최대한 날 뒤쫓는 자로부터 멀리 달아나고 있다.

어느 정도 병원으로부터 멀리 벗어났다고 느끼자 뒤를 돌아보았고 이미 병원은 너무 멀어 보이지 않는다.

안도의 숨을 쉬고 착지한 뒤 다시 앞을 보자 이제껏 날던 공간이 아닌 전혀 낯선 공간이 펼쳐져 있다.

내 앞에는 유리로 된 건물 입구가 있고 난 건물 안에 서서 밖을 본다.

난 유리로 된 문을 통해 맞은 편 건물 입구를 본다. 잠시 뒤 맞은 편 건물에서 한 여인이 나온다. 그 여인이 주위를 둘러보다 내가 서있는 건물 입구에서 시선이 멈추자 갑자기 내 가슴이 설레고 뜨끔해진다. 난 몸을 숨기려 했는데 마침 내가 있는 건물 입구에는 음료수 자판기가 있고 그 옆으로 몸을 숨겨 그녀의 시선으로부터 도망친다. 그리고 잠시 뒤 난 다시 그녀를 보고 싶어졌고 자판기 앞으로 고개를 내밀어 그 여인을 본다. 그 여인 앞으로 검은 세단 승용차가 정지했고 그 여인은 차를 타기 위해 차 문을 열다 웃으며 내 쪽을 본다. 나와 눈이 마주친 것이다. 마치 그녀는 내가 숨어 있는 것을 안다는 듯이, 그리고 무언가 흡족하다는 듯이 날 향해 웃는다. 그리곤 차에 탄다. 차는 곧 움직이고 그 차가 내 시야에서 곧 사라질 것을 암시하듯 깜빡이를 켠다.

난 내가 있던 건물에서 천천히 나온다. 차는 달리기 시작했고 이내 나에게 뒷모습을 보이기 시작한다.

내 가슴은 쓰리듯 아프면서 설렌다. 나도 모르게 빠른 걸음으로 그 차의 뒷모습이 작아지는 속도가 더뎌지도록 걷는다.

순간 난 깨닫는다.

〈아, 지금 난 꿈을 꾸고 있구나!〉

꿈이라는 것을 깨달았음에도 꿈은 현실처럼 쉴 새 없이 잠에서 깨어나고 있는 내 의식을 관통하며 지나간다.

…….

〈아니, 누가 내 귀에 입김을 부는 것인가?〉

난 누군가 내 귀를 기분 좋게 간지럽힌다는 느낌을 받고, 잠에서 깨었다.

날 간지럽힌 건, 살짝 열린 내 방 창틈으로 들어온 바람이 커튼을 가지고, 내 옆얼굴을 자꾸 스쳤기 때문이었다는 것을 알게 되었다.

그날의 아침은 기분 좋게 시작되었지만, 날 기다리는 것은 로드형이 짜놓은 답답한 스케줄이었다. 로드형은 내가 일어나길 기다렸다는 물 마시러 나간 거실에서 날 기다리고 있었다.

“지금이 몇 시인데 이제 일어나는 거냐? 이제까지 못 했던 것을 만회하려면 일찍 좀 일어나야지!”

"만회? 아니, 형! 나 아직 환자인데, 무슨 일을 또 벌이려고 그래?"

"야야, 널 위해 열심히 재기의 스케줄을 짜놓은 나야! 나도 힘들다구! 난 어제 잠도 제대로 못자면서 작전을 짜느라, 여기저기 쑤신다. 나도 환자야!"

"스케줄? 아이고, 행님아! 좀 쉬면서 해야지! 과유불급 몰라?"

"빨리 옷 챙겨라. 아침은 대충 토스트로 때우자! 오늘은 여기저기 인사하러 다녀야 된다구! 시간 없어!"

날 다그치며 재촉하는 로드형의 차에 올라탄 난 익숙한 차 안 풍경이 새롭게 보였으며, 차 안 여기저기를 뒤지다가 선글라스를 발견하고 그것을 착용한 뒤 백미러를 통해 내 모습을 바라보았다. 그러자 로드형이 한 마디 한다.

"왜? 널 알아보는 사람들이 인산인해를 이루어 내게 달려들까 봐, 얼굴이라도 가리게?"

로드형의 말에 난 체념하듯 말했다.

"아이고. 활동 안한 지가 언젠데 형! 어젠 선글라스 없이 돌아다녀도 날 알아보는 사람 별로 없던데 뭐!"라고 말한 뒤 로드형과 난 호탕하게 웃어버렸다.

그 웃음은 재기에 대한 강한 집념이자 강박감이었다.

난 로드형이 운전하는 차를 타고 가고 있다. 그것이 그냥 새롭고 놀랍다. 그리고 멍하니 차창을 보며 차창 밖 세상이 신기한 듯 연신 두리번거린다.

그 두리번거리기가 싫증나면 차창에 입김을 불어 아무렇게나 끄적거린다. 그림인지 글씨인지 내가 멀 하는지 사실 별로 관심 없으면서도 마냥 새로 와서 좋기만 했다. 어릴 때 나 해보던 짓이 이제와 새삼 신기한 것이다. 없던 버릇이지만 콧노래가 절로 난다.

그러나 난 뭐가 생각 난 듯 로드형에게 물었다.

"형! 근데 어디부터 가?"

로드형은 새삼 그런 것도 잊어버렸냐는 듯, 자기 쪽 사이드밀러를 통해 웃으며 쏘아 붙인다.

"어디부터긴! 가장 힘 있는 사람들부터 한 차례 인사 돌려야지! 나 살아 났으니 잘 좀 봐주슈… 하면서, 다시 얼굴도장 찍고 안면 잘 터야지!"

"아! 그, 그렇지 참!"

한참을 운전하던 로드형은 빌딩 숲에 차를 멈추고 내게 내리라 한다.

〈이것이 재기의 첫 기지개이구나!〉라는 생각에 어깨에 힘이 솟는 것을 느낀다. 난 차문을 열며 입으로 즐거운 표정으로 한 마디 내뱉는다.

"짜잔~"

내가 내뱉은 말에 로드형의 표정은 〈너무 유치하지 않느냐?〉는 질문을 담고 있었다. 난 내가 내린 자리 주변의 공기를 음미하며 말했다.

"이제 다시 시작하는 순간을 확실하게 기억하는 건데 머 어때서 그래? 내가 이상해? 하하하 내가 차에서 내렸도다! 짜잔~ 짜잔~ 짜자잔~"

그렇게 차에서 내린 로드형과 나는 방송관계자들에게 명함을 돌리는데 시간을 다 쏟게 되었다. 그런 식으로 차를 타고 내리기를 반복했다.

날 태운 로드형은 우리나라 수도 중의 수도, 한강 안에 위치한 섬을 돌며, 방송관계자들과 인사를 나누었고, 명함을 돌렸다. 그런 후, 회라도 먹자는 내 말에 로드형은 또 어디론가 차를 이동하는데 그날따라 대낮인데도 교통은 정체되었다.

한 나절이상 여기저기 인사하고 다녔던 하루가 서서히 기울어 가고 있었고, 노곤해진 나는 흥겨움의 기운도 다 한 채 몸을 의자에 최대한 기대고 차안 천장을 바라보며 답답한 마음에 이미 어둑어둑한 어둠이 내린 바깥 풍경을 음미하기 위해 자동차의 창문을 내렸다.

그런 내 기분을 이해하는 것이 이미 피곤하다는 듯 로드형의 짜증나는 목소리가 날 공격한다.

"야! 추운데 창문은 왜 열어? 닫아라, 닫아!"

"아오~ 내비도 좀 형! 답답하잖아 춥긴 머가 춥다고 그래? 추운 것도 고마운 줄 알 필요가 있다고 봐, 형!"

막힌 도로가 풀릴 기미를 안 보이자, 난 의자를 더욱 뒤로 재끼며, 여유를 부렸고, 로드형은 짜증을 내며 촉박해 했다. 그리고 맘이 급한 로드형은 막힌 도로에 대한 불평을 해대며, 창문을 내리지 말라던 자신의 말을 잊은 듯, 담배를 피우기 위해 차의 창문을 내렸다.

난 한마디 날렸다.

"어허, 창문 내리지 말라고 하시더니 스스로 그것을 잊으셨나?"

"알았다, 알았어! 아, 근데 이놈의 서울은 왜 이리 가는 길마다 막히는 거야? 차들도 하필 다 비싼 차라서 함부로 껴들기도 빡쎄네! 아, 놔! 또 신호에 걸렸네!"

차의 창문을 내렸던 그때 앳된 여자의 목소리가 우리의 차 안으로 들어오기 시작했다. 로드형의 짜증나는 말투를 내내 흘려듣는 내 귀에 왠지 그 앳된 목소리는 낯익은 목소리로 파고들었다.

　"어! 그래. 그래 학원은 이번 달까지만 다닐 생각이야. 응
~, 그냥 겨울방학 끝나는 다음 주부터는 나도 셔틀버스 타
고 다닐려고 해! 그래 봐야 일주일인데 뭘~ 우리 운전기사
아저씨도 한동안 휴가 좀 다녀오시라고 했어! 응, 그래. 근
데 버스에 늦게 타면 자리 없고 하는 일 없나? 아 맞다 우리
학교는 비싼 사립학교라서 그런 게 없지 참! 그나저나, 우리
학교 회계선생은 좀 안 바뀐다니? 정말 짜증이야! 그리고
우리 학교는 인문계인데, 웬 회계니? 그래. 어, 그래. 아니,
나 이제 웬만하면 승용차로 등교 안 할 생각이야. 우리 학교
셔틀버스도 나름 빠르잖아! 그리고 종종 걸어야 몸에도 좋
겠지! 어. 그래. 방학 끝나고 보자. 자, 잠깐만 우리학교 셔
틀버스 사당역에서 타는 거 맞지? 응, 그래. 고마워!"라는
목소리는 왠지 내 귀를 끌었고, 난 몸을 세워 선글라스 너머
로 그 목소리의 주인공을 찾아보았다.

　아마도 나란히 신호를 대기하는 옆 차에서 나는 소리 같
은데 누군지 궁금해 난 의자를 세우며 몸과 눈을 추슬렀다.
그리고 로드형을 건너 쳐다 본 옆에는 비싸 보이는 세단차
가 있었고 그 뒷좌석에는 창문을 반쯤 열다만 틈으로 여학
생으로 보이는 애가 카폰으로 통화를 하고 있었다.
　그 여학생도 내 시선을 느꼈는지 날 쳐다보았다. 잠시였

지만, 우린 시선을 교환했는데 왠지 낯설지 않다고 느꼈다. 하지만 그 여학생은 날 본 적이 없다는 표정이었다.

"어디서 봤더라. 이상하다 이러기도 쉽지 않은데 늘 남이 날 알아도 남이 모르는 상태에서 내가 남을 안 적이 대체 언제쯤이었더라?"

그 목소리의 주인공은 여고생쯤으로 보였고, 그 여학생은 한눈에 보아도 무척 비싸 보이는 승용차에 타고 있었다.

가뜩이나 불쾌지수가 높아 있을 로드형의 귀에도 그 여학생의 목소리가 신경 쓰였던지 한마디 한다.

"와 누군 팔자 좋아서 딱 봐도 고삐리가 비싼 카폰으로 통화를 하네! 뭐야? 어리잖아? 요즘 어린 것들은 그저 겉멋만 들어서 말이야! 비싼 차에 타고, 아무나 못 가지고 다니는 카폰을 설치해서 보란 듯이 저렇게 통화하고 그런단 말이야! 부모를 잘 만났다는 거야, 아니면 어린 게 주식이라도 해서 돈 좀 벌었다는 거야? 뭐야? 저, 저 봐! 와 저거 무지하게 비싼 차잖아? 야야 그러니까 우리도 빨리 크게 떠서 더 좋은 차도 타고 다니고, 카폰도 차에 달아야지 안 그래? 명색이 가수인데, 삐삐가 뭐냐, 삐삐가……? 아놔, 눈꼴 시렵네! 그건 그렇고 우리도 어서 성공해서 자동차에 카폰 좀 달고 다녀야 할 텐데 말이야!"

“내비 둬, 형! 뭘 그런 것까지 신경 쓰고 그러셔! 제돈 제가 쓴다는 데 어리면 어떻고, 늙으면 어때? 그리고 카폰 소용없어. 곧 휴대폰인지 모바일 폰인지 먼지가 일반화 되어서, 카폰은 쓰라고 해도, 촌스러워서 안 쓰게 되는 시대가 곧 오게 된다더라구! 그리고 거 카폰 통화비도 비싸서 쓰겠어? 삐삐만 있어도 피곤한데 카폰에 핸드폰까지 나오면 정말 그건 삶 자체가 구속일 거야! 형에게서 도망도 못 가겠지? 물론 편한 것도 많겠지만 난, 별로인 거 같다니까…….”

“야, 저게 지돈이겠어? 다 부모 잘 만난 덕이겠지! 그리고 휴대폰은 카폰 보다 더 비싼데 그게 어떻게 일반화 된다 그래? 그리고 휴대폰이 얼마나 크고, 무거운데! 그거 들고 다닐 정도면 따로 비서 둬야 한다.”

로드형과 티격태격 하는 사이 교통은 다시 원활해 졌고, 짧지만 시원한 다리를 건너 강바람을 맞는 기분이 참 괜찮다는 생각이 드는가 싶더니, 갑자기 답답해지기 시작했다. 그리고 왠지 차에서 내리고 싶었고, 차에서 내리고 싶다는 생각이 들자마자 가슴에 통증이 오기 시작했다.

난 가슴을 움켜쥐며, 로드형에게 차를 멈출 것을 부탁했다. 내 모습을 본 로드형은 급히 차를 길가에 대고 당황해

했으며, 근처를 두리번거리면서, 지나가는 사람들에게 병원이 어디냐고 물었다.

로드형은 반복해서 내게 괜찮냐고 물었다. 난 차에서 내려 보도블럭을 의자삼아 앉았다. 그러자 서서히 안정되어 감을 느꼈다.

로드형은 빨리 지정병원을 가자 했지만, 난 분명 안정이 되고 있다는 확신이 들었고, 로드형에게 말했다.

"형! 오늘은 이만 해야겠어. 아마 차를 타서 이런 것 같아. 차에서 내리니까 편해지고 있어. 아무래도 난 여기서 좀 쉬었다가 천천히 혼자 갈게. 그리고 병원으로 갈게. 형, 먼저 가!"

"괜찮겠어? 응?"

"괜찮아지고 있어. 오늘은 형 혼자 명함 돌리고 이따 보자고. 이대로 차는 못 타겠어. 예전부터 전철에서는 멀미 같은 것을 하지 않았으니, 전철은 괜찮을 거야. 나 혼자 전철 타고 갈게. 먼저 가!"

로드형의 전날 잡은 비중 있는 약속이 생각났기에 날 혼자 두는 게 못내 걱정되는 듯 보였지만, 난 형을 안심시키고 먼저 보냈다. 그리고 난 천천히 걷기 시작했다.

잠시 뒤 낯익은 풍경에 다가가가 있는 내 발길을 인지했다. 바로 어제 왔던 그 학원가였다. 그 학원가에 들어서면서 난 서서히 안정되는 내 심장을 분명 느꼈다. 그래서 난 그곳을 좀 걸어서 안정을 취하려 했다.

불확실한 내 발길의 노선은 그 학원가를 배회하게 하였고, 그 배회하는 시간이 꽤 길어졌음을 느낄 즈음, 난 왠지 자꾸 시야를 사로잡는 건물 앞에 서게 되었다. 한동안 그 건물 앞에서 서 있던 난 건물 안으로 들어갔고, 낯설면서도 어디선가 본 듯한 그 건물 현관 안을 무언가에 홀린 듯 원을 그리며 돌아다녔다.
그러다 무심코 바라본 현관 밖 횡단보도가 눈에 보인다.

횡단보도 건너 편 학원건물에서 한 여학생이 나오는 모습을 보았다. 그때 그 여학생은 마치 내가 이 건물 현관에서 자신을 보고 있다는 것을 기대하기라도 하는 양 이쪽을 보는 듯했고, 난 나도 모르게 내가 있던 현관 한쪽 자판기 옆으로 그 여학생의 시선을 피하기 위해 몸을 숨겼다.
왜 그랬는지 나도 몰랐다. 그런데 그 여학생의 얼굴은 날 의아하게 했다. 바로 아까 정체된 거리에서 내 귀를 간지럽힌 목소리, 그러니까 바로 그 고급스런 승용차에 탄 채 카폰으로 통화를 하던 그 여학생이었다.

　　잠시 뒤 그 여학생 앞에 아까 그 검은 세단 승용차가 한대 섰는데, 그 여학생은 그 차를 향해 그냥 가라는 듯한 표정을 지었고 그 표정은 우울해 보였다. 그리고 그 여학생은 횡단보도 앞에 섰다 횡단보도를 건넜다. 그때 내 눈 앞을 지나가는 그 여학생의 얼굴은 귀티 나고 걱정거리 없이 청순해 보였지만, 분명 슬픈 표정이 담겨 있었다.

　　그 슬픈 표정은 가수들이 슬픈 노래를 부를 때의 그 표정이 아니었다. 그것은 참을 수 없는 슬픔을 한숨과 함께 지그시 누르고 있는 그것이었다. 한껏 짓누르는 슬픈 표정이라고나 할까?

　　난 가수로서 호기심이 들었고, 말없이 그 여학생의 뒤를 따라갔다. 그 여학생은 조금 더 걷다가 검은 육교를 오르기 시작했다.

　　물론 나도 그 여학생을 따라 육교의 계단을 올랐고, 다시 육교 위를 걸었다.

　　그랬는데 육교 위를 거의 다 걷던 그 여학생이 갑자기 멈추어 서더니 돌연 뒤를 돌아보며 무언가 반가운 사람이 불러서 돌아본다는 듯한 표정을 지으며 뒤를 돌아보았고, 내 시선은 도망도 못 간 채 딱 걸려버렸다. 난 약간 당황했으나, 그 여학생은 잠시 실망스런 표정을 살짝 흘리더니 신경 쓰지 않는 다는 듯 다시 가던 길을 걸었다.

그 여학생은 전철 안으로 들어가 전철을 타는 승강장에 줄을 섰다.

나도 그 여학생을 따라 조금 거리를 둔 채 뒤에 줄을 섰고, 때마침 막 들어온 전철이 천천히 멈추자 전철 안으로 들어서는데 그때 전철 문이 열리기 직전 전철 문에 비친 실루엣 같은 그녀의 눈과 마주쳤다. 하지만 그 여학생은 나 같은 건 자신의 상대가 되지 못 한다는 표정을 지었다.

선글라스를 쓰고 있긴 했지만, 날 몰라보는 아쉬움과 날 무시하는 듯한 표정이 내 자존심을 긁었고 그러한 것들은 더욱 내 호기심을 키웠다. 전철 안에서 그녀는 자리에 앉았고 난 서있게 되었는데, 다음 역에서 그 여학생의 바로 옆에 자리가 나게 되어 앉게 되었다.

나는 평소 누군가 날 알아보고 사인이라도 해달라고 한다면 사인을 해주기 위해 메모지를 늘 품고 다닌다.

난 메모지를 꺼냈다. 그 여학생이 내 메모지를 보기를 바라며 메모지에다가

〈슬퍼 보입니다. 전 다른 이의 슬픔을 함부로 외면하지 못하는 사람입니다. 저를 잘 보세요. 전 얼마 전까지 나름 인기 있던 가수에요.〉라고 적어놓았으며 그것을 봐주길 기다렸다.

내 옆에 밀착된 그 여학생의 동작이 흠칫 멈추는 것을 느꼈고, 난 주위를 살폈다. 다행이 날 보는 이가 없었고 난 그 여학생이 보란 듯이 맞은 편 전철창문을 통해 거울처럼 반영되고 있는 그녀를 향해 선글라스를 내림과 동시에 미소를 지어 보였다.

그 여학생은 전철 안의 다른 이들이 볼세라, 소리는 내지 않았으나, 자지러지듯 웃는 모습을 전철창문을 통해 보여 주었고, 웃음이 끝날 즈음 머리를 쓸어 올리며, 어이없지만 재미있다는 표정으로 반대쪽을 향해 시선을 돌리며 입을 손으로 가리고 남은 웃음을 털어냈다.

이제 전철은 곧 지상에서 지하로 들어서며 전력공급 방식이 바뀐다는 안내가 나왔다. 그와 함께 전철 안의 라이트는 깜빡이기 시작했고, 전철 안이 어두웠다가 밝아지기를 잠시 반복했다.

난 학창시절 때의 장난기가 발동했고, 맞은 편 전철 안 창문에 내 모습이 깜빡일 적마다 표정과 자세를 아주 빠르게 매번 바꾸었으며, 그때마다 분명 그 여학생의 미소는 밝아지고 있었다.

안내 방송의 예보처럼 이윽고 전철 안은 어두워졌으며, 전철 안 그 창문은 막 내린 무대 같이 침묵이 흘렀다. 나는 또 그 막간을 통해 옆에 앉은 그 여학생을 어떻게 웃겨줄까를 고민하다가 좀 과감한 액션을 취했다.

전철 안에 있는 손잡이 봉에 매미처럼 매달렸고, 어둠 안에서 앉아 있을 그 여학생을 향해 삐에로처럼 웃음 짓는 미소를 지었다.

잠시 뒤 전철 안은 환해졌고, 그 여학생은 그 자리에 없었다. 그리고 주변 사람들이 정신병자를 쳐다보는 날 바라보는 시선에 잠시 시달려야 했다.

다음 역에서 난 서둘러 옆 칸의 문을 열고 이동해야 했다. 문이 닫히는 좀 전 그 전철칸 안에서는 날 향한 〈저 사람 혹시 예전 가수 아니야?〉라는 웅성거림을 뒤로 하며, 빠른 걸음으로 그 칸으로부터 빠져 나갔다.

난 누가 따라올 새라 모자를 눌러쓰며, 계속 이동했다. 잠시 정차했던 전철은 또 움직였으며, 떠나기 시작하는 그 역의 플랫폼에는 그 여학생의 옆모습이 남아있었다.

〈왜, 이렇게 마음이 허전한 것인가? 이렇게 허전했던 적이 내 생에 또 있었던가?〉

…….

그렇게 허전한 마음으로 돌아와 청한 잠은 달콤하면서도 공허한 꿈을 꾸게 했다. 난 꿈속에서 이제껏 본 세상의 그 어떤 밝음과 비교치 못할 만큼 밝은 세상에 있었다. 그리고 그 어떤 환함과 비교되지 않는 한 여인을 보았다.

그런데 그 여인을 보자 가슴이 심하게 요동쳤다.

〈왜 가슴이 뛰는 것일까?

내가 어떤 감정이라도 느끼게 된 것일까?

그럴 리가 없다.

왜냐하면 어릴 적 뇌하수체 수술을 받았고 그로인해 평생 사랑이란 감정을 갖지 못할 것이리란 의사소견을 들었다.

그래도 혹시 이 감정이 사랑 아닐까?

그렇다면… 사랑이란 것은 〈함께 한다는 포용감〉을 느끼게 해준다는 호르몬으로부터의 시작이 아니라 사회생활을 하며 쌓아 올린 이성에 의하여 만들어진 것인가?

아니면 그냥 내 몸에서 불꽃처럼 그냥 일시적으로 그리고 중독적으로 튀기는 도파민의 신경작용인가?

아니면 그냥, 그냥 그 옛날 포유류의 따뜻한 피가 포용력으로 발전하며 파생된 것인가?〉

〈달콤한 꿈같기도 하고 서글픈 실제 같기도 했던 꿈속의 그 여인은 대체 누구지? 잘 알던 내 팬 중 하나인가?〉

······.

　꿈에서 현실로 돌아온 난 잠에서 깨었음에도 한동안 현실에 적응하지 못했다. 이제 잠에서 깬 내가 당장 무엇부터 해야 하는지, 내가 평소에 어땠는지 조차 기억나지 않았다.

　순간 무언가 해야 한다는 느낌이 들었다. 서둘러 꿈속의 그 여인의 얼굴을 기억해 보려했다.

　하지만 잘 생각이 나질 않는다. 난 머리를 쥐어짜기 시작했고, 반드시 그 얼굴을 기억해 내고 싶었다. 분명 그 여인을 볼 때의 떨리던 내 심장의 느낌은 기억하는데 그 여인의 얼굴이 떠오르지 않는다.

　난 일어나 서성거리기 시작했다. 하지만 역시 기억나지 않는다. 난 방과, 거실을 오고가며 무엇이든 생각해 내려 했다. 그러고 있는데 로드형이 무언가 신비감이 있어 보이는 남녀를 내 앞에 데려와 소개했다.

　"전에 내가 얘기했었지? 댄스오디션을 열었는데 대단한 재원을 발견해 두었다고~ 이들이 바로 춤의 신들이지! 아직까지 알려지지 않은 진주와도 같은! 이들이 널 교육 좀 시킬 테니 그리 알라고, 이제 심장도 튼튼하니까 좀 배우는 거야!

　굳이 댄스음악을 하지 않더라도 요즘 미디어트렌드나 오락프로그램 탠덤 시에 수월스런 편승을 위해서라도… 댄스

정도는 기본으로 해 두어야 한다니깐."

　난 예전에 날 상품으로만 취급하며 못 잡아먹어 안달 해대던 로드형의 모습이 또 떠올라 손을 저으며 말했다.

　"아우~ 형도 참! 나 다시 살아난 지 얼마나 되었다고 벌써부터 이러슈! 아오~ 형 벌써 내 동의 없이 도대체 몇 년 치 계획을 짜 둔거야? 쫌 쉬자 형! 아 좀 살려줘 형!"

　이라 말하며 그들을 쳐다보지 않으려고 고개를 돌렸더니 마침 돌린 시선 정면에 걸린 거울 속에서 그들과 마주쳐 버렸다.

　그들은 제법 비범해 보였다. 마치 세상 모든 걸 통달해 보이는 남녀였으며, 도인들 같기도 했고, 외계인 같기도 했다. 그리고 왠지 낯설지 않았다. 그들은 여느 댄서들과 다르게 들뜨고 스피드 있어 보이지 않았다. 늘 흥분과 스트레스 사이를 오가는 그런 끌려 다니는 생활을 반복한 사람들처럼 보이지 않았다. 그리고 분명 어려보이지만 희망을 가지고 달려 나가는 젊음, 그 특유의 에너지만 넘치는 모습이 아니고 세상을 통달해 아쉬울 게 없어서 의연해 보이는 자들이었다.

　무언가 절제되어 보이고, 현명해 보이며 하나밖에 없는 자신의 삶을 잘 가꾸어 가는 모습이었고 꼭 댄스에 목메어 보이는 사람들 같지가 않았다.

　난 그런 의연한 눈빛들과 마주쳤고 정상적으로 그들을 바라보았다. 그리고 자리에서 일어나 그들과 통성명을 한 뒤 그 날 바로 댄스교습에 들어갔다. 날 가르치는 그들의 수준은 상상을 초월했다. 게다가 가수인 날 위축시키리만치 가창실력 또한 대단했다.
　난 그들을 선생님이라 불렀다.
　난 점점 댄스라는 장르에 빠져들었고 어느 정도 내가 기본기를 갖추자 선생들은 우리나라 수많은 댄스곡들 중 세 곡만의 리듬과 동작을 집중적으로 내 몸에 배게 하였다.
　흥겨운 리듬에 맞춰 나를 리드하는 댄스강사는 격렬한 동작 중에도 숨찬 기운 하나 없는 지도의 멘트를 내게 날렸다.
　"거울을 무대라 생각하세요! 무대는 연인의 눈동자에요! 연인의 눈을 보듯 거울을 보는 거랍니다!"
　그 댄스강사의 튜토리얼 하나하나는 그 사람의 깊은 철학 같았고, 난 천천히 그것을 흡수하기 시작해 갔다. 그리고 이전에 받았던 교육과 그 댄스강사의 철학을 퓨전시켰다.
　의식적으로 가사와 음을 기억해선 안 된다. 무의식에다 입력해야 하는 것이다. 의식만의 힘을 빌리려 한다면 그때그때 상황과 분위기가 달라질 때마다 가사를 잊어버리거나 리듬을 응용하는 방법을 잊어버릴 수 있기 때문이다.

 …….

 한 주가 시작되는 주일이자 휴일인 일요일. 전날 늦은 밤에 계획했듯 넉넉히 늦잠을 이루지 못하고 왠지 모를 간지러움에 일찍 일어났다.

〈어? 이상하다? 자고 있을 때 분명 누군가 마치 내가 귀엽기라도 하다는 듯, 날 귀엽게 바라보는 미소가 느껴졌는데? 뭐였지? 착각이었나? 꿈인가? 아니면 저 만치 떨어져 있는 커튼이 바람에 날리기라도 해서 내 안면을 살살 간질거리기라도 했나?
 바구니 속 애기라도 된 나를 한 소녀가 어여삐 쳐다보는 듯한 느낌 마치 그런 느낌이었는데 이젠 꿈에서 비주얼을 보는 것만이 아니라 촉각도 느끼는 것인가?〉

 아무생각 없이 난 일어나며 습관처럼 리모컨으로 티비를 켜게 되었고, 마침 전에 잘 보던 〈써프라이즈〉란 방송이 나오기에 느긋한 미소로 시청을 해 나갔다.
 그런데 그 방송을 시청한 지 얼마 지나지 않아, 내 눈동자가 엄청난 혼돈으로 사로잡히고 있음을 티비 위에 놓인 작은 거울 안에서 확인할 수 있었다.

마치 그 방송내용은 바로 나에게 그 무언가를 호소하듯 보내는 메시지 같았으며, 난 정체모를 이 현상이 이해하기 힘든 수수께끼라고 느꼈으며 쥐가 나기 시작하는 몸과 마음이 내 안에서 난해해져 갔다. 난 무언가 해야 한다는, 아니 하고 싶다는 화산 속에서 폭발하기 직전인 내 자아를 발견했다. 하지만 무엇을 해야 하는지 알 수 없었기에 점점 혼란스러워져 갔으며 그 혼란은 참기 힘들어졌다.

그러다가 난 티비를 보고 있는 와중에 수용하기 어려울 만치 그 커다란 혼돈을 그냥 수면으로 모면하겠다는 생각으로 잠에게로 현실도피를 청했으며, 티비 앞 긴 쇼파는 늘 그랬다는 듯 습관화된 내 처세술을 이해했다.

써프라이즈의 내용은 한 남자가 심장이식수술을 받고 난 뒤, 원래 모르는 사람에게 감정을 느끼게 된다는 내용이었고, 그 모르는 사람은 남자에게 심장을 준 사람의 어머니였다는 내용이었다.

그 방송은 잠을 청하는 내 눈에 바늘 같았고, 심정을 찹찹하게 만들었다. 갑자기 내 심장의 이력이 궁금해졌고, 심장의 원래 주인에 대한 궁금증이 점점 커졌다.

내가 깨어난 후로 꿈이 아닌 현실에서 무언가를 보았었을까? 내 머리가 인지하지 못 하는 사이에 내 가슴이 느낀 그 무엇이 있었을까?

　…….

　난 밖으로 나가야 했다. 내 마음이 나가길 재촉했다. 무조건 거리를 나선 난, 목적지가 없었기에 넋 나간 사람처럼 거리를 헤맬 수밖에 없었다.

　무조건 걸었고, 무조건 찾았다. 어디로 가는지 무엇을 찾는지는 나도 몰랐으나, 난 무언가에 이끌려 다녔다.

　그러기를 얼마나 했을까? 내 시야엔 낯익은 곳이 서서히 들어오기 시작했다.

　바로 그 학원이 많은 동네다. 그리고 내 무의식을 자극하는 횡단보도가 보였고, 그 앞에 건물이 눈에 들어온다.

　난 빨려들듯 그 건물의 현관으로 들어섰다. 그리고 몸을 돌려 건물 밖을 쳐다보았다. 그리고 멍청히 방금 지나온 횡단보도를 쳐다본다.

　밖은 일요일이라는 시간적 배경에 맞게 학생들이 잘 보이지 않는다. 학원가는 한산해 보였다.

　그렇게 그 건물 현관에서 학원가를 한동안 바라만 보고 있었으며, 무엇을 해야 할지 몰랐다.

　그러기를 얼마였을까? 갑자기 내 뇌리에 깜빡거리며 신호등이 들어왔다. 내 눈에는 한 여학생이 보였고, 그 여학생의 모습이 낮설지 않다는 것을 금방 기억해 내었다.

　바로 그 전철 안에서의 슬픈 표정을 하던 여학생이었다.

　그 여학생 앞에는 그 여학생을 기다리는 듯한 검은 색의 고급 세단 승용차가 있었고, 그 여학생은 한동안 횡단보도에 서서 한 학원 건물을 마치 무슨 미련이라도 있는 양 쳐다보기만 한다. 그리고 얼마 뒤 그 학원가에 보이지 않는 그 무슨 쓸쓸함 같은 것을 남긴 채 고급 세단 승용차를 타고 떠났다.

　난 그 광경을 쳐다만 보았으며, 가슴이 내 몸을 쥐어짜는 듯한 느낌을 반복해서 확인할 뿐이었다.

　…….

　답답한 마음에 로드형을 찾았다. 마침 댄스연습실에 있었다.

　"로드형… 뭣 좀 알아봐 줄래? 얼마 전 티비에서 〈써프라이즈〉라는 프로를 봤어."

　"그런데?"

“거기서 마침 심장이식을 소재로 한 이야기가 나오더라구”

로드형은 순간 내가 무슨 이야기를 할 것인가 내 정신상태를 걱정스러워 하는 듯한 표정을 짓더니 말했다.

“그래? 앙! 근데?”

“응, 한 인물이 심장이식을 받았는데 웬 낯선 아줌마만 보면 심장이 뛰고 나중에 알고 보니 그 아줌마가 그 심장 이전주인의 어머니더라 혹은 애인이더라 라고 하는 이런 내용들이었지”

로드형은 예상대로 어이없는 듯한 박장대소를 하며 말했다.

“하하 그건 다 뻥이지이~! 그런 게 어디 있어? 야, 심장에 기억력이 달렸어? 심장이 어떻게 이식하기 전 몸의 기억력이 있냐고 임마! 지금 네가 그런데 신경 쓸데냐? 아하 어이없는 좌이좌이 좌이쉭! ”

“농담할 기분이 아니야, 나도 그런 건 알지만, 그래도 왠지 내 가슴 속에서 지금 뛰고 있는 이 심장의 전 주인이 누구였는지 궁금해!”

“쩝… 알다시피 그건 금지된 행동이라서 할 수 없다는 걸 너도 잘 알잖아! 병원에서 알려주지도 않을 텐데 나한테 얘기해서 어쩌라고!”

그때 한편에서 헤드셋을 쓰고 있던 여자댄스강사가 헤드셋을 벗으며 천천히 일어나 내게로 걸어 왔다. 그리고 내게 차분히 말했다.

"무의식은 태초부터 우리들이 가지고 있는 통신수단이라고 하던데, 누군가와 연락이라도 하고 싶은 모양이신가요?"

난 알 수 없는 질문에 대답의 방향조차 잃어버렸다.

"대체 그게 무슨 말씀이시죠? 선생님, 웬 통신이요? 머 헤드폰 쓰고 들은 이야기 하시는 거예요?"

그러자 댄스강사는 웃으며 말했다.

"아니에욧~ 갑자기 제 삼촌이 잘 쓰던 말이 생각나서 해봤어요! 제 삼촌 하는 일이 그런 것이거던요. 누군가를 찾고 싶다거나, 누군가와 연락하고 싶을 때 참 유용한 분이죠. 제 삼촌이 그런 쪽에 줄이 잘 닿는데 알아봐 드릴까요? 아마 누군가의 과거를 캐라고 하시면, 머리카락 한 올까지도 찾아내실 분이죠!"

난 그 여자댄스강사의 말에 내 눈빛이 타오름을 느꼈다. 그 눈빛을 숨기고 싶었지만, 난 분명 그 제안이 내키고 있었다. 그리고 서둘러 다시 꺼내지 않게 될지도 모르는 그 말을 한 여자댄스강사의 마음이 바뀔세라 서둘러 말했다.

"네? 정말인가요? 선생님, 그래주겠습니까?"

……·

"그나저나 너의 전투감각이 제대로 살아 있으려나 문제다!"

로드형의 말에 일리가 있었고 난 고개를 끄덕이며 말했다.

"맞아, 형! 어서 빨리 팬들과 만나고 싶기는 한데, 나도 그게 걱정이야! 무대에 올라가는 게 내심 부담이 돼! 게다가 갑자기 경련이라도 일어나면 어쩌나 싶기도 한 게 사실이야!"

그때 잠자코 듣기만 하던 여자댄스강사가 다가오며 넌지시 말을 던진 게 있다.

"거리 콘서트 어때요? 그냥 연습 삼아 해보기엔 그럭저럭 괜찮지 않을까요?"

로드형과 나는 동시에 여자댄스강사를 쳐다보며 되물었다.

"거리 콘서트?"

그러자 여자댄스강사는 가볍게 웃으며 고개를 끄덕인다.

"네! 그냥 사람들 많이 오고 가는 거리에서 게릴라처럼 나타나 두세 곡 가볍게 공연하고 홀연히 사라지는 거죠! 사람들의 반응을 읽으면서 대처하는 능력도 기르고, 비용도 별로 안들 것이고, 사람들의 호기심을 자극하거나, 기존 팬들의 기억을 살리는 것이죠!"라고 말하는 여자댄스강사의 말에 로드형과 나는 동시에 "괜찮네!"라고 탄식했다.

우리는 바로 작전을 짜기 시작했다.

"음… 일단은 때와 장소를 먼저 정해야겠지?"

라고 로드형이 먼저 썰을 풀어놓자 여자댄스강사가 로드형의 어깨너머로 끼어든다.

"사람들 출근시간대가 어떨까요? 아직 잠에서 덜 깬 인간의 무의식에 가수라는 이미지를 새겨 넣는 거예요! 어때요?"

그러자 로드형이 여자댄스강사의 말에 긍정하며 외친다.

"거 그럴듯하네!"

그때 잠자코 듣기만 하던 내 뇌리를 스치는 장소가 있었다.

"형! 사당역 쪽으로 해보자!"

내 제안에 로드형은

"왜, 하필 사당역인데?" 라고 하며 물었다.

"어, 거기가 보면 전국에 있는 학교들의 셔틀버스가 한 번씩 경유하는 곳이잖아! 얼마 전에 우연히 엿들은 여학생의 이야기에서도 사당역에서 셔틀버스를 탄다는 이야기가 나오더라구! 무언가 예감이 좋아! 사당역으로 하자! 그리고 이번 게릴라성 거리콘서트에서는 여학생들을 중심으로 어필해 보자고, 형!"

내 말에 로드형과 여자댄스강사는 고개를 끄덕였다.

"그럼 레파토리는 무엇으로 할까?"

"형! 그냥 이런 콘서트에까지 내 노래를 부르면 듣는 사람들로 하여금 왠지 원치 않는 광고를 듣는 다는 부정적인 기분을 줄 수 있을 테니까, 나름 대중적이면서도 개성 있는 걸로 하자고, 내 노래를 사람들에게 주입시키려 한다는 이미지는 주지 말자고 형!"

……

난 콧노래를 흥얼거리며 차에 탔다.

"다시 태어난 기분이라 좋긴 좋은가 보구만? 콧노래도 흥얼거리고 못 보던 모습이네?"

로드형이 운전대를 잡은 채 차안 백미러 안의 내 얼굴을 보며 내가 지금 느끼고 있는 기분 좋은 분위기를 공유하고 싶어 했다. 그러고 보니 언제부터인가 나도 모르게 흥얼거리는 멜로디가 하나 있었다.

난 내가 그것을 얼마동안 흥얼거렸는지도 기억이 나지 않을 정도로 나도 모르게 한 동안 흥얼거리다, 이제 문뜩 인지한 것이다.

로드형이 백미러 안의 나를 보며 말했다.

"아 지금 니가 흥얼거리는 그 콧노래 알거 같다. 그거 그 노래 맞지? 그 왜! 장애를 극복하고 훌륭한 가수가 되어 정상에 섰던 그 가수의 노래! 거 올림픽 폐막식 엔딩무대에 까지 올라 전 세계로 퍼지는 올림픽이라는 전파에 자신의 감동을 실어 보낸 가수! 맞지? 정말 대단한 가수였지! 그런 가수가 우리나라에 또 나올 수 있을까? 그 노래는 그 가수가 불러야만 특별하게 느껴지는 느낌을 전달받을 수 있지. 더불어 인간승리의 감동도 생각나게 한단 말이지. 나중에 유명한 몇몇 가수들도 그 노래를 리메이크 했었지. 맞네, 맞아! 하하하 발라드가수라 그런가? 역시 그런 분위기의 노래도 잘 어울리는데? 아니면 다시 태어나면서 사람이 좀 달라졌나?"

로드형의 말에 갑자기 무언가 머릿속이 환해지는 것을 느꼈고, 〈그렇구나!〉 했다. 알고 보니 바로 그 노래였다.

〈본 적도 없고, 이름도 모르는 여인을 꿈에서 보았다는 노래. 그리고 지금의 내 상황과 맞아 떨어지지 않는가? 그렇지만 의도적으로 흥얼거린 것은 아닌데…….〉

<꿈에~ 어제 꿈에 보았던… 이름 모를 너를 나는 못 잊어, 본 적도 없고, 이름도 모르는 지난 꿈 스쳐가는 여인이여!〉 하며 시작되는 노래의 음을 최근에 나도 모르게 따라 부르고 있었다. 그 노래를 이제껏 별로 새겨들어 본 적 없다 싶은데 언제부터… 그리고 왜 이제야 내 무의식 영역의 많은 부분을 차지하고 있는 것일까? 혹시 수술로 인해 내 행동 반사신경이 어떻게 잘 못 되기라도 했나?
난 수술 부작용이 아니길 바랐다.

…….

난 새벽부터 일어나 그 장애를 딛고 일어나 세계적인 무대에서 노래를 불렀던 바로 그 훌륭한 가수의 녹화테이프를 반복해서 돌리며 보고, 들었다. 그다지 어려울 거 없어 보였고, 충분히 따라 할 수 있을 것 같았다. 그리고 악보도 어느 정도 머리에 집어넣었다.

제법 자신감이 들자 바로 연습실로 들어가 기타를 들고 의자에 앉아 그 가수가 부를 때의 포즈를 연상했다. 그리고 난 서서히 악보를 보며 기타코드를 튕겼다. 그리고 노래도 부르기 시작했다.

"꿈에, 어제 꿈에 보았던… 이름 모를 너를 나는 못 잊어."

난 떨리고 있는 기타의 줄을 기분 나쁘게 정지시켜 버렸다. 어려울 것 없으리라고 여겼는데 이상했다.

다시 해보고, 또 해 보았지만, 매번 첫 코드조차 내 기분을 제대로 충족시킨 상태로 넘기지 못했다. 쉽게 따라 할 줄 알았는데, 거울 속의 내 모습은 그 훌륭한 가수의 모습과 전혀 씽크 되지 못하고 있었다.

결국 한참 뒤에 기분을 상실한 채 기타를 내려놓아 버렸다.

그때 연습실의 문이 〈삐걱〉거리면서 여자댄스강사가 들어왔다.

난 〈어쩐 일로 연습실에 들어오셨어요?〉라며 명랑하게 물을 수 있는 기분이 아니었기에 그 여자댄스강사로부터 시선을 돌려 버렸다.

"물 마시러 왔어요. 저쪽 정수기가 고장 났나 보네요."라고 조심스럽게 말하는 댄스강사의 말투는 내 분위기를 깨기 어려워 한다는 것을 알고 있다는 말투였다.

그리고 조금 전과는 달리 소리 없이 나가는 댄스강사의 뒷모습을 거울을 통해 보게 되자, 어릴 적 내게 음악을 가르쳤던 선생의 뒷모습이 떠올랐다.

잠시 뒤 어릴 적 음악을 첨 배울 때 날 지도해 주었던 선생님의 말을 떠올렸다.

〈무의식은 의식이 잃어버린 길을 찾아 주기도 한다?〉

조용히 기타를 들었다. 그리고 눈을 감았다.

그리고 의식을 비우기 시작했고, 얼마 후 무의식이 날 점령하기 시작한다는 걸 깨닫기 시작했다.

난 아주 조금 그 무의식에게 지금 당면한 문제를 인식시켰다.

그러자, 자의인지, 타의인지의 경계에서 손은 떨리기 시작했고, 의식의 평온상태에서 기타선율이 흐르기 시작했다.

〈꿈에, 어제 꿈에 보았던…〉

…….

로드형과 이야기를 나누다 같이 화장실을 갔다.

나도 모르게 입으로 〈척척〉하며 변기 앞으로 다가갔다.

그만치 이 살아있다는 대단함에 신이 나 있는 것이다.

그리고 〈쓰윽~〉 소리를 입으로 내며 지퍼를 내렸다.

"왜 그래?"

"형도 이상해 보이지? 근데 나두 사실 몰라! 그냥 재밌다니까! 형두 함 해봐!"

로드형은 걱정스런 표정을 지었고 그 걱정은 내가 받았던 수술과 연계되어 있었음을 충분히 알 수 있었지만 난 태연함으로 넘치는 모습을 보일 수 있었다.

난 로드형을 안심시킬 필요가 있었기에 대수롭지 않다는 듯 손가락 하나를 들어 로드형의 앞에서 흔들었다.

……..

드디어 게릴라공연을 기획한 날의 아침이 되었고, 우린 모두 서둘러 차를 타고 떠날 채비했다.

우린 사당역 부근을 이른 아침부터 탐색했다. 로드형의 눈은 목표를 저격하기 적당한 장소를 찾는 킬러의 그것이었다.

"이왕이면, 사람이 많은 곳이 좋겠지?"라고 말하는 로드형의 생각은 나와 사실 달랐다. 내 머리 속에 울리는 메아리는 그게 아니었기 때문이었다.

〈다음 주부터는 나도 셔틀버스 타고 다닐려고 해! 우리 학교는 비싼 사립학교라서 그런 게 없지 참! 그나저나, 우리학교 회계선생은 좀 안 바뀐다니? 정말 짜증이야! 그리고 우리

학교는 인문계인데, 왠 회계니? 그래. 어, 그래. 아니, 나 이제 웬만하면 승용차로 등교 안 할 생각이야. 우리학교 셔틀버스 사당역에서 타는 거 맞지?〉 라는 메아리가 말이다.

〈사립학교 셔틀버스 정류장이라! 미래를 위해서라면 불특정 기성세대 보다는 아직 감수성이 있는 청소년들에 어필하는 거다.〉

그때 내 눈에 들어오는 장소가 보였다.

"형! 형! 여, 여기! 여기 세워봐! 여기서 하자!"

난 중형버스를 운전하고 있는 로드형에게 외치다 만 듯이 말했다.

〈알아본 바로는 사당역을 경유하는 사립고등학교의 셔틀버스의 정류장이라면 몇 곳 안 된다. 아마 이곳일 가능성이 높은 거다! 느낌이 와! 그래 왠지 이곳 같아!〉

마침 안개는 우리 편이라도 되는 양, 무대의 드라이아이스 연기처럼 자욱하게 깔려 있었다. 그리고 이제 곧 저 셔틀버스정류장에 사람들이 많아질 것이다. 아마도 대부분의 사람들은 아직 잠에서 덜 깬 상태일 터였다. 그 마법 같은 잠에서 덜 깬 분위기에 다가갈 예정인 것이다.

〈안개를 은폐물로 이용해 부단히 버스가 어서 오기만을

기다리며 시간에 주의력이 빼앗기고 있는 학생들 사이로 잔잔한 바람이 되어 다가가는 거다.

그 잔잔한 바람을 천천히 가르며 나의 휘파람소리는 등장할 것이다. 정찰병 기질이 있는 몇몇 사람들의 이목을 우리 쪽으로 끌어 놓고 나면 내 신호를 기다린 부드럽고 강렬한 베이스가 먼저 포문을 열게 될 것이고, 사람들은 원하던, 그렇지 않던, 우리에게 관심을 갖게 되겠지. 난 다소 불량하게 보이겠지만, 당당하게 건방을 떨며, 건들거리듯 빠른 리듬으로 그 관심의 끈을 놓지 않아야 한다.

빠르고 아쉬운 첫 곡이 무사히 끝난다면, 따가웠을지도 모를 사람들의 귀에 다소 긴장을 이완시켜주며 신비감이 있는 노래인 스콜피온스의 under the same sun을 부르며 사람들 하나하나의 눈과 대면 할 것이다. 그렇게 노래 제목처럼 같은 태양아래 세상에서 동질감을 나눌 것이다. 그 동질감의 사이사이엔 그 다음에 부를 곡의 애절함을 암시하는 복선 같은 간절함의 선율이 살짝살짝 들어가게 되어 사람들 귀에 감정의 회전점을 만드는 거다. 그렇게 분위기는 고조 되겠지! 그런 다음 마지막 곡 토미페이지의 shoulder to cry on을 자연스럽게 펼쳐서 우리에게 집중해준 사람들에게 카타르시스로 보답하는 거다!〉

난 중형버스 안에서 악기를 들고 있는 사람들에게 다짐을 받듯이 주문한다.

"베이서! 넌 절대 내 신호를 놓치면 안 돼! 너의 베이스와 함께 우리의 짧은 게릴라 여정이 함께 시작되는 거야! 알았지? 그리고 내내 시건방을 떨면서 연주하란 말이야! 그냥 시건방이 아니라 아주 임팩트 있는 시건방을 떨어야 오늘의 이미지와 맞는 거야! 그리고 신디! 넌 첫 번째 곡과 마지막 곡에서의 주무기야, 특히 넌 임팩트 부분에서는 몸을 뒤로 확! 재껴! 임팩이 확 느껴지도록, 가능하지? 뭐 피아노가 없으니 어쩌겠어? 네가 무거운 짐을 짊어져야지. 그리고 일렉! 야! 너무 기타실력 자랑하지 말고 지금이 사람들 한창 정신없을 출근시간이란 걸 생각해 주라! 드럼은 특별히 뒤에 스탭 세 명 붙을 테니까 같이 들고 가면 되는 거 알지? 그리고 다들 자기 악기니 스피커랑 앰프는 스탭 한 명씩 붙을 테니까 같이 들고 가라고! 그리고 마지막 곡이 끝나자마자 신속히 철수하는 거야!"

그 말을 하는 나와 듣는 이들의 표정은 모두 비장했고, 로드형은 시계를 의미 없이 쳐다보며 "근데 민원이라도 들어오지 않을까? 경찰이라도 달려오면 어쩌지?"라고 말한 뒤 걱정하고 있었다.

"아, 그러니까 세 곡만 딱 공연해서 이미지만 심어 놓고 신속히 철수하는 게릴라지!"

"우리 연습실까지 찾아오면 어쩌냐는 거지!"

"찾아오긴 어딜 찾아와? 경찰이 뭐 그렇게 한가해?"

"그래도 노란 거라도 준비할 껄 그랬나? 사전에 양해를 구할걸 그랬지?"

"아, 답답! 요즘 시대가 어떤 시댄데 그런 거 통하는 경우가 어디 있다고 그래? 그리고 사전에 작전이 노출되면 게릴라가 아니지이!"

"하긴! 클레임까지 걱정하리만치 우리 사정이 좋은 건 아니지! 게릴라전까지 해야 하다니! 절박하다, 절박해!"라며 티격태격 하는 사이 사람들의 발길은 이미 꽤 늘어 있었고 셔틀버스정류장 표지판 기둥 아래로 고등학생들의 줄이 상당히 길어졌다.

난 썬텐이 잘된 버스창문을 거울삼아 옷매무새를 가다듬었고, 마지막에 파란색 총잡이모자를 삐딱하게 썼다.

"멋지게 울려주자!"란 명령 같은 내 요청에 맞추어 우리가 타고 있던 중형버스의 옆문은 열렸고, 황야의 무법자들이 당당하게 사막의 먼지바람을 라이딩부츠바닥에서부터 피어 올리며 걸어가듯 셔틀버스정류장을 향해 뚜벅뚜벅 걸어 나갔다.

그리고 휘파람을 건방지지만, 당당한 표정으로 부르기 시작했다. 바로 빌리조엘이 부른 더 스트레인져란 곡의 도입부에 나오는 휘파람이었다.

몇몇 학생들은 뭐냐는 듯이 쳐다보고, 도 몇몇은 무관심했으며, 몇몇은 우릴 알아보기 시작했다.

그 휘파람 연주가 끝날 무렵에 우린 이미 셔틀버스정류장 앞에서 모든 세팅을 해 놓았다. 이윽고 내 신호에 맞춘 강렬한 베이스충격음을 시작으로 우리의 거리공연은 주변을 급습하기 시작했다. 다소 놀란 듯한 주변의 시선이 우리에게 사로잡히기 시작했다.

뒤통수를 맞는 인간의 이면을 경쾌하고 신나게 음악으로 마친 우린 눈앞의 학생들과 조우했다.

학생들은 우리의 다음 행동을 궁금해 하는 눈치가 틀림없어 보였다. 난 마이크를 두드리며, 웃음과 함께 그들에게 인사했다.

"안녕하세요? 놀라셨죠? 에, 여러분들의 많은 시간 뺏지 않을게요! 공부하느라 힘드시죠? 그래서 우리가 이번에 여러분들의 긴장을 좀 완화해 드리는 차원에서 이렇게 잠깐

나왔어요. 알고 보면 우리도 스케줄이 많아요. 그래서 시간이 요때가 좋을 듯싶었답니다. 혹시 저희가 이러는 거 맘에 안 든다든가… 하시는 분계신가요? 이를 테면, 버스를 기다리며 책을 보는데 방해가 돼서 싫다는 분, 음악을 싫어한다는 분? 손들어 보세요!"

그러자 학생들은 환호했고, 지나가던 사람들도 꽤 발걸음을 멈추고 우리에게 긍정적인 반응을 보이기 시작했다.
나의 멘트는 이어졌다.

"네! 맞습니다. 용케도 우리를 알아보시는 분들이 많으시네요! 정말 감사합니다. 자자 시간이 없습니다. 셔틀버스가 곧 도착하면 여러분과의 짧은 만남은 끝을 내야 합니다. 그전에 최소한 두 곡은 더 들으셔야죠? 자 감상태도가 좋은 분들을 위해 선물도 준비했거든요? 우리 관심받고 싶습니다! 자자, 그럼 다음 곡은 스콜피온스 노래입니다."

스콜피온스 노래도 역시 좋은 반응으로 마친 우린, 준비해간 작은 인형들을 학생들에게 던져주었다. 그리고 커다란 곰인형 하나가 내 손에 들려졌다.

"쉿! 쉿! 조용 좀 해주세요! 작은 인형은 많이 준비했지만, 이 큰 인형은 하나 밖에 준비하지 못 했네요. 혹시 오늘 생일이신 분? 없으신가요?"

난 질문을 하며 요란스러운 학생들의 무리를 하나하나 파헤쳐 가며, 표정들을 살폈다. 그리고 손에 빵과 콩을 갈아 만들었다는 음료를 들고 있는 여학생 앞에서 시선을 고정시켰다. 이미 아까부터 내 눈 가득히 들어오는 여학생이었다.

바로 그 학원가에서 본 여학생이었으며, 전철을 같이 탔던 여학생이었고, 차 안에서 통화를 하다 나와 눈이 마주친 바로 그 여학생이었다.

그 여학생과 난 지금 다시 눈이 마주쳤고, 귀가 멍해짐을 느끼며 그 여학생에게 다가갔다. 소음과도 같이 느껴지기 시작한 학생들의 환호를 비집고 더욱 가까이 걸어갔다.

그리고 그 여학생에게 난 그 커다란 인형을 천천히 내밀었다. 나와 눈을 마주한 그 여학생의 동공이 파도처럼 동요되기 시작하더니 이윽고 그 여학생은 어떻게 해야 할지 망설이는 것 같았다. 그 모습이 상당히 귀엽다고 느낄 즈음…….

별안간 그 여학생은 내 얼굴에 재채기를 하는 게 아닌가? 난 당황했고, 약간 화가 치밀었다. 하지만 부정적인 모습을 주변에 보일 수 없다는 현실을 멍멍해진 귀가 다시 정상으로 돌아오며 깨달았다.

　주변은 잠시 침묵했고, 난 천천히 뒷걸음질을 하다 내 자리로 돌아왔다.

　"보셨죠? 저를 향한 방금 전 그 대단한 반응! 와! 저 여학생 대범하죠? 아! 그런데, 침에서 냄새는 좀 나네요! 콩을 갈아만든 음료의 냄새이겠거니 해야겠죠? 그래도 쫌 너무하네요? 이래 봬도 공인가수인데 말이죠."라고 말하며 난 웃었고, 목소리를 가다듬었다. 그리고 마지막 곡을 천천히 연주하기 시작하며 나지막이 말했다.

　"안타깝습니다. 셔틀버스가 오는 것이 보이네요. 이게 마지막 곡이 되겠죠? 토미페이지 노래입니다."

　난 그 곳에 모든 이들이 행복해지기를 기원하며 노래를 불렀고, 누구에게든 기댈 수 있는 어깨가 하나쯤은 있기를 바랬다. 그리고 그 마지막 곡이 끝나기가 무섭게 우린 황급히 그곳을 떠났다.

　"반응 좋았어! 배틀감각 아직 살아 있구나, 너! 좋아! 바로 이제부터 스퍼트 올려도 되겠는데?"라고 말하며 의기양양해진 로드형은 신나게 차를 몰았고, 차 안은 희망이 넘쳤다. 그런가 하면 난 조용해지고 싶었다.

〈정말 이상하다. 그 여학생의 놀란 눈은 꼭 날 다시 보았다는 것, 그 때문만이 아닌 듯 했어!〉란 의문은 당장이라도 뛰어가 그 여학생의 멱살을 붙들고 다그치며 이유를 묻고 싶었지만, 그건 번지수 틀린 택배가 될 거란 걸 알았다. 그냥 내 맘이 갈피를 빨리 잡길 바래야 할 뿐이었다.

……

고단한 댄스 수업이 끝날 쯤음엔 이미 날이 저물어 있었다. 로드형은 맛있는 저녁이 배달되어 왔다며 모두를 불렀으나 여자 댄스강사는 무언가 서두르며 집에 가야 한다고 했다. 그렇게 말하고 여자댄스강사는 가방을 챙기며 귀가 준비를 했고, 연습실을 나서려던 찰라 무언가 잊을 뻔 했다는 감탄사와 함께 오렌지색파일 하나를 내게 건넨다. 그러더니 "한번 보세요!"라고만 말한 뒤 내일 보자는 인사와 연습실문을 닫고 나가버렸다.

난 식탁에서 일어나기 귀찮아 다리를 꼰 채 귀찮다는 듯이 그 오렌지색파일을 한 손으로 받았고, 댄스 컨셉 내용쯤 되겠거니 하고 밥 먹는 동안만 대충 훑어 봐야겠다는 생각에 식탁에 올려놓았다. 그때 닫혔던 연습실문이 빼꼼 열리면서 여자댄스강사의 얼굴이 삐져나왔다. 그러더니 한쪽 눈으로 내게 윙크를 주며, “저번에 주문하셨던, 그거에요! 특별히 삼촌이 저 잘되라시며 무료로 해주셨네요! 장기기증자의 신상정보를 캐는 건 안 된다는 거 아시죠? 공개불가 쉿! 이에요. 아, 참! 일부러 본 건 아니지만 그 사람, 그 사람이 마지막에 다니던 학교를 제가 알아요. 맞아. 그 학교, 저 알아요. 그 학교는 졸업 전날 학예회를 하더군요. 작년에 제 조카가 그 학교 졸업했는데, 저도 얼떨결에 졸업 전 학예회를 구경했었어요. 참 인상 깊었던 게, 그때 그 학교에서 비트박스를 공연했던 한 남학생이 생각나네요. 정말 비트박스를 잘 하더군요. 근데 왠지 그 비트박스를 ……. 아, 아니에요. 이런 늦었네. 그럼 먼저 가겠습니다.”라고 말하며 웃음의 메아리만 남긴 채 연습실문을 살짝 닫고 나가버렸다.

난 음식을 먹으려던 동작을 멈추었고 그 파일을 보았다. 갑자기 오렌지색이 무척 맘에 들기 시작했고, 그것을 내게 가져다 준 여자댄스강사의 얼굴이 떠올라 슬며시 미소가 나왔다.

〈심장의 주인은 누구였고, 그의 삶은 어땠을까? 일단 장기기증을 할 정도의 지각이면 나이가 제법 있었을 것이었고, 기증이라는 쉽지 않은 선택을 할 정도면 평소에도 봉사활동이나 자선을 많이 베푸는 자선사업가였던 게 아니었을까? 아니면 성직자? 혹은 사랑하던 사람이 죽게 되자 자신도 죽으려 하고, 죽기 전에 장기기증을 한 로맨서? 이건 좀 오버인가? 설마 혹시 범죄자였나? 아니다 그랬다면 여자댄스강사는 애초에 그런 내용을 내게 알리려 하지 않았을 것이다. 무언가 애틋한 사연이 들어있지 않을까?〉

조심스럽게 넘긴 오렌지파일 안의 내용은 그런 내 추측에 블랙커피보다 더 쓴 웃음을 짓고 있었다.

거기엔 쉽지 않은 삶을 살았을 심장의 원래 주인에 대한 과거가 적혀 있었다.

난 입안의 음식을 더 이상 목구멍으로 넘길 수가 없었고, 움직일 수 없었다. 숟가락을 들 힘조차 사라졌고, 눈동자는 정지되었지만 초점은 잃었다.

파일의 내용과 생기 잃은 내 표정의 이유를 물어보는 로드형의 물음에 제대로 대꾸도 못 해준 채 나만의 공간을 찾아 내 방으로 들어가야만 했다.

프로필 안에는 잘생기지 못한 얼굴로 웃는 미소를 한 채 사진을 찍은 사람의 증명사진이 있었고 그의 이력이 사진의 옆에서부터 아래로 흘러나와 있었다.

스무 살도 채 되지 않은… 학업 성적도 별로인… 가족도 없는… 본인 소유의 집도 없는… 풍요롭지 못했을 법한… 그저 그런 내용이 내 미간을 찢기 위해 자극했다.

그러면서도 무언가 못 마땅했다. 왜 하필 그런 자였는가? 또 난 그 오렌지색이 갑자기 달갑지 않게 느껴지기 했고, 여자댄스강사에 대한 짜증이 나오기 시작했다. 당장 내일이라도 짜르라고 로드형에게 얘기할 것이다. 너무도 내 상상과 달랐다. 이게 아니다 싶었다. 내 자존심은 상처 받았다. 이게 바로 나와는 전혀 동질감을 느낄 수 없는 내 심장의 원래 주인이었구나. 내가 그렇게 미약한 패배자에게까지 목숨을 구걸해야 했단 말인가?

〈딱 봐도 패배자! 패배자! 하필 우성인간인 내가 이런 아이의 심장을 받은 것인가? 아니야, 아니야! 난 구걸하지 않았어! 살고 싶다고 소리친 적도 없어! 두려워 한 적도 없었어! 난 의연했고, 구태의연하게 살고 싶은 마음이 없었어! 아, 이런 괜한 호기심이었는가? 이래서 장기기증자의 신상을 공개하지 않는 것인가?〉

난 심적 분란에 시달리기 시작했고, 그것을 진압하고 싶었다. 그래서 이어폰을 끼고 강력한 헤비메탈사운드를 찾아 그 힘을 빌려 잊으려 시도했다.

〈아니야! 나 자신을 속일 순 없어! 난 그에게 무언가를 받았고, 내가 해줄 수 있는 무언가를 찾아야 할 염치가 있어!〉
난 그렇게 한참을 헤비메탈사운드가 터지는 이어폰을 귀에 꽂고 침대에 얼굴을 파묻은 채 인상을 썼다.

…….

그러기를 얼마였을까?

언제쯤인가부터 푸르스름한 하늘빛과 함께 따가운 바람이 창문의 커튼과 함께 내 얼굴을 갈기고 있었다.
〈누가 창문을 덜 닫았지? 지금이 몇 시인가?〉
누운 채로 창문을 보았다. 그리고 그 창 안에 원망이 다소 섞여 있는 내 얼굴이 보인다. 그런데 갑자기 내 얼굴이 흐릿해지며 그 위로 또 하나의 얼굴이 겹쳐 보인다. 바로 그 증명사진 속의 어거지 웃음을 한 사람의 얼굴이었다.
갑자기 심장의 리듬이 불규칙해진다.
난 일어나기 두렵기도 했지만 이미 내 심장은 창문의 커튼이 날 깨우기 전부터 일어나 기침을 하고 있었고, 금방이라도 나갈 채비를 다 해놓았다는 듯 내 가슴을 두드리며 채촉한다는 느낌이 들었기에 일단은 몸을 일으키고 침대 위에 걸터앉을 수밖에 없었다.

이어폰에서 나오던 헤비메탈음악은 이미 밧데리를 모두 방출한 지 오래인 듯했다.

〈내 심장의 이전 주인의 과거를 왜 내가 알고 싶어 한 것일까? 지금도 피곤한데 여기서 밖을 나가게 되면 더 후회하지나 않을까? 괜한 일거리만 생기는 건 아닐까? 그냥 이쯤에서 잊고 더 이상은 모르고 살아도 되지 싶은데…….〉

하지만 심장은 무언가를 채촉한다. 나는 지금 당장 그의 발자취를 좇지 않는 한 아무것도 할 수 없음을 깨달았다. 난 침대에서 일어나 시계를 보았다. 그리고 더 머뭇거릴 시간이 없다고 느꼈으며, 외출할 채비를 했다.

난 가고 싶지 않은 도살장을 알면서도 끌려가는 소가 된 기분으로 그 무언가에 속아 넘어가고 있다는 기분을 풀지 못한 채 덜 걷힌 새벽안개를 이불 걷듯 걷고 나섰다.

거실을 거쳐 연습실을 지나 밖을 나가는 문을 로드형이 잠을 설칠세라 조용히 열었다. 〈끼리릿〉하는 문소리가 나서야 내 마음은 점점 안정되기 시작했다.

〈그래! 일단은 나가야 하는 거구나!〉

밖을 나온 내 시야엔 택시정거장에 대기하고 있는 택시행렬이 보였으나, 그것을 탈 수 없었다.
〈예의가 아니다. 내 심장의 원래 주인은 택시조차 맘 놓고 타지 못했었을 거야! 내가 저 택시를 타는 순간 이 심장은 택시비가 아까워 불안해할지도 모른다.〉

난 말없이 걷기 시작했다. 멀리선 새벽 어스름 바다 위에 노란 백열등을 달고 출렁거리며 떠 있는 오징어잡이 어선들마냥 서울역 위에는 새벽을 여는 사람들의 부단한 출렁거림이 있었고 삶을 향한 그들의 눈빛은 분명 백열등이었다.
그 백열등의 미약한 온기는 그 부단한 사람들의 가족을 키울 것이고, 그 부단한 삶의 안방을 다소나마 밝혀 주겠지…….
그것은 네온싸인과 함께 화려했던 내 일상이… 시간에 쫓겨 진정 까맣게 몰랐던 백열등이었으며, 늦게 자고, 늦게 일어나던 패잔병의 그것과 다를 바 없는 내 파괴력! 그것의 패배의 원인임을 간과했던 백열등의 그것이었다.

공기가 더 맑아지고 있어서인가? 서울역에서 가장 가까운 산을 오르고 있는 동안 내 가슴은 더없이 신선해 지고 있음을 느꼈다. 아마 그도 이런 공기 덕에 신선한 마음을 품고 살았을 것이고, 그런 뜻을 품었으리라!

눈앞에는 산이라는 신비의 지역을 밟기 위한 통과의례가 있었다. 계단이었다. 이제껏 이런 계단은 본 적이 없다.

한눈에 보아도 그 수가 꽤 많아 보이는 계단 하나하나의 너비는 좁고, *강파르다. 아직 성치 않은 내 몸으로 이 계단을 오르는 것이 무리는 아닐까? 계단은 무려 90개나 되었다.

※강파르다 : 가파르다와 같은 말.

아닐 것이다. 이 심장의 주인은 아마 매일 같이 이 계단을 오르고 내렸을 것이다. 주저 없이 계단을 오른다.

〈하나, 둘, 셋, 네 개, 다섯 개… 〉

팔십 구개의 계단을 오르고 나서야 낙상의 위험 없이 제대로 허리와 목을 펼 수 있었다.

〈다음에 또 오르게 되면 여럿이 계단 오르기 게임이라도 하면서 올라야지, 혼자서 오르는 건 무척 심심하고 힘들구나!〉

올라온 계단을 되돌아본다. 그곳에서 고인은 웃고 있는 듯한 얼굴에 땀을 흘리며, 순식간에 뛰어 오르고 지나가는 모습이 상상된다. 그가 혼자서만 뛰어 오르고 내렸을 계단이었던 것이었다.

이제 몸을 오른 쪽으로 돌려 평지를 걷기 시작했다. 평지 끝은 굽어져 있어 그 끝이 막힌 것처럼 보여 답답했으나, 얼마간 걷자 곧 확 트인 세상이 나오기 시작했다. 달동네, 산, 그 사이 도로 그리고 산 아래 약수터란 푯말……. 이내 그 푯말 앞에 다다른다.

그 푯말 뒤로는 건물 하나와 공원이 있다.

산입구라 새벽공기가 더 차가운 까닭인지 가슴이 시렸다. 아니, 애리다. 잠시 그 가슴을 그대로 두었다. 그것은 충분히 관조할 수 있는 시림이었다. 이젠 가슴이 뛰는 것을 겁 없이 그대로 둘 여력이 생긴 것이다.

그리고 약수터 푯말 뒤엔 건물이 있긴 있었으나, 그 건물은 일반 가정집이 아닌 그냥 화장실이었다. 불에 그을린 자국이 여기저기 있었고, 주변은 노란 형광띠 같은 파이어레인으로 둘러쳐져 있어 접근을 막고 있다.

난 무언가의 당김에 의해 힘 안들이고 그 화장실 앞에 다다를 수 있었다. 그 화장실을 둘러보기 위해 뒤로 돌아가자 화재의 잔해가 남아 있었다. 주로 불타다만 쓰레기 잔해였다.

〈맞구나! 여기가 맞구나! 그런데 여긴 화장실 뒤에 붙어 있는 창고 같은데 이곳에서 고인이 생활을 했단 말인가?〉

갑자기 내 시선을 사로잡는 물건이 하나 있다. 잿더미 속에서 그을림 하나 없이 멀쩡해 보이는 종이로 만든 선글라스였다. 그 선글라스의 테는 딱딱한 종이로 만들어져 있고, 안경알은 보랏빛 셀로판지를 오려 붙여 만들어 놓은 것이었다.

난 천천히 그것을 집어 들었다.

그때 뒤에서 누군가가 가느다랗고 떨리는 음성으로 사람 이름을 부르는 것이 들렸다. 난 내 이름이 아니었고, 지금 내가 모르는 누군가가 날 알아보는 게 피곤했기에 움직이지 않았다. 그런데 그 누군가는 내 등 뒤로 다가오는 발소리를 내고 있었고 그 발자국 소리는 점점 더 크게 내 귀와 가슴을 울렸다.

〈또, 무엇이란 말인가?〉

난 불특정인인 그 자의 예측 못할 동작 때문이라도 뒤를 돌아봐야 했다. 그랬더니 그 자가 놀라다만 표정을 짓고 걸음을 멈춘다.

그 자는 실망한 표정을 내 발 아래로 떨구더니, 사람 잘못 보았다고 말했다. 그러더니 내가 들고 있는 장난감 같은 선글라스를 갑자기 뚫어져라 쳐다보는 게 아닌가?

난 천천히 그 장난감 같은 선글라스를 그 자에게 내밀며 조심스럽게 물었다.

"혹시, 이 물건을 아십니까?"

잠시 침묵이 흐르기에, 난 모르는구나 싶었고, 내 길을 찾아 걷기 시작했다. 그런데 뒤에서 그 자가 한숨처럼 내 뱉는 말을 듣게 되었다.

"그 물건의 주인은 이제 없습니다. 갖고 가신다 해도 누가 뭐라 할 순 없겠네요. 그 주인에겐 가족이 없거든요. 세상에 아무것도 남기지 않고 떠난 줄 알았더니, 용케도 그걸 찾으셨군요."

난 움직일 수 없었다. 그 말을 듣는 순간 왠지 몸이 말을 듣지 않았다. 무언지는 모르지만 이질감을 느끼게 하는 내 안의 어떤 슬픔이 내 머리에서 몸을 향해 움직이라고 한 지시를 훼방하는 것 같았고, 그리고 내 눈에선 금방이라도 눈물이 나올 것 같았다.

난 잠시 그 슬픔과 씨름을 해야 했다. 그리고 겨우 몸을 가누며 난 뒤를 돌아보았는데, 그땐 이미 내 뒤에 아무도 없었다.

……

돌아오는 내내, 내 머리 속엔 전장을 울리는 비장한 메아리처럼 파고드는 게 있었다.

〈그 학교, 저 알아요. 그 학교는 졸업 전날 학예회를 하더군요. 작년에 제 조카가 그 학교 졸업했는데, 저도 얼떨결에 졸업 전 학예회를 구경했었어요. 참 인상 깊었던 게, 그때 그 학교에서 비트박스를 공연했던 한 남학생이 생각나네요. 정말 비트박스를 잘 하더군요.〉

댄스강사의 말을 생각나자 갑자기 가슴에 폭풍 같은 메아리가 들렸다.

〈무언가 해야 한다!〉

난 내 심장의 계보를 알아버린 거다.

그래서 난 새로 태어난 뒤의 첫 콘서트를 그 학교 학예회를 통해 열기로 굳게 결심했다.

······.

새벽같이 일어난 난 로드형을 깨우기 위해 방을 나섰고, 거실에서 이불을 덮어쓰고 아침뉴스를 보다가 하루를 채 시작하기도 전에 졸고 있는 로드형을 깨웠다.

"형, 일어나봐! 나 꼭 그 학교 학예회의 엔딩 무대로 올라야겠어! 그렇게 좀 만들어 줘!"

"아… 진짜, 또 아침부터 왜?"

잠 깨기 싫어하는 말투였지만 난 망설일 시간이 없었다.

"형! 콘서트 좀 잡아줘!"

"아냐, 진짜! 뭐라고 하는 거야? 뭐? 임마! 그런 걸 꼭 이 꼭두새벽에 말해야 하냐?"

"그게 아니고 형! 시간이 없어!"

"그래? 난 시간 많아! 너도 좀 더 자라!"

"형, 내 얘기 좀 들어봐! 코, 콘서트를 하는 거야! 고등학교 학예회에 깜작 등장해서 딱 세 곡만 부르고 사라지는 거야! 댄스 두 곡과 발라드 한 곡을 부르는 거지! 댄스로 이미지 변신, 그리고 발라드로 날 기억해주는 거야! 어때? 땡기지 않아?"

"어, 그래. 땡긴다, 땡겨. 알았으니까 나중에 땡겨라! 난 기럼 이만 이불 더 땡겨서 잘란다!"

난 이불을 뒤집어쓰고 저항하는 로드형의 옆구리를 찌르며 재촉했다.

"형, 사실은 시간이 없다고 형! 내가 알게 된 고등학교가 있는데 바로 오늘 졸업식을 한단 말이야! 근데 그 학교는 학예회를 졸업식 날 저녁에 하거든? 바로 오늘 저녁이야!"

로드형은 이불 속에서 졸린 목소리로 "그래, 그래! 알았으니까 내가 그 학교 말고 딴 학교 알아볼 게! 아주~ 아주

명문고등학교로 알아다 주마. 짜식, 왜 하필 오늘이냐? 잠 좀 자자고!"라고 말했고 그 목소리는 추적자에 쫓긴 도망자가 동굴의 막장에서 들어오지 말라며 마지막 발악을 하듯 내 귀를 울렸다.

난 마지막 배팅스킬을 썼다.

"형님!"

내 말에 로드형의 이불 속에선 잠시 정적이 흘렀다.

그러더니 이윽고 덮인 이불 안에서 가느다랗지만 진지한 음성이 진동되어 나왔다.

"그 학교 가서 마치 선심 한번 쓰듯, 그깟 쪼그만 학예회 무대를 뜨겁게 달궈줄 구원자라도 되는 양, 무대에 올라주겠다고 말만 하면 되는 거냐? 자세히 이야기해야 스케줄을 잡지, 임마!"

"형님! 그 애들의 고등학교 추억 안에 우리가 있게 되는 거야! 그 애들이 자라면서 고등학교 이야기를 할 적마다 우리가 매번 나타나는 거라고! 형님! 어때? 가치가 제법 있지 않아?"

로드형은 〈끄응〉거리며, 결국 하루를 일찍 열어야 했고, 이리저리 분주한 모습을 보였다. 그리고 학교와 연락을 해 일정을 잡아냈다.

학교 측에선 오히려 반기는 입장이었다고 했으며, 로드형은 우리가 무대에 오르는 순간까지 비밀로 해서 학생들을 깜짝 놀래 주자고 제의했다.

진행은 로드형에게 맡겼다.

그리고 댄스강사의 댄스교육에 들어갔다. 물론 내 상태가 아직 완전하지 않았기에, 난 가볍고, 숨차지 않는 동작정도만 연습할 뿐이었다.

무대에서의 격렬한 동작은 역시 댄서들에게 맡기는 것이었다.

시간은 늘 짧다.

……:

어느 새 저녁이 되었다.

우린 이미 구청강당에 들어서고 있다.

"야, 그 두려운 표정은 뭐야? 겁먹은 그 눈, 이 선글라스로 가려라."라고 하며 로드형은 자신의 선글라스를 내게 내밀었다. 그 선글라스를 보자 떠오르는 물건이 하나 있었다.

바로 그 후암동약수터공원 화장실 옆 잿더미에서 발견한 그것이었다.

그 것을 생각해 내자, 난 갑자기 그것을 쓰고 싶어졌다. 마치 필연적인 느낌마저 드는 것이다. 그것은 바로 내 안주 머니에 있다. 난 그것을 꺼내 보았다.

셀로판테이프로 안경알을 만들고, 테두리는 딱딱한 종이 로 만든 선글라스였다. 난 그것을 써야겠다는 생각이 불현 듯 든 것이다.

"야! 그건 뭐야? 그건 애들이 개기일식 같은 거나 보려고 만든 장난감 아니야? 그걸 왜 들고 있어? 쓰려고?"라고 짜 증섞인 로드형은 마치 그 셀로판종이선글라스가 중요한 행 사를 망치지나 않을까 염려스런 표정을 지었다.

"난, 꼭 이걸 쓸 꺼야!"라고 단호하게 말하며, 그것을 차 분히 썼다. 그것을 쓰자 그 어떤 선글라스보다도 맘에 들기 시작했다.

그것을 쓴 뒤 난 주변을 둘러보았다.

그때였다. 누군가 내 가슴을 확 쥐어짜는 느낌의 방향으 로 시선을 고정시켰다. 가느다란 빛줄기들이 적절히 스며든 어둠의 공간속에서 한 얼굴이 시야에 들어온다.

바로 그 여학생이었다.

놀랄만한 일이기도 했으나, 오히려 내 가슴은 차분해지기 시작했고, 빨리 시합을 나가고 싶은 경주마의 질주본능을 감응하기 시작한다.

그리고 다시 가슴이 떨리기 시작했지만, 단언컨대 그건 부작용이 아니다. 이렇게 많은 이들 앞에 다시 서게 될 것을 학수고대해오던 내 가슴의 벅차오름 같은 것일 수도 있다.

우리는 조용히 강당의 맨 좌측에 있는 계단을 따라 무대 쪽으로 내려갔다. 그리고 우린 어둠을 틈타 조용히 무대에 올랐다. 그리고 무대 위에서 침묵을 지키고 있었는데 여자댄스강사가 내게 다가와 무언가를 내민다.

"청심환이에요 도움이 될 겁니다. 드시고 하세요."

여자댄스강사는 두 손에 청심환으로 보이는 약과 물병을 들이 밀었다. 다소 돌발적이긴 했지만 평소 없던 여자댄스강사의 호의였다.

아마도 나도 모르게 떨리는 모습을 감추지 못했던가? 여자댄스강사는 자신이 자주 복용한다는 청심환을 건넸고, 여자댄스강사가 건네는 약을 잠시 응시하던 난, 조용히 물 한 잔과 함께 그것을 복용했다.

청심환을 받아 삼키고 있는 나 그리고 나의 귀를 마치 설렘 가득한 종이라도 되는 양 타종시키는 진행자의 목소리가 구청강당을 울렸다.

“여러분 이제껏 많은 분들의 장기자랑과 발표 등이 있었습니다. 이제 시상식이 남았는데요! 요번 학예회에는 클로즈무대로 특별 게스트를 모셨습니다. 여러분 제 손끝이 가리키는 방향을 주목해 주십시오!”

진행자의 멘트와 함께 조명이 우리를 비추었고, 학생들은 비명소리, 함성, 경악하는 소리 등과 뒤섞이기 시작했다.

우리가 무대 위에 나타난 것이다. 이제 우리는 댄스음악 세 곡을 부르고 발라드음악을 한 곡 부를 것이다. 발라드음악을 공연할 땐 내가 직접 기타연주도 할 것이다. 마이크를 잡았다.

“여러분! 놀라셨나요? 어디야? 누구냐니? 우리 몰라? 다 아는데 댁만 몰라? 여러분 우리 알죠?”라고 질문을 터트리며 난 하늘을 향해 손가락 하나를 치켜들었고, 강당은 열광했다.

난 잠시 시간을 두어 그 열광을 숨 죽이게 만든 뒤 자신있게 말했다.

“자! 먼저 가볍게 댄스 두 곡을 보여 드리겠습니다.”

마이크를 손에 든 채 가벼운 댄스를 선 보였고, 내 뒤 댄서 두 명은 현란한 동작을 보여주었다. 그 댄서들은 바로 내게 댄스를 가르쳐 주었던 그 선생들이었다.

첫 째 곡을 마치고 둘 째 곡을 시작했다. 그런데 강당 안에는 환호 외에 성질이 무언가 다른 약간의 술렁거림이 있었다.

약간 의아해 하는 술렁이었다.

그리고 세 번째 곡을 시작할 때 아까 그 술렁거림이 상당히 커졌고 환호는 수그러들었다. 그뿐 아니라 여기저기서 경악하는 듯한 슬픔에 찬 비명이 들리는 것 같기도 했다.

난 당황하긴 했지만 강당 안의 표정은 나에 대한 부정적인 표현이 아니었기에 개의치 않으려 했다.

진행자는 경악과 경의적인 억양이 가득한 목소리로 외쳤다.

"발라드만 하는 줄 알았던 가수의 댄스음악을 보는 게 축복 맞나요? 여러분! 우리 축복 받은 거 맞나요, 여러분?"

그러자 여기저기서 긍정의 답을 뜻하는 학생들의 환호가 열광하는 폭음이 되어 울렸다.

이제 예전 올림픽 엔딩무대를 장식했던 그 가수의 노래를 부를 차례였다. 사회자가 이 학예회의 엔딩곡이라고 발표를 하자, 강당 안의 눈망울들은 더욱 기대에 찬 침묵으로 이쪽 무대를 주시하기 시작한다.

모든 빛이 꺼졌다. 그리고 천장에 라이트 하나가 켜져 영사기의 빛처럼 나를 잔잔히 조명했다.

일순 강당 안은 진지함으로 잦아들었다.

내 손가락이 서서히 첫 기타 코드에 막 들어서려는 순간… 칠판 위를 분필로 선을 긋는 듯한 소리와 함께 강당 정문을 여는 이가 있었고, 강당 밖 복도의 켜져 있는 또 하나의 영사기라이트 같은 불빛이 그의 등을 떠밀듯이 밀어 재끼며 어둠을 뚫고 쳐들어와 내 정면을 비추게 되는 광경이 만들어 졌다. 그리고 이내 분필 부러지는 듯한 소리와 함께 문이 조금 열리다 멈추었다.

예정에 없던 또 하나의 써치라이트 덕에 날 조명하는 빛은 그때 두 개가 되었다.

입고 있는 조끼에 꽃집이름이 큼지막하게 쓰여 있는 옷을 입은 것으로 보아 꽃을 배달해 주러 온 사람 같았다.

모두가 쳐다보는 어리둥절함을 떼거지로 받은 꽃집이름이 쓰여 있는 옷을 입은 사람이 문을 연 것이었고, 문 밖의 빛이 그의 주변을 스치며 들어오고 있었다.

그 꽃집이름이 쓰여 있는 옷을 입은 중년의 남성은 당황해 하며 자신의 행동이 미친 파장을 파악하려고 했다. 그리고 엉겁결에 조용한 강당 안을 울리는 말을 했다.

"저… 꽃을 배달하러 왔습니다! 꽃과 함께 편지도요!"

그때 강당 중앙계단을 어쩔 줄 몰라 하며 내려오는 그 택배복을 입은 사람의 당황함을 없애 주고 싶었으며, 그것이 바로 내 쇼맨십적인 관용이 해야 할 일이라고 느꼈다. 유독 눈에 띄는 그 꽃바구니 그러니까 꽃다발과 콤비가 되어 어울린 선물꾸러미와 편지로 보이는 종이가 내 호기심도 자극했기에 나도 모르게, "이리 가져오세요, 그건 제가 전달해 드리죠. 여기 계신 많은 여러분들이 궁금해 하고 있습니다. 어서 오세요!"라고 말했다.

난 최대한 조심스럽게 사람들의 호기심을 살리면서 꽃바구니를 들었고 그 안 실린 편지를 개봉했다.

난 읽기 전에 살짝 당황했다.

보낸 이에 적혀 있는 글이 눈에 띄었기 때문이다. 이름이 아니라 닉네임 같은 게 적혀 있었는데 왠지 그 닉네임을 보는 순간 아찔함을 느꼈다. 그리고 아련함 같은 것도 동시에 밀려온다.

"보낸 이에는 그냥 〈비트박스제왕〉이라고만 적혀 있네요."

내 멘트가 강당 안에 퍼지자마자 여기저기서 약한 경악의 눈빛과 의아함 같은 소리, 그리고 놀라움을 금치 못하는 듯한 표정들이 흐르기 시작한다. 난 분위기를 돌리고 싶었다. 그래서 웃으며 말했다.

"아, 맞다! 이 학교에 비트박스를 정말 잘 한다는 친구가 있다고 들었습니다. 혹시 이 중에 계신가요?"라고 했을 때 잠시였지만, 분명 가냘픈 울음소리가 들렸다. 난 진행을 계속 이어야 했다.

"받는 이는 음… 〈학원에서 만난 너〉에게 라고 적혀 있습니다. 이 중에 계신가요? 비트박스제왕과 학원에서 만난 그녀가 계신가요?"

난 분위기를 좀 화기애애하게 띄우고 싶은 말에 도박배팅 같은 또 하나의 말을 미소 지으며 던졌다.

"대체 학원에서 공부 안하고 뭘 하셨길래, 이렇게 엄청난 조명을 받게끔 편지를 보내셨을까 궁금하죠, 다들?"

하지만 강당 안에서 웃는 사람은 없었다. 왠지 내가 말을 더 하면 할수록 분위기는 더욱 나빠질 거 같았다. 난 그 분위기를 빨리 넘겨야 했기에 한숨, 아니 한숨의 반만 입안으로 들이마시며 다시 진지하고 기쁜 표정으로 연결 짓고 다시 편지를 읽으려 했다.

그때였다. 편지로 시선을 내리려던 내 시야에 한 여자애가 보였다. 미약한 빛이 겨우 여자의 모습을 비추고 있었지만, 난 그 여자를 단번에 알아보았다.

순간 혼돈스럽고 당황스러웠지만 새롭게 시작하는 내 삶의 첫 무대를 망치고 싶지 않았다. 그래서 계속 편지를 읽기 시작했다.

"노, 놀랐지? 아, 알겠지만, 부족한 나, 나… 나야! 편지로 보내면 네가 덜 답답해 할 거 같아서 말이야. 나 말 많이 더듬으니까…"

난 순간 일부러 안 해도 되는 헛기침을 했다. 갑자기 목이 메이면서 말을 더듬었기 때문이었다.

강당 안이 조금 술렁이는 듯 했다.

〈아까 먹은 우황청심환의 일부가 약간 목에 걸렸구나!〉

잠시 목을 가다듬고 다시 편지를 읽어 내려갔다.

"아, 아마 이 편지를 읽을 때쯤의 나, 나는 이, 이미 너에게 이 선물을 준 뒤 너, 너의 앞에서 무, 무대에 오… 올라이, 있겠지? 나 자, 작년, 그리고 제, 재작년에 〈우리 학교의 밤〉이라고… 하, 학예회에서 이, 인기상을 타, 탔어! 대, 대단하지? 내, 내가 앞에서 공연 하, 하는 거 잘 봐… 봐봐!"

거기서 더 편지를 읽으려 하자 혀에 쥐가 나는 듯한 느낌을 일순 받으며 갑자기 말을 더듬기 시작했다.

난 당황하며 마이크에 대고 독백을 해버렸다.

〈어? 왜 이러지?〉

그 독백은 그만 공중을 타고 청중들 사이사이에 파고들었다. 강당 안의 술렁거림은 물결에서 파도가 되었다.

잠시 목을 가다듬었다.

"우… 우리 이제, 고… 고3이고"

난 마이크에서 거리를 두며 약간 당황한 표정을 지었고 동작을 멈출 수밖에 없었다.

그때 한 쪽에서 누가 흐느끼듯 소리쳤다.

"그냥하세요!"

그러자 여기저기에서도

"그냥 해요!"

"제발 그냥… 하시라구요!"

울기 시작하는 아이들이 나왔고, 그 덕에 난 더 당황할 수밖에 없었으며, 그 당황함은 더욱 더 내 목소리를 더듬거리게 할 거란 추측을 했다.

그리고 방송사고가 살짝 나 버렸다.

"왜 이러지? 내가 왜?"

이상한 눈물과 정체모를 감정이 뒤섞인 나의 독백이 그대로 방송되어 버렸다. 난 최대한 개의치 않기 시작했다.

하지만 그때 나의 뇌리를 강타하는 메신저가 있었다.

〈알았다!〉

강력하고도 확신스러운 추정에 의하여 나는 깨달아 버렸다.

〈아! 내 심장의 주인은 말을 더듬었구나!〉

난 안심할 수 있었고, 눈시울이 뜨거워졌다.

잠시 뒤 편지를 읽을 수 있게 되었다.

"그 고3 끝의 마, 마지막 시험이 끝나면 우린 아… 아마 각자의 길을 가게 될 것이고 서, 서로 못 보게 될 거란 것을 나, 나는 예감해! 하지만 우리에겐 아, 아직 일 년이나 남아 있어! 그 일 년 동안 나, 나는 너를 일 년 내내 웃게 만들 거야! 우… 우리 주변에 산재해 있는 환경이 다소 힘들어도 우, 웃을 수 있게 만들 거다!

차… 참! 그 언젠가 넌 내, 내게 물었지? 우리 처음 세단을 같이 타던 날 말이야! 그, 그러니까 내가 처음 타본 고급 승용차 안에서 너, 넌 사랑이 무얼까 하는… 물음을 했었어.

사랑의 정의를 구, 궁금해 한 거지.

사, 사실 그때 난 서슴지 않고, 속으로 마… 말했어.

무, 물론 네게는 들리지 않게 소, 속으로 했지만 말이야!

〈사랑이란 3초에 한 번씩 웃는 것!〉이… 이라고 말이야.

나, 날 보고 있니? 내, 내가 말했지? 푸, 푸른 바다를 보며 외, 외쳤잖아! 내 소, 소원은 하, 학예회 때 네 앞에서 고, 공연을 하, 하는 거라고 말이야! 이, 이제 그 소, 소원이 펼쳐질 차례야! 널 향한 내 멋진 고, 공연을 잘 지켜봐줘!”

난 잠시 고개를 숙였다. 어둠은 내 확신에 찬 시선을 가리지 못했고, 난 어둠속 강당을 두루두루 둘러보며 사람들의 표정을 살폈다. 그리고 조금 전 혀와 목에 느끼던 그 답답하고 막막한 느낌이 어느새 사라지고 있음을 느꼈다. 그리고 무언가 후련하고 주위가 환기되며 동시에 억울한 숨결이 차오름을 느꼈다.

의연한 척 하려 했지만 이내 숨이 약간 차오르고 가슴 벅차다는 것을 내 모습을 지켜보는 사람들은 알고 있다는 표정들이었다.

난 조용히 격정을 누르며 말했다.

“다 읽었습니다. 편지에 〈사랑이란 3초에 한 번씩 웃는 것!〉이라고 사랑에 대한 정의가 적혀 있군요. 멋진 말이네요! 가슴에 와 닿는군요. 저만 그런가요, 여러분?”

청중의 분위기는 소리 없는 울음! 긍정, 그 자체였다.

나는 답답함과 막막함이 목과 혀에서 사라져서인지 몰라

도 이번에는 방금 말을 더듬거림 없이 이을 수 있었다.

이제 다시, 아까 부르다만 그 노래를 부를 차례였다. 같은 곡이긴 했지만 이미 내 상태는 이전의 무지! 나와 이 세상에 심장을 놓고 간 그 사람 이야기에 대한 막연한 무지의 상태! 내가 무엇을 해야 할지 모르는 상태! 그 상태가 아니었다.

뇌와 마음은 각성을 해버렸고 막혔던 신체에 퍼져 있는 심혈관이 온통 사방팔방 뚫려버렸다.

가슴은 오랜 포로생활을 마치고 돌아와 〈아내와 해후한 패잔병의 그것〉마냥 기쁨과 서러움으로 걷잡을 수 없게 포효해댔다.

심장은 터질듯이 뛰었지만 난 충분히 그것을 포용할 수 있으리란 것을 믿어 의심치 않았다.

이제 부를 음악은 그 심장의 격정을 숙연하고 암연한 리듬으로 달래갈 것이다. 그렇게 리드하듯 이끌다 그 격정에 끝에서 인사를 하며 주인을 놓아 줄 것이다.

그렇게 무대가 무사히 끝나게 된다면, 나는 경건하게 일어나 어둠을 향해 깊은 마음으로 허리를 숙인 뒤, 감히 진혼의 학예회 끝에서 그를 배웅할 것이다.

당연히 눈을 감았다.

꿈같은 찰나의 순간, 눈물 한 방울이 방금 기타 줄 위에 떨어졌고, 눈물방울은 조명을 받으며 무대 위에 아날로그 파장이 되어 퍼졌다. 마치 나비가 날개를 파르르 떨며 기지개를 펴고 도약하기 위해 내는 소리가 된 것이다.

마침내 방금 그 소리는 선율이 되어 이제 〈학예회〉가 다시 시작됨을 알렸다.

그녀가 또렷해진다.

이제 그녀가 누군지 알았고 이 필연적이고 우연적인 눈물의 의미를 깨달았다.

눈물은 이미 서서히 리듬을 타고 있다.

〈꿈에~ 어제 꿈에 보았던… 이름 모를 너를 나는 못 잊어…….〉